U0458573

伶仃的遥望港

马玉炜　著

上海三联书店

自　序

　　这本集子里，有我上一本中的一些旧文，也有一些新文。旧是跟过去的岁月斩不断，新是每天的日子总向前。我记得上一本集子，是当作我婚礼的伴手礼，如今我的孩子已经开始满屋子疯跑，我也只有在每天上香的时候，才能看到一眼那个曾把女儿交到我手上的老人。

　　这些只不过是我生命的日记，实在要往大里说，旧文是把时代的旧闻当背景，新文是时代新闻的小注释。不过，新文会变成旧文，就像新闻马上会变成旧闻一样，写作是为了对抗遗忘，这或许是弄文者的一厢情愿，因为变成铅字的记忆早就任人打扮过了。

　　在我的苏北老家，有一条通向黄海的河道，大家都叫它"yao wang"港，口口相传，我一直不晓得这两个字怎么写。后来我才知道文天祥当年就是从这里扬帆出海，到达浙江，坚持抗敌。"臣心一片磁针石，不指南方不肯休"，他站在船头，遥望南方，后人为了纪念他，就把这条河道叫做"遥望港"。之后的历史，我们很熟悉了，文天祥一边苦战，一边南移。他在岭南被捕，其后写下《过零丁洋》。

我已经在岭南生活了近十年，从遥望港出发，在伶仃洋漂泊，我与文忠烈公的行迹竟有一些重叠。我许多次从伶仃洋上经过，大海茫茫，才明白为什么渔民会把这片汪洋叫伶仃。

我伶仃在伶仃洋，遥望着遥望港。这是我的新与旧，也是我写着这些文字时全部的生命状态。

遥望港的水和伶仃洋的水是连着的，文丞相在里面行船，我的父辈在里面捉鱼摸虾，我也无数次在岸边行色匆匆。这里面有无限的时间、广袤的空间，有奔波生计，有送往劳来，有家恨，还有国仇。

这就是我这本集子和这集子名字的全部来由。

目　录

春风化雨

人间行路

百年孤独

爸：我想和你道个别

记得父亲和我说过，等他退休了，就跟母亲住在老家，看书喝茶，过完这一生。我说，那我经常回来看你。很惭愧，这几年来，只有到了清明才能真正看望父亲一次。他住的地方很小，我替他打扫干净。擦拭照片，更换祭品，我看着还是那么年轻的脸，心里说：爸，我回来看你了。

父亲在我二十一岁的那年离开，已经六年过去了。

从我幼时起，父亲就一直在外工作。生计所迫，身体文弱、双眼近视的他在工地上做着水电工，南京、深圳、新疆……他待过许多地方。那时候，我对距离还没有什么概念，只知道很远。父亲没有手机，每周五晚上会用附近的公用电话联系家里。家里固定电话也没有，隔壁奶奶总是扯着嗓子喊："炜炜，你爸爸来电话了。"我和母亲便奔跑着去。总是我先和父亲聊，然后母亲也说上两句。每次听到父亲的声音，我都很高兴。现在回想起来，不知道多少次挂了电话后，独在异乡的父亲会泫然泪下。我多想回到那时候，去到电话那头，拍拍那个在路边眼睛红肿着的男人，说一句："爸，我在呢"，然后紧紧抱着他。

最开心的当然是过年时父亲回来，他会在出发前电话告知家里。我们计算好时间，到镇上接他。家里只有自行车，我和外公一人骑一辆。父亲到家的时间也只能大概算一下，我们会提前一个多小时去等。腊月底寒风刺骨，外公在旁边抽着烟，我把手插在衣服兜里。看到父亲下车，我会大声喊着"爸爸，爸爸"，他会跑过来抱住我，然后亲我的脸。左脸一下，右脸一下，额头一下，下巴一下——这是他特有的亲吻方式，说一下都不能少。父亲硬硬的胡茬扎得我生疼。

外公把行李箱绑在后座，父亲骑着另一辆车载着我。外公在前头，父亲骑得很慢。村里人会打招呼："小东，你回来啦?"父亲说："回来啦。"我也跟着重复："回来啦!"

到家后，父亲打开行李箱，我守在一边，知道他肯定会给我带吃的。其实也没什么了不得的东西，就是一些糖果和零食，但足以让我兴奋上整个春节。他还会给外公带条烟，给外婆带些糕点，给母亲买个饰品或者玩偶。如今，我也客居异乡，买特产回家时总想起父亲。我记得父亲曾经买过一包话梅糖，我每天早上醒来都要吃一颗。那时候真该留下几颗带在身边的，就算化了，我也会一直带着。

而今我终于明白，童年时代对过年的期盼都与父亲有关。他打开行李箱的那一刻，我的新年就开始了。

过年的那十多天，是一年里最愉悦，也几乎是我和父亲唯一的相处时光。小一些的时候我们一家三口会一起睡，大点了就把父母房间的沙发拉开，当作我的床。早上一起来，我就爬到他们的床上和父亲打闹，母亲老说被子里的热气都被我们玩没了。父亲索性趴下来让我骑上去，他就在床上爬来爬去。父亲会学马叫，有时候故意把我颠下来，说刚才山路难走。我又爬上去，直到他真的累趴下。

腊月的早上，我和母亲都喜欢赖床，父亲会把早饭端到床上来。最开始是几个馒头，后来饭菜也端来了，他会在旁边放一个小盆，用来装残渣。我们吃完了，父亲一边收拾一边抱怨。

父亲是入赘的，巧的是他与母亲都姓马。他一回来，就会去看望爷爷奶奶。他载着我，母亲单独骑一辆车。一路上，他给我讲故事，而且同一个故事总会有各种版本，可长可短。如今朋友都说我善言辞，根在父亲这儿。我们声音很大，常会放肆大笑，以至这一路上的人都认识我们父子俩。母亲觉得太丢人，总会和我们保持距离。

除夕之夜，我们一起放鞭炮。烟花太贵，家里很少买，但父亲会给我买很多小爆竹，陪我玩出各种花样。难免闯祸，父子俩总被母亲训斥。谁家的烟花放得久，就是财富的象征，外公时常慨叹。而我，却从未羡慕过谁，大概父亲用他的智慧和爱，保护着幼子，我朦朦胧胧地体会到精神财富的可贵。

在我读小学的时候，伯父介绍他去了南京大学当保安，这是他一生中最为安定的几年。父亲真的算不得一个成功的男人，学历平平、肩不能扛，从未创造过大的财富。但是他喜欢看书，喜欢写作，虽然只是凭兴趣看些书，只是写写日记或者编上两句打油诗。

一个满身尘土的水电工，回到工棚以后，会拿起笔写下一天的所思所想；一个年近不惑的中年保安，会拿着一本小说在树荫下品读。他回来时，会给我带不少书：《十万个为什么》《上下五千年》《福尔摩斯探案集》……我当时没想过，他背着这些书该是多么重。虽然都是些儿童读物，甚至有些是盗版书，但也足以成为一个阅读匮乏的农村孩子向同学炫耀的资本，也足以保护好这个孩子对于阅读本能的兴趣。整理他的遗物时，我发现了十几本日记，他会在奥运会的时候填一首词，会在爷爷八十岁的时候写一首诗，虽然格律都有些问题，但这个学历平平的男人该有着怎样丰富的情感世界啊。

我保留最多的还是父亲给我写的信，从小学到高中，他经常会给我写信。在那个通信并不发达的年月，一个小学生能收到父亲的来信，是一件非常值得骄傲的事。他信的开头总是"玉炜吾儿"，然后半文半白地写写近况，询问我的生活，落款是"于某某别墅"。信有时候会被同学们传阅，甚至被老师朗读。我也会给他回信，最喜欢模仿古人的语气，写一些"顿首"之类的话。虽然每年只有十几天的相处时光，虽然没有手机、电话，但是我和父亲却用这种最古老的方式沟通着，当真是"见字如面"。

小学毕业那年，我去了南京，在父亲那里住了一个月。第一次见到了他信中的别墅——两间极小的房间。宿舍里处处挂着简单装裱的书画，有水墨，有素描。我知道父亲是欣赏不来的，但是他喜欢这种感觉。父亲第一天带我吃酸菜鱼，从隔壁饭馆里打包来的一盆。后来听表哥说，他去南京时，父亲也是请他吃的酸菜鱼，那是他第一次吃。父亲还带我去吃了肯德基，他不知道点什么，就要了一份套餐，上餐时发现只有汉堡和饮料。他问服务员，肯德基怎么没有鸡啊？又加了一份鸡翅。我问爸爸："你要不要？"他说："我不吃了。"那天，我有点难过，毕竟不再是放爆竹的年纪了。

那是一个让人舒服的夏天，许多个午后父亲与我各自拿着一本书坐在树下的椅子上。他说："你以后就考南大吧，我们住一起。"我当时对大学没什么概念，说："不，我要考北大。"他一会儿就睡着了。蝉鸣、西瓜、梧桐、大学的情侣……这所有的一切都和父亲的鼾声静止在岁月里。我离开南京的前夜，父亲借来同事的相机，与我在南大的校园里合了好几张影。这是我记事起，我们父子俩这一生中在一起的最长的一段时光。

再去南京，是三年以后初中毕业，我和母亲一同前往。父亲到车站来接我们。他扛上家里带来的米和油，坐上了南京拥挤的公交车。父亲在金陵多年了，介绍着沿途的风光，略带骄傲。他的宿舍只剩下了一间，多铺了一张床，中间拉着一块布。父母在狭小的空间里做饭，都是家常菜，父亲又买来一盆酸菜鱼。

晚上一家人睡在一个房间里，一如从前，可我却没有了当时的无忧无虑。生命真的如一条河流，我们都只是其中的浮萍与沙砾。父亲说带我去动物园，我清楚地记得，心里是想去的，可还是说不去了。后来，读父亲的日记，里面也写到了这段经历。父亲说："妻儿要来南京了，虽然我没有什么钱，但是一定要带他们好好玩一玩。"深夜读此，我已经泣不成声，号啕长哭了。

几年后，因为保安的薪资不高，父亲离开了南大，又干起了室内装修的工作。读了父亲的日记后，我才知道他是那样痛苦。他高中都未毕业，与大学当然无缘，更算不上文化人，但他骨子里是真正向往文化的。南京大学深厚的气韵与安宁的环境陪伴了他十多年的时光，他在日记里说："在宿舍收拾东西的时候，我流泪了。我要离开了，我的南大。但是为了家庭，为了儿子，我必须离开。"他又成了一个最普通的农民工。

那段时间，他回家的次数变多了。能和他多相处，这是我童年时代最盼望的事情，可是我和父亲忽然变得疏远起来。我发现他的故事不再那么吸引我了，我发现他的笑话也不是那么好笑，我发现下雪时我不愿和他打雪仗，我发现我们俩有时候竟无话可说，我发现他老了。那时候，我觉得是代沟，现在我才明白，人长大的过程就是对父亲慢慢失去敬意的过程。

高三那年，父母决定装修房子。我们家是从前盖的一幢两层小楼，但是经济拮据，一直没有装修。父亲说我快二十岁了，等我考上大学的时候，要好好在家里办一场宴席。他辞去工作，回家一起帮着装修。印象中的父亲，是在意自己着装的。虽然衣服廉价，但他总是喜欢穿衬衫、西装，戴一副金边眼镜，出门前会蘸点水把头发抹平，你绝看不出他是一个工人，甚至还有些知识分子的气质。但装修的那段时间，父亲脱下了西装，穿起了破衣服，整日灰头土脸，他抛弃了所有的体面。我与他一同去买建材，他推着手推车，让我坐在里面。我想起母亲和我说，在我还是婴儿的时候，父亲也是这样推着我。他会忽然躲起来，我会哇哇地哭。我问父亲："你累吗？"他说："等你考上大学，我坐飞机去看你，我还没有坐过飞机。"那天他头上戴着一顶破草帽，裤子上全是泥。

房子装修好了，我终于有了自己的书橱和铺着地板的房间。但是那年高考失利，宴席并没有办成。复读要一万的学费，这数目不算太大，但也绝不算小，父亲说："读吧。"

复读的第一个学期，我正好二十岁，家人为我办了一场生日宴。那天我从学校早早请假回家，亲戚来了不少，我还带回来几位同学，在外读大学的朋友也赶回来了几位。父亲终于可以领着宾客在装修好的房子里参观了，这幢两层小楼是他在这个世间的某种证明。自家的宴席谈不上什么排场，不过是每个房间里摆上几桌。昏黄的灯光，醉酒的亲戚，假意或真心的祝福，还有就是忙前忙后的父亲，这是我关于二十岁生日最深的记忆。

那年岁末，父亲一直在家，我和他朝夕相伴，却再不像曾经。除夕我和他一起贴春联，他说他最喜欢的是我朗诵的《满江红》。我记得这是我小学公开课上的朗诵，算是人生中第一次上台。那天上完课回来，就和父母说，我朗诵了一首诗，还给他们表演了。在后来的成长过程中，我已经上过太多次舞台了，朗诵的诗文也太多，没想到父亲印象最深的还是这一首。

大年初一在奶奶家拜完年，伯父接我去他家，因为哥哥（伯父之子）在国外难得回来。车开动的时候，我从后视镜里看到父亲对我挥了挥手。

大年初六的中午，父亲打来电话，可我手机坏了，电话那头没声音。我知道父亲也没什么大事，反正回家就能见面了，就没给他回。和哥哥玩到半夜，刚准备睡觉，大伯忽然要接我回去，说是我父母吵架了。坐着他的车，我有点怀疑，因为就算是吵架，他们也不会在大半夜里接我回去。我现在还能回想起那天夜里坐在后座的心情，说不出的心乱如麻。可是人生啊，总有些事在等着你，再慌乱都躲不掉。

到家的时候，远远地就看到家里亮着灯。车到楼下，外婆走过来跟我说："炜炜，你爸没了。"我当时竟不知道这句话的意思，也不知道是怎么上的二楼。看到父亲躺在床上双眼紧闭，母亲头发蓬乱，我去摸了摸父亲的手，冰凉。我知道人死后是会变冷的，可是他是我的爸爸啊。我忽然倒了下来。我当时的意识是清醒的，可是我就是想倒下，想什么都不管地倒在地上。伯父将我扶起，我抱着伯父，问他也是在问自己："没爸爸了，以后我该怎么办呢？"在此后的许多日子里，我一直问着自己这个问题。

父亲虽然文弱，但身体一直很好，没什么旧疾，冬天都能用冷水洗澡。他离开，可能是因为脑溢血之类的突发性疾病。母亲说父亲一整天都好好的，而当她半夜碰到父亲，发现他已经浑身冰凉。

当夜就开始操办起葬礼。第二天伯父去接爷爷奶奶，告诉他们父亲病了，在医院，让他们吃好早饭。奶奶察觉出了异样，而爷爷耳聋得厉害，信以为真，他拿上一张银行卡。当二老下车的时候，却发现灵堂已经布置好了。爷爷八十多了，完全说不出话来，甚至哭不出声。他走进灵堂，把银行卡放在父亲的棺材上，说："儿啊，我这钱是准备给你看病的。现在你走了，把钱也带走吧。"

葬礼按照习俗办，平平常常，和任何一个普通人的死都没有太大的区别。白天长辈载着我挨家挨户通知亲友。大家都很震惊，有些当场落下泪来。晚上家人轮流陪着父亲。母亲跟我说，父亲过年没舍得买一件衣服，他苦了一辈子，是欠了我们家的债，现在还完了，也就走了。父亲答应今年要好好陪她过生日的。母亲本来想在生日时和他补拍一张婚纱照挂在床头的，她这个愿望还没有和父亲说，他也没有给她机会。

停灵三天，父亲下午就要完完全全离开这个世界了。我和母亲最后陪陪他。父亲生日时，我给他买的钱包他一直没舍得用，我放进了他的衣服里。我看着他，朗诵了一首《满江红》。父亲向来对生死看得淡然，以前一直说："我死的时候，你要帮我主持追悼会。"没想到终成谶语。父亲一生无甚波澜，实在没有什么开追悼会的价值。但为了他生前的愿望，我还是主持了。说是追悼会，不过是追忆几句而已。我的口才得益于父亲的培养，也是他的骄傲，可是没想到，在我真正展现自己这一才能之前，竟主持了他的追悼会。

当我捧着父亲的照片时，才真正意识到我的一生中，将不会再有那个可爱、文艺、幽默、爱我的父亲了。我一直问自己，该怎么办啊？

开学后，我照常读书。只是每逢周一中午，父亲做七的时候，都要回趟家。我在县城读书，离家很远。我就骑着电动车回去，下午再骑车回来。一路上，都在朗诵《满江红》，读着读着眼泪就下来了。我骑得飞快，一路嘶喊。

高考结束，我考上了大学，虽不是名校，也办了一场答谢宴。我曾无数次设想，父亲会在宴席上说出怎样的一番话，可是他没能来。父亲是爷爷最小的一个儿子，他去世以后，爷爷悲痛异常，不久也查出了癌症。我上大学的前一天，是爷爷的葬礼，也是我为他主持的追悼会。

直到今天，我总是想起父亲，似乎世间种种都在提醒着我，挖苦着我，让我清楚地知道，我所有的努力和成就都不会圆满。父亲对我的影响实在太大了，他让我喜欢看书，让我能说会道，让我的性格既通达又固执，让我幽默，让我爱着这个世界。他甚至用他的死，让我慢慢明白人生的本无意义，虽然这可能并非他所愿。

大学去外省比赛，我第一次坐飞机，从钱包里拿出父亲的照片，和他一起实现梦想，一起从天空中看看这个他曾经生活过的世界。后来，我又去过一次南大，父亲的宿舍还在，附近的住户也还在，他们已经认不出我了。我说了父亲的名字和死讯，他们流泪了，说父亲真的是个好人。我再次走遍了南大的角角落落，在当年拍过照片的地方又拍了照，只是剩我一个人了。工作以后，我考了好几回研究生，报的也都是南大，我自知凭我的能力，考上无望，只是觉得这样和父亲能多一点联系。

爸爸，两个哥哥都已经生了女儿，你疼爱的小侄女也快大学毕业了。我工作已经两年，但还是不听话，会惹妈妈生气。我在苏州当老师，生活都挺好的，家里一切都好。只是，我想你啊。我还是常常会想到那个电话，多希望能和你再聊两句，那样，我一定会好好和你道个别：爸爸，再见了。

紫金藤

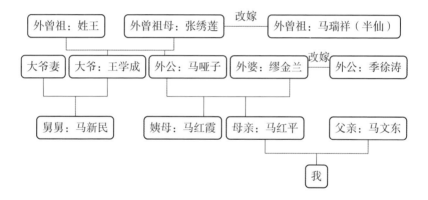

大爷见我，劈头就是一句："我现在和你说说话，以后就不能和你说话了。"大爷八十有三，这许多年来，他做的唯一一件事就是等待死亡。

大爷是外公的亲哥，本该是前一天去看他的，偏偏有事。母亲说，大爷在家等了我一天。我现在不过是在二线城市当个教书匠，但在大爷看来，是极有出息了。"你别看你现在出了个人了，那是因为祖坟上长出了紫金藤。"

"谁的坟？"显然，母亲也不知道这个故事。

大爷的祖母死后，要与祖父合葬。大爷的父亲在开坟之日，见棺中的尸身早已腐烂，一株紫金藤穿过白骨，长了出来。老人皆说异象，遂对这墓多了几分敬重。以致后来政府修路，都特意避开。墓旁是河，流水经年冲刷，竟把尸体冲了出来，露出头骨。年深日久，这墓也就不见了。

大爷说，不仅是我的出息，就连他爹的一世好运都与这紫金藤有关。

马半仙

大爷的父亲（其实是他的继父）叫马瑞祥，正好是民国元年生人。家境大概是不富裕的，早年就被送进药房当学徒。外曾祖自幼聪颖，而且肯吃苦，不久就能够识文断字，粗通医理，深受东家喜欢。

若年岁好一些，外曾祖或能成为一个不错的药房掌柜，偏偏遇上那样的动荡，加之他又是血性之人，便投了军，加入了共产党。外曾祖起事后，随军征战过一些地方。若信念坚定一些，他或能成为一个沙场骁将，可他偏偏遇上了一位让他动心的女子，违反了军纪，在苏州地界下了狱。囹圄之中，他结识了一位邱姓狱友。那时候江湖义气仍是有的，二人秉性相投，在大狱里认作把兄弟。兄弟二人不想就此荒废残生，竟合力从监牢之中逃了出来。后来几经辗转，躲回桑梓，这才算扎下根来。

土地革命后期，外曾祖分得了两亩薄地，遂据此筑起三间草屋，算是有了一个落脚之所。曾在老宅看过外曾祖的一张照片，头戴黑呢帽，身着中山装，眉眼分明，很有气度，乍看之下，竟有些袁克文的味道。投军前，他曾有过一房童养媳，但听说因为那个媳妇相貌平平，外曾祖没有同意。半个多世纪过去了，那一家人仍与我家有一些走动。

外曾祖已经过了弱冠，有人给他说亲，这才结识了我的外曾祖母。外曾祖母早年有过婚姻，生下两子（我的大爷和外公），但丈夫早逝，在那个年月，只有改嫁这一条路可走。我一直在想，风流挑剔的外曾祖为什么会选中外曾祖母。许是出于对风尘中孤儿寡母的同情，抑或倾慕于外曾祖母的优雅端庄，一个流离落魄的风尘浪子，一个饱尝炎凉的孤苦遗孀，就这样被时代和命运裹挟着，结合在了一起。大爷清楚地记得，那一年他十岁，外公七岁。

外曾祖绝不是通常意义上适合居家的男人，但他宽厚的肩膀是能够扛起责任和诺言的。成家之后，他得养活一家四口，就干起了小生意，开起了一家香烛店——这是一个成本不高，但是在任何时候都不会过时的行当。做生意，一是讲信义，二是论口才，这两点外曾祖都具备，所以日子倒也红火，但是他心里是绝不满足的。凭着早年的底子，他开始研读起了易经八卦、风水相面的古书，慢慢地竟看出一些门道，客人上门，不仅是买香烛，还有人来找他相面、看风水。外曾祖走上这一行，最直接的原因是为了糊口。但我猜测，他必定是怀着巨大兴趣去做这些事的。柴米油盐没办法束缚住他那样的男人，他需要寻求精神的冒险，而最刺激的莫过于阴阳天地之变幻了。他的名气越来越大，家里一张大橱柜都用来放置他的书籍和法器。这张橱柜现在还在家里摆着，雕花红漆，虽有剥蚀，但也能窥见当年的气派和神秘。母亲说，她记得有一个下午，外曾祖心情很好，带着年幼的她，打开橱柜的抽屉翻看，里面放着两只大罗盘，罗盘上刻满了字。

我时常会去想象外曾祖的样子：一个身材高挑、相貌俊朗的青年人，手持罗盘，翻动古籍，在别人的老宅前后走动。旁人着急询问，他并不答话，神秘而庄重。然后拿手点指，口中敬诵上古的诀文……外曾祖是否真的有分金定穴、相人识面的能力，这已经无从得知了。我只知道，远近乡邻皆信他，一有凶吉便来询问。曾有一户乡人，家门口的地面凸起，每次铲去，十天半月之后，又凸起如初，便来请外曾祖。他到了那人家里，施了一些手法，此后这块地再无异样。这间老宅至今还在，仍有人居住。还有一次，有一亲戚来家里，和外曾祖同卧，夜半时分，摸到里床有滑凉之物，仔细观瞧，发现是一条大蛇，当下就推醒外曾祖。他笑了笑，说这是家蛇，不会伤人的，便又睡了过去。这件事是母亲亲口对我讲的。这样的事儿越来越多，乡人就更加信任他，于是终于有人给他起了个外号，叫"马半仙"，足见他当时的声望。

我嫡亲的外曾祖原是姓王，大爷、外公也都姓王。外曾祖母改嫁后，没再生育，大爷还是姓王，外公跟着继父改姓了马，后来我的母亲也就姓马了。所以，我的姓氏是从一个跟我没有丝毫血缘关系的风水先生传下来的，"马"是"马半仙"的"马"。"马半仙"的名气太大了，以至于我童年时代去伙伴家玩，只要提我是马半仙的玄孙，家里的老人没有不知道的，而且总对我以礼相待。后来几年，还有其他城镇的人来我家，想请马半仙帮忙看看，而我的外曾祖已经登仙多年了。

外曾祖所收报酬，从来是多少不论的，全凭心意。但是凭借着他的这门手艺，家境日渐好了起来，甚至在村子里达到了顶尖水平，他早早就买了一辆二八大杠。他就骑着这辆车，在乡野地头与天地进行着最直接的对话。每次回来，除了有些现钱，也会带回一些糖果饼干。那时候母亲还是个孩子，看到爷爷带着吃的回来，自然是很高兴的。"他从来不给我们吃，说这些东西是上供的，孩子吃了会变笨。"母亲回忆起四十多年前的这些事，还是有点不满。她说外曾祖是拿着这些东西送给别人了。"我爷爷是个好交朋友的人。"母亲的话很有深意。

论相貌和气度，外曾祖是个风流人物。他去谁家看风水，假如那家正好有个大姑娘小媳妇，一下看到外曾祖这样的男子，再转头看看自家男人，脚上总有洗不尽的黄土……设身处地地想想，论谁都难免有非分之想。他老人家究竟有多少风流韵事，恐怕他自己也不清楚了。想到可能我的哪位同学的奶奶曾暗恋过我的外曾祖，这种感觉让我既骄傲又有点难以言说。记得有次，一户人家找上门来兴师问罪，说外曾祖和他们家的女人有染。外曾祖母出面，笃定地说绝无此事，把那户人家硬是逼了回去。现在看来，这当然是那个年代女人的无奈，但也足见外曾祖母的胸怀和智慧。

外曾祖的交友圈当然不止于此，十里八乡都有很多挚友，甚至对于乞丐、流浪汉，也总是仗义相助。那时候实在太穷，乡镇上都是流浪行乞之人。他见不得这些，总要给个仨瓜俩枣，大爷说自己的爹是"四处散钱"。每到三节，外曾祖总是把乞丐、流浪汉、走街串巷的卖唱艺人请到家里，一摆就是几桌。这些人也知报恩，每次打到野狗、野兔都会收拾干净送来，外曾祖备好酒菜，与这些真正的"狐朋狗友"喝到深夜。这些在人世间漂泊游荡的灵魂啊，被这美味和酒气吸引到荒江野老屋中，畅怀豪饮，醺醉了整个江湖。

外曾祖的收入是不错，但开销也如流水，未攒下什么家业。随着年岁的增长，他大概也意识到不可如此。那时候的农村已经有人盖起了砖房，一些用剩下的废砖就弃置在路边。外曾祖是好面儿的人，白天不好意思去捡，到了晚上就穿着女人的青布围裙把那些砖头包回来。我现在还记得，在老宅门前一段路上铺着一些碎砖，为了雨天防滑。这些砖头就是我的外曾祖在 20 世纪的深夜，一块一块捡回来的。

大爷已经到了成婚的年纪，也有人说了一门亲事。外曾祖想把儿子的婚礼办得风光一些。但正是计划经济时代，采买都有定量，宴客的粮食成了最大的问题。正在一家人发愁之际，却有些人时常送来了一点粮食。原来是那些当年和外曾祖交好的乞丐们，自发地攒钱一人一点地买了些粮食送来。大爷是吃着乞丐送的米办成的婚礼。这些乞丐们，是报当年的一饭之恩，更是早就把外曾祖当成难中挚友，故人之子大喜之日，理当如此。风尘之中，自有真情，这是自古皆然的。

再后来，"文革"来了，算命为业的外曾祖首当其冲。但是乡人质朴，多受过他的恩惠，他竟然在这样的浩劫中得以保全。只不过派出所派人来，把他的所有书籍和法器都没收充公了。母亲现在还记得，是谁拿走了那两个大罗盘。

但就是在这十年浩劫里，还是有不少人偷偷来找外曾祖，书虽然被没收了，但是书里的内容早就了然。国家的法规再厉害，也没办法和千年的风俗相抗争，于是，在全国都在打倒牛鬼蛇神的时候，这位江南的风水先生还是走在乡间地头算卦相面，卜问凶吉，为乡人们的心建造着避难所，只不过他的脚步比从前蹒跚了许多。

外曾祖在晚年的时候对大爷和外公说，我没为你们做过什么，也不图你们给我养老送终了。外公天生哑巴，没法说话，大爷性情耿偏，也什么都没说。后来在外曾祖病重卧床之际，大爷不离左右，外公在前一年已经去世了。

我从未见过这个赐给我姓氏的外曾祖，只是常从长辈和乡邻的口中听到。在我很小的时候，曾有人来找外曾祖，说他还有个哥哥，他们是他哥哥的后人。这些人离开时，说是返回新疆。那时候通讯不便，这事也就不了了之。外曾祖在战乱中是不是曾经走失过一个兄弟，怕是永远没人知道了。

前几日，有一位同乡老人故去，享年九十。据说这位老人在年轻时候有黄鼠狼精上身，外曾祖曾为她驱过邪。在葬礼前夜，家人邻居正在忙活的时候，忽然从棺材里喷出一股白烟，越升越高，越蔓越长，一直延伸出几亩地才消失。在场的所有人都愣住了，有人猜测，该是这黄鼠狼精一直附在老太太身上，现在肉身已死，这邪祟之物也就离开了。

孔子说："敬鬼神而远之。"鬼神之事，老夫子没说有，也没说没有。圣人都说不清楚的事情，我更是不知了。我唯一知道的是，许多事、许多人都在那股白烟之中，随风而逝了。究竟去了哪儿，谁也不知道。

半仙之子

在外曾祖去世的前一年，我嫡亲的外公去世了，留下妻子和两个女儿（我的姨妈和母亲）。从母亲的描述来看，外公是个极聪明的人，但是在五六岁的时候，得了重病，之后再也没能开口，就连死后墓上写的也是"马哑子之墓"。

那两年，外曾祖母忍受着晚年丧子和两度丧夫的打击。她名叫张绣莲，是个质朴而坚忍的女人，这一生的经历让她能够直视命运所有的不公与险恶。外曾祖去世后，古稀之年的她和小儿媳（我的外婆）一起出去帮别人做工。这对命运相似的婆媳，在人世间互相搀扶，艰难前行。后来经人介绍，外婆嫁给了邻村的小伙子，就是我现在的外公。

我出生的时候，外曾祖母已是耄耋，后来九十二岁寿终正寝。死后按照她的遗愿，和外曾祖合葬在一起，而他们的墓旁就是其儿子"马哑子"之墓。她第一任丈夫的坟墓已经找不到了，当初的骨殖也不知有没有人收殓过，我们只是在清明时多烧一点纸钱纪念一下罢了。

大爷在外曾祖母的葬礼上和外公有些小争执。他对于死亡，有着超乎常人的敬重。他住在邻村，只有清明中元、阴生烧经这种祭奠先人的日子才来我家。他满头白发，背着双手，拎着一条鱼、两沓黄裱纸，一步一步地踱着。

大爷没跟继父改姓，还姓王，是为了给老王家延续一点血脉，名叫学成，寓意该是学有所成，但大爷并不识字。在乞丐的帮衬下娶下一房媳妇，不久生下一子。外曾祖没有子嗣，于是这孩子跟爷爷姓马，算作长房长孙，取名新民。

大爷家里也穷，难得煮上一碗黄玉米粥，新民贪嘴，粥碗整个扣在胸口，烫伤了一大块，性命垂危。大爷的岳母上门，说是家里有人病危，要女儿回家。大爷的妻子一走，再也没有回来过。新民到了读书的年纪，学堂靠近外曾祖家，他便跟自己的爷爷奶奶一起生活，父子俩自此分隔，舅舅再回来和大爷同住，是近五十年后了。而且父子之间的嫌隙越来越大，数十年后几成仇人。

老婆儿子全走了，大爷自此一个人生活。他家是两间泥坯的破屋，不通电，不通水，夜里需得点一支蜡烛，用水要到井里取。屋子里到处都是杂物，难有下脚之处。大爷一个人生活了几十年，性格愈发古怪。

新民也常被同学嘲笑没有爹娘，备受欺侮。有人问他一周有几天，他一直数到九，所以多了个外号叫"星期九"。直到我小时候，乡人还会开玩笑说，你的舅舅叫"星期九"。

舅舅自小没过上好日子，发育很差，个子只有一米五。读了几年书后，他被送去铁匠铺，这竟成了他操持半生的行当。舅舅四处漂泊，曾外祖母死后，他更没什么牵挂，开始赌博。就像小时候被同学欺负一样，他在牌桌上也被人作弄，积蓄很快就散去了。但他对我还是颇为疼爱的，那时候他在邻县打铁，暑假把我接过去玩。他打铁，我就在旁边看着，还会帮忙拉风箱。火红的铁水流出，犁、耙、锄、镐在舅舅的锤下一一显形。他和我住在铁匠铺里，每日都给我买来冰棍。多年来，一提起舅舅，我就想到夏天。

大爷的身体也越来越差，加之严重的贫血和营养不良，一下就病倒了。那时候，地里刚收了一些油菜籽，母亲替他卖了一些钱。家人去找舅舅，他不肯回来。那天大雨，母亲在屋外站了很久，舅舅就是闭门不出。这一刻，是他童年离家时就决定了的，这些年的分离让他更加决绝。母亲没办法，叫了一辆车，带着大爷去县城看病住院，大爷怎么都不愿意，还要跟车回来。实在拗不过去，才答应在医院输了三天血。村里筹了几百块钱再加上他自己的一点积蓄，刚够开销。大爷出院的时候，医院里已经下了病危通知书。那几日，正好农忙，大人都在地里干活，我就照顾了大爷一个下午，替他捶胸抹背。他的屋子仍未通电，白日里如同夜晚，泥坯的墙壁里外都是土蜂的巢，土蜂在床边飞来飞去，床单被褥和墙壁一样百孔千疮。我扶他起来小解，替他把着夜壶，他哆哆嗦嗦，半天也尿不出来。那几年，他很少去我家了，先人的阴生、周年，也记不清了。我第一次看着一个人一点一点老去。

大爷不想拖累家人，趁人不注意的时候，抱着茅草到灶膛，卧在其中，想把自己和这破屋一起烧掉，幸好被人发现，救了下来。

后来，大爷的身体竟又好了起来，其实原本就没有什么重病，只要补充营养，自然就好起来了。村里落实新的政策，拆除危房，并予以补助，大爷终于盖起了三间简单的瓦房。房子通上了电，但是没有通水，他习惯了井水了，也不想多花钱。

舅舅过了不惑之年，自然是找不到妻子。铁匠铺连同他这个人慢慢被时代淘汰，他只能从邻县回来，在窑厂谋了份苦力。窑场和大爷家很近，但他从未回去过，一直住在宿舍。而此时，舅舅的生命中出现了一个小他十三岁的女人。这个女人叫小芳，算不得美丽，也说不上善良，甚至她还有家室。事情败露以后，舅舅被小芳的家人毒打。他小身板没有反抗之力，但是他和小芳不仅没有分开，甚至还住在了一起。舅舅的行为让家人脸上无光，就连我这样的孩子都觉得羞愧。母亲去劝他，让他和小芳分开。舅舅还是和当年一样，闭门不出，只是在屋子里对母亲说："你知道吗，这是爱情！""爱情"这个神圣而高级的词汇竟从舅舅的口中说出，并且用来形容一段世俗难容之恋，听着实在很不相称。

舅舅今年五十九了，从去年开始身体就出现各种毛病，像是七十岁的老人。窑厂倒闭，他拿了一笔遣散费，无处可去。几十年后，这对异姓的亲生父子终于住到了一起。大爷住在东屋，他和小芳住在西屋。父子俩不说话，分开吃饭，出门时各自把房门锁上。

上个月，舅舅摔了一跤。他有严重的糖尿病，引起了一系列的并发症，视力下降，路都看不清了。他还出现了严重幻觉，说被子里有蜘蛛，把被子扔了一地；半夜里惊醒，说有人来送芋头；粥喝到一半就放下了，说吃到了蛆。大爷和小芳都很担心，把母亲叫过去，母亲带舅舅去了医院。医生说舅舅出现了轻微脑梗，要住院。小芳一直陪伴左右，她早就和前夫离了婚，这对所有人都不看好的恋人在一起生活了十三年。如果说当年舅舅还能挣到一些钱的话，现在他已经分文无有，小芳还图他什么呢？我实在找不出答案，忽然想起舅舅当年说的两个字——"爱情"。

大爷在家等舅舅的消息，一时不慎，竟又摔伤了。一边是医院里的哥哥，一边是病床上的伯父，母亲两头跑。大爷不愿让母亲奔波，又想到了死。但这次连抱茅草的力气都没有了，对于一个躺在病床上的老人来说，死真的不容易。他唯一想到的办法就是绝食，谁端饭给他都不吃。还好有位老邻居给大爷端来一碗粥，那位邻居也八十岁，大爷实在是感激他的这份恩情，这才把粥喝下。过了些日子，伤病慢慢缓解，他把死又往后延了一延。他拿出一千块钱给母亲，给舅舅看病用，说以后再也不会管他了。

舅舅出院了，卧病在床。父子俩一个躺在东屋，一个躺在西屋。

年关将至，大爷想上街买些年货，却又摔倒。城管上前询问，打电话到村里，村干部通知了母亲。母亲赶到的时候，大爷满脸是血，地上也有一摊血迹。好心的路人打了急救电话，大爷怎么都不愿意去医院，他一辈子连药都不肯吃。急救车只能回去，连出诊费都没拿到。舅舅闻听，借了辆三轮车来接大爷，可大爷不愿意坐，执意走回去，他一路淌血，母亲和舅舅一路跟随。

前几天，大爷拿了八百块钱给母亲，说万一哪天他死了，这个就是给我结婚的礼金。

我给大爷买了些东西，给了点钱，百般推搡他才收下。我让他把钱放好，他走到墙根，缓慢而艰难地弯下膝盖，捡起地上的一只破棉鞋。我这才发现，里面有一些现金和支票，这是他的保险箱。

他说，放在房间的话，新民会偷走。

聊完了往事，大爷又说到了死和对自己丧礼的规划，他想把骨灰放进本村的安息堂，而母亲则说要和外曾祖他们葬在一起。"以后炜炜他们从外地回来，没时间来回跑给你上坟。"大爷没有说话，算是同意。他已经到集市上买好了寿衣。我从未见过一个人谈论自己的死亡可以如此坦然，甚至有些期待。

临走之时，大爷也想相送，只是等我们车子开动，他才走了半程。不知我与他何时才能再见？

半仙之孙

我是在 2016 年的小年夜写下上面这些文字的，没想到除夕刚过就见到了大爷。我和大爷坐在舅舅的灵堂前，聊了半夜。

大年三十跨完年，刚准备入睡，母亲推开我房间的门，说舅舅走了。一瞬间，我竟不知道该说什么。

年三十下午，母亲还去看了大爷，带了点年货，舅舅问起我的婚事，催着我快点结婚。半夜里他感到胸口有些发闷，小芳照看着，给他倒了水，说你忍一忍，明天早上就带你去医院。凌晨一点，舅舅就停止了呼吸。小芳打电话给母亲，叫了急救车，可是回天乏术。舅舅没什么要紧的病，从小受的苦和这大半生的漂泊，让他比一般人更早地油尽灯枯。

母亲帮着料理丧事，小芳拿出了 3000 块，这是他们这对露水夫妻所有的积蓄。这也是小芳上个月的工资，舅舅已经两年不能干活了。他半生的铁匠生涯并没有一点积蓄。

葬礼一切从简，简单地布置了一下灵堂，喇叭里低声放着哀乐，如果不留意，都不会发现是在举行葬礼。宴客只准备请最亲近的，可是发现舅舅的亲戚只有我家和姨妈家，一桌都能坐下。后来也请了一些小芳的亲戚，加上邻居，凑了五桌。厨子开的菜单大爷嫌贵，就把红烧羊肉换了，一桌的成本是三百五。大爷拿出了给自己准备的寿衣，想给儿子穿上，母亲不同意，另买了一身西装，四百八，这是舅舅这辈子最贵的一套衣服。舅舅没有子嗣，请了专人代捧骨灰盒，三百八。以上就是葬礼所有的费用了，因为舅舅是五保户，"五保"的最后一条就是"保葬"，火化是不用钱的。

第二天，有两个陌生的男人赶到，是舅舅的同母兄弟。原来舅舅曾经独自去寻找过他的生母，还真的找到了，她改嫁后又生了两个儿子。生母的葬礼，舅舅去参加了，与两兄弟仍有往来，小芳通知的他们。这一切，舅舅在生前谁也没有告诉。

小芳说，舅舅最后一天说了很多奇怪的话："你 34 岁来投靠我的，今年已经 47 啦。""今年没见到我侄子，想看看他。"只是我未能见到舅舅最后一面。小芳决定要和舅舅对服。"对服"是农村旧习，丈夫死了以后，把生前的一件衣服撕成两半，一半和骨灰放在一起，一半留在妻子身边，妻子死后，带着这一半衣服与丈夫合葬，据传这样的话，夫妻能在阴间再见。

明天，就是舅舅的葬礼了。此刻，我和大爷坐在灵前为他守夜。傍晚忽然降温了，下起了雨，风也大了起来，把白花和挽幛吹得翻飞，席棚哗哗作响。这是我第一次看见舅舅穿西装。明天去给他送葬的，只有四个人，姨妈、母亲、姨妈的女婿和我……曾经一想起舅舅，就会想起火红的铁水，想起冰棍，想起夏天，可是他为什么走在这严酷的寒冬？

大爷和我聊了很多，他让我记住我本来姓王，我们祖上住在"王家塘"，我问在哪儿，他只知道在西北，具体位置也不清楚，说是有一支族人现在搬到了长沙。他也让我记住外曾祖，说他也有很多功劳，还说到了那棵紫金藤，又问了我的婚事。最后讲起来舅舅的曾经，说他小时候如何不懂事……和一个八十多岁的老人聊着天，他的六十岁的儿子躺在咫尺之遥的棺材里。大爷没有我想象的白发人的悲伤，因为在他的心里，死亡对于他们父子来说本就是一件不必惊慌的事。只是儿子比自己走得早，这多少让他有些诧异。

我的舅舅今天正好六十岁，他度过了他耳顺之年的第一个小时。

供桌上的鲤鱼还在翕动着嘴，被绑着双脚的鸡不时挣扎，棺材的东北角点着一盏油灯。在这忽明忽暗的微弱火光中，我漫无目的地想着好多人、好多事：那个给我姓氏的半仙曾祖，那个一生孤苦的耿偏大爷，那个未曾谋面的哑巴外公，那个飘泊无定的矮小舅舅，那个丧夫改嫁的曾祖母，那个丧夫改嫁的外婆，那个丧夫改嫁的母亲，还有那棵坟中的紫金藤。

我很想大喊一声，却不知喊给谁听，也不知该喊点什么。抬眼看到舅舅灵堂前的挽联"堂内含泪仰遗容，灵前香烛祭英魂"，感觉有些奇怪，原来是平仄不对。

大爷之死

大爷死了，八十三岁，投河自尽，完成了最后一个心愿。

哪一天死的，不能确定，几天前母亲还来看过他，之后的每一天都有可能。

去年年底，写过一篇关于这父子俩的文章，没想到几天后，大年初一的凌晨，舅舅就去世了，文章有了那样一个结尾，本就唏嘘，可大爷又以这样的方式离开，文章再次续写。一年前，我和大爷守夜，咫尺的棺材里躺着他六十岁的儿子。一年后，我坐在同样的地方，这位八十三岁的白发老人自己躺了进去，人世间的荒凉与荒诞竟至于此。

那天电话刚接通，母亲已经泣不成声，只说了句："大爷自杀了，你赶快回来。"路上拥堵，心急如焚，这才知道奔丧的含义。

到了大爷家，冷清得很，只有几个家人在张罗。大爷躺在席子上，身上盖着被子，我只看到他的白发。地上湿了一摊，他身上不时有水滴下来。

舅舅去世以后几个月，那个小他十三岁，相守十三年的叫做小芳的女人就离开了，这就是舅舅当年高喊的那段"爱情"的结局。小芳回来过两次，把家里的一些电器都搬走了，改嫁他人。说是改嫁，不过就是换个人过日子，毕竟谁和谁都没有手续。

　　大爷一个人住，腿脚不便，很少走动。除了母亲时常看望，余下的就是去熟识的邻居家转转。邻居两天没见大爷出门，觉得奇怪。来到大爷家，才发现地上杂乱不堪，凳子、锄头、芝麻、红豆四散一地，感觉不妙，马上给母亲打了电话。众人一起寻找，在屋后的小河里发现了大爷的尸体。冬天的棉衣，让他漂在水面上。敲碎冰面，拖着他的双腿，慢慢拉上了岸。

　　入殓前需要剃发，同村的老剃头匠剃着大爷的白发，说："前些日子，你说要出去，还让我帮你修修胡子，现在怎么就去了？"农村有专职的入殓师，擦洗身子、换上寿衣。大爷衣服都已经湿透了，两个老头花了很大力气，才一件件脱下来，不时感慨大爷穿这么多，明明怕冷，可为什么又要走入冰冷的河水。大爷脚上全是淤泥，擦洗得一盆水酸臭污浊。日本有一部电影《入殓师》，让我一度以为死亡唯美动人，而当你真的面对这样的尸体，你才会明白，真实的人间寒冷残酷、泥泞不堪。

　　哀乐一响，家人痛哭。半因悲痛，半由风俗。

　　我说过，大爷从许多年前开始，唯一等待的事情，就是死亡。

　　他一生耿倔，晚年越发厉害。母亲经常会买些东西过去，但他总是不要，甚至说，你再买过来，我全部扔掉。大爷的土地都被外地的生意人承包了，有时候那人会挑一些新鲜蔬菜送来，大爷也不要。生意人很奇怪，就问邻居，为什么这白发老人不吃我种的菜啊？邻居答："他知道自己到这个岁数了，欠你的情，没法再还了。"大爷一生都不愿亏欠别人。

　　他为死亡做了很多准备。他喊来姨妈，说你把洗衣机这些有用的都带回去吧。他让母亲买条烟，给一位同村老汉，因为老汉一直帮他挑水。他也常对母亲说，死后不要铺张，一切从简。他有两笔存款，一笔一万六，是用来操办葬礼的，另一笔一万，给母亲和姨妈一人五千。母亲说你别省，我们也不会要你的钱。

前段时间，镇上出了这样一件事：一位孤寡老人，卧病在床，侄子照顾。有一天，侄子在来的路上不幸因车祸遇难。大爷和邻居谈到此事，这或许就成了他的催命符。他对母亲说，我死不会拖累你们的。他还问母亲："炜炜还有几天放假回来？"母亲说："快了。"大爷大概在心里盘算着日子，希望葬礼上我们都在。

在腊月寒夜，大爷下定决心。残雪未消，空里流霜，他白须白发，脚步蹒跚又坚定地走向河面，应该每一步都走得很难，就像他苦难的一生。我不知道他走在那耕种了一世的菜地上时，想了些什么，有没有舍不得我们，有没有想到舅舅，有没有想到他的父亲，有没有想到那根穿坟而过的紫金藤？

小河不深，他死后腹中也没多少水，他根本就没能走到河中间。他双腿陷在淤泥里，没有喊叫，甚至没有挣扎，他在冰冷的河水中咬紧牙关，坚持死去。他不是淹死的，而是冻死的。大爷倔了一辈子，连死都这样倔。

大爷八十岁给自己买的那套寿衣，这次终于用上了，上面的包装都已褪色。葬礼需要用到很多零钱、硬币，棺材里就要垫上七个。母亲在大爷的抽屉里找到一个口袋，里面全是零钱——大爷早就准备好了。他每天都在琢磨着自己的葬礼，尽可能细致，尽可能全面，尽可能不要拖累晚辈。

　　大爷的葬礼，要请一些亲戚，但是他随改嫁的母亲后，就很少回原籍了，近来几十年就再未回去过。其实两地相隔不过几十里，不到半小时的车程。但对于年事渐高的大爷来说，再难跨越了。

　　他和母亲说："炜炜有车了，等他回来，带我回去看看。"遗憾他未能等到我。原籍还有大爷的几位堂哥健在，母亲翻找出一个固话号码，没能拨通，在这个通讯如此便捷的世界，没了那几个数字，哪怕至亲，也可能走失在茫茫人海。

　　母亲决定，回大爷原籍去找。她曾去过几次，不过也是二十年前了。物非人非，踪迹难寻。母亲和我找到那个镇子，然后不断向人询问，终于找到他的伯父家。出来一位老太太，母亲只说了名姓，老少皆痛哭——这是分隔几十年后的近亲啊。这才说到大爷父子的相继离世，更是一番唏嘘。大爷的堂哥们答应过来送送这位多年未见的兄弟。

　　大爷的葬礼，一切按照乡俗和他生前的嘱托，母亲主事，处事果决，人情练达，这是经历了多少沧桑才有的。列了一张单子，抬棺、放炮、点香、发纸均有专人负责，如同大型活动的职员表。只是大爷也没有子嗣捧牌位，所以请了那位帮舅舅捧牌位的同乡。

　　葬礼的风俗各地有别，水陆道场在家乡是必备的。家乡有一种重要环节"渡桥"：请匠人纸糊一座奈何桥，法师念经，晚辈跪在四周，为了帮助亡灵顺利到达彼岸。大爷是投河而死，因此还需要一个很重要的仪式"破九州"。据说，这些"缺死鬼"不能像正常的亡灵一样转世投胎，而是会被困九州城，需要法师作法，才能助亡灵破城而出。匠人用纸糊的八州围成一圈，豫州在内，一共九州，东北角放上祭桌。法师依门而走，念动咒语，然后大喝一声，喝一口清水喷在城门之上，最后拿沾了鸡血、鱼血的宝剑划破城门，这算是破了一州。每破一州，则放一炮。捧牌位的同乡跟着法师转，众人都在围观，但有一位老太太走到我身边，压低声音说："你回去，别看了。""怎么了？"我问。"他一喊，鬼魂就来了，你们青年人，顶不住的。"我虽然没有回去，但还是退后几步。法师的念白，我听不太懂，其中夹杂着夫子被困陈蔡、秦始皇围海、女娲补天等典故，甚至还有项羽《垓下曲》的全文背诵，像极了高中生的议论文。我猜测，围观的乡民们一定没我懂得多，但是他们还是面露笑容。

宴席上，乡亲们讲着笑话，他们的笑话大多涉及情色，口头禅也总和生殖器相关。说着说着，他们又聊起了大爷，一个老头说他也是一个人住，以前总和大爷讨论，死了以后恐怕都没人知道。接着，他们又开始评论起饭菜的口味。

从前，我总觉得乡亲们庸俗粗鄙，没有文化，不懂悲悯，这样的抵触感一直随着我的成长愈加严重。可是这一次我忽然理解了他们，人世间有那么多的苦难，他们不靠着这些庸俗的玩笑，何以消磨漫长的午后？他们不靠遗忘伤痕，又怎能度过凄楚的寒夜？他们不靠着这些迷信，又怎样支撑缺失的人生？在这片土地上生活了近三十年以后，在大爷的葬礼上，我忽然理解了钱穆说的对历史的温情与敬意。怀着这种情感，我对故乡和故乡的人进行了一次重新回望。

大爷终究没能坐上我的车，我跟在他灵车的后面，看大爷化作一缕烟尘。我一直在想，大爷这悲剧一生的原因何在？或许有些人生来苦难，命运从来不讲公平。

大爷的骨灰被直接放进墓地，公墓是一格一格的，父子俩楼上楼下，他们总该和解了吧？葬礼的最后一个流程，是烧一座纸糊的房子给大爷，算是他阴间的宅子。大爷生前反复叮嘱，只要烧小平房，但母亲还是让人扎了一座大楼房。如果他真的泉下得见，怕是又要责怪侄女浪费了。火光灼热，让我想起那年炎热的暑假，我来大爷家玩。那时候他家还是两间草屋，我躺在他的藤椅上，渐渐睡去。醒来后，大爷给我拿来一个西瓜，还用井水镇过，吃起来眼睛都觉得又甜又亮。

大爷的屋子已经残破不堪，家人把东西清理干净，然后锁上。我知道今生再也不会踏足此地了，转身回望老屋，然后走进了无尽的黑夜。

大爷托梦

我问母亲，大爷周年我要不要回来，母亲说我离家路远，不用了，大爷会体谅的。昨天夜里，我梦到了大爷。他在老家，穿着一套新衣服。我一见他就哭了，跪下来磕头，大爷笑着连忙扶我起来。

梦就醒了。

我看表是凌晨三点，再看日期，腊月十八。我给母亲发了一条短信，母亲也一直没睡着，她回过来电话，说那是大爷给我托梦。

我之前已经很久不留意日期了，更不知道那天是农历几时。所以，我愿意相信那真的是大爷托梦，想再看看千里以外的侄孙，想让我再给他磕一个头。

我盯着天花板，睡不着了，心里并不害怕，反而有一点奇妙和温暖。大爷终于穿上新衣服了，大爷在笑。我曾以为，在大爷和舅舅离世的时候，他们的故事就已经结束了，现在才发现，这只是一个开头。我不知道这些附身和托梦到底是真是假，但我愿意相信那些逝去的亲人此刻正在另一个世界继续他们的生活，他们工作，他们微笑，他们晒太阳，他们等待着与我们的重逢。

初稿于丙申年腊月廿三
二稿于丁酉年正月初二舅舅灵堂
三稿于丁酉年腊月廿三大爷葬礼
四稿于戊戌年腊月廿三大爷周年

四舅爷和他的牛

一

我已经记不清最后一次看到四舅爷是什么时候了，可能当时我的脑子里根本没有意识到要去记得，就像在路上看到一辆黑色轿车驶过，你不会有太深的印象，忽然有一天，有人和你说，那天我就坐在那辆车里啊，你才恍然。四舅爷大概就是这样的一个存在。

四舅爷是我外婆的四弟，外婆家姓缪，所以人皆称缪四。四舅爷的身世其实并没有太多值得说的地方，20世纪40年代，他生在破败的农村，往后的几十年在时代的浪潮中起起伏伏，从没想过也根本无力去反抗什么，只不过为了自己和家人的嘴奔波着。四舅爷早些年贩卖过私盐，这大概是他老实巴交的一生中做过的最胆大妄为的一件事。后来，在一次完全不知道因何而起的——甚至称不上矛盾的——恶作剧中，被一帮有恶意或者无恶意的闲人吓傻了。

他开始乱叫、打人，狂躁不安。家人没有办法，那个年代是不可能把他送到精神医院接受治疗的，只能用铁链把他锁起来。后来，四舅爷渐渐康复了，但是他一生的悲剧似乎从那个时候开始埋下了祸根。

四舅爷的疯癫让他错过了一个男人本该干一番事业的最佳年纪，他成了一个大龄剩男。家人凑了些钱，给他娶了一房媳妇，那个媳妇也是个傻子。媳妇口齿不清，急躁起来，嘴里发出"呜哩呜突"的声音，没人能听清她说的是什么，但四舅爷可以。我本该唤这个女人为四舅奶奶，但是我从来没有叫过。亲戚们虽然表面上不会对她的疯癫表现出太多的歧视，但骨子里是看不起的。所以，大人们也从来没让我叫过她。可是假如没有大人的阻止，童年的我是否会叫她呢？恐怕也不会，人生而刻薄，常用同情或落井下石的方式享受着优越感。

结婚后不久，四舅爷有了一个女儿，但是妻子的智力根本无法抚养孩子。她怕女儿冷，就给女儿盖上厚厚的棉被，结果女儿被活生生闷死。再后来，妻子又生了一个孩子，还是个男孩，四舅爷满怀期待地给儿子取名叫军华。

可军华又是一个傻子。

军华比别的孩子说话晚，而且口齿不清。就有人议论起来，说军华遗传了他妈，四舅爷一听到这种话，会立刻和说闲话的人打起来。四舅爷坚持把军华送去读书，可没过多久，军华就被学校送了回来。四舅爷怪他不争气，打了他一顿。过了些日子，四舅爷又把军华送去读书，学校又送了回来，这一次四舅爷没说什么，也没有再打儿子。

二

一家两个傻子，日子还是得过，四舅爷开始干起了杂活。从我有印象起，四舅爷就养了一头牛，替人耕地。他有时候来我们家串门，坐在小凳子上，和外公正对脸，两个人都抱着水烟锅，有一搭没一搭地聊着，海子有那么一句诗"有人背着粮食，夜里推门进来。油灯下，认清是三叔。老哥俩，一宵无言，只有水烟锅，咕噜咕噜"，说的大概就是这样的老哥俩。

而此时，四舅爷会把牛拴在河畔，让它自个儿吃草。我尚年幼，好奇又胆小，总是远远地偷看。有一回，四舅爷来帮我们家耕地，他发现了我对牛很好奇，就把我抱上牛背，自己站在犁上。我很紧张，转头看着四舅爷，他在背后笑着指挥牛的方向，喊着"偏了""恰了"（我只记得发音是这样，往左、往右的意思），而这头倔强的牛似乎很听主人的。我渐渐轻松下来，开始享受那一刻。我慢慢感受到牛在水田中奔跑，这片田地的四周都是绿油油的庄稼地，天很蓝。"牧童骑黄牛，歌声振林樾"，毫不夸张地说，如果那时候我会写诗，一张嘴一定流芳千古。我不知道怎么描述自己在牛背上的感觉，直到近几年才出现的一个词——穿越——是的，穿越。我和四舅爷驾着这辆牛车回到汉唐甚至更老的时候，遇到了一位满脸白胡子的诗人，说了声，哦，你也在这儿！

有个养牛的四舅爷对年幼的我来说是一件很酷的事情，他几乎承包了我们附近几个村所有耕地的活儿。他让这么多粮食得以生长，但是换来的不过是让一家三口勉强生存而已。

军华长大了，一米八几的大个子，可智力完全跟不上年纪和身高的疯长。他干不了脑力活，却有着一膀子力气。有时候别人盖房子，他去拌个泥浆，搬个砖头，或者给人地里挑水担粪。很多人乐意请他，因为他力气大，累了喝碗米酒又能干个大半天，而且不用付什么工钱，管饭就好。有些人过意不去，也会给包烟，塞点钱，但是军华并不认识钞票，有时说好干一天给二十，可结账的时候主人家拿一块钱来冒充。

很多人开始捉弄军华，他们和军华说，你小叔家（我的小舅爷）有钱，而且他在外面打工，就你婶婶和妹妹在家，你可以去偷。军华不知道怎么偷，那些人又给他支招，说从房顶掀开瓦片。军华照做，结果被抓，四舅爷又是一顿暴打。

三

耕了好几年的地，四舅爷攒下一点钱，正好小舅爷要搬家，四舅爷拿出积蓄，把小舅爷家的房子买了下来，重新拾掇一番。四舅爷一家终于从破旧的茅草屋里搬了出来。农村过年，兴吃年酒，挑个日子，喊亲戚来聚聚。四舅爷虽然家穷，但是每年都会喊我们。那年换了新家，特别高兴。

我小时候很顽劣，拿着小鞭炮到处炸，点了一根，扔在了四舅爷给牛喝水的大缸里。咔嚓一声，那个缸一点一点裂开，直到完全分成两半。我知道犯了大错，但是四舅爷没有责怪我，笑着说没事没事，现在想来，那对于家徒四壁的四舅爷来说，确是不小的损失。

多年的操劳，四舅爷得了非常严重的哮喘。军华又到了娶媳妇的年纪，四舅爷还得帮着张罗，但没有女人愿意嫁入这样一个家庭。有一次，军华不知道从哪儿带回拾荒来此的外省女人，而且还过了几天日子。四舅爷很高兴，不管怎么说，至少有个人照顾自己的傻儿子了。可是没多久，那个女人就偷了家里的钱跑了。村里的一帮闲人就开始嘲笑军华，并且对他说，你没女人睡觉的话，就去和你们家的那头牛睡，军华照做，结果被牛踢了。后来又有人说，你可以和你妈去睡，军华也真的试图这么做。四舅爷真想把儿子打死，却险些被儿子打伤。四舅爷一家，成了镇上所有人的谈资和笑柄。

军华本来没那么傻，也不做坏事，是被那帮闲人给逗傻了的。闲人们当年把四舅爷吓傻了，现在又把军华逗傻了。他们在乡村繁衍，一代一代，永不消失。我读小学的时候，同学们经常会议论街上的傻子，天真的孩子们会像大人一样满怀恶意地辱骂傻子们，偶尔也提到"军华"的名字。但对我来说，有这样一个舅舅，是非常丢人的一件事。我从来没有说过军华是我的舅舅，甚至会跟着他们附和两句。

四舅爷明显老了，再也赶不动牛了，终于他把那头跟了他很多年的老伙计给卖了，靠着干一些零活和一家三口的低保过日子。

有一天，军华又出事了，出了大事。在那帮闲人的怂恿下，军华强奸了一个老太太，把老太太弄骨折了。如果不是这件事真的发生，我无法想象我的乡亲们会这样戏弄军华。军华在黑夜中奔逃，本来是没有人能抓住他的，但是他几乎炫耀地喊："你们抓不住我！"谁都听得出来，这是傻子的声音。第二天，警察就把军华抓走了。

这次四舅爷慌了，这已经完全超出了他可以控制的范围，他不知道该怎么办。他四处求人，找遍了所有可能把儿子弄出来的关系，但始终无能为力。最后，四舅爷说："我儿子是个疯子，总不至于把他枪毙！"这是我第一次听四舅爷说军华是疯子。

确实没办法枪毙军华，甚至没办法给他判刑，他被关进了看守所。对于军华来说，在哪儿都差不多，他甚至觉得看守所里伙食更好了一些，没日没夜地开始唱着他的歌。和他关在一起的几个人也并非善类，见他是傻子，对他日日暴打，拿着板凳砸他，板凳被砸断，军华的小肠被砸了出来。

军华被送到医院，四舅爷去照看他，这是军华犯事以来，父子俩第一次相见。稍稍康复，军华又被送进了看守所，四舅爷获得了三万块钱的赔偿。

自己年轻时曾经疯过，被铁链锁住，失去了自由，如今儿子又是疯子，也被铁栏锁住，同样失去了自由——这一切的痛苦都得四舅爷一个人承担，因为他自己的老婆也是个疯子。

去年，四舅爷花了一万块钱，把家里重新整修了一下，他等着儿子出来。有一次，三舅爷去看望弟弟，说你过得不容易。四舅爷说，其实还好，我还有点积蓄，用手做了一个"八"。三舅爷问："八千？"四舅爷答："八万。"

八万，真的是他一辈子的积蓄。

四

前几天，四舅爷去看望他的岳父。老人家八十九岁生日，农村习俗，做九不做十，这是大寿。四舅爷带上八百块礼金，这不算少了。四舅爷是个不愿意失身份的人，即使是寻常的邻居家有个红白喜事，他多少总会送些礼金。他骑着电动车经过一个路口，迎面来了一个骑自行车的中年妇女，两人避让间，女人把车停下，四舅爷却撞了上去。撞击并不严重，女人询问四舅爷伤势，四舅爷站了起来，说没事，也就走了。那时候天色尚早，四舅爷去街边吃了一碗馄饨，但是刚吃完起身，就吐起来，吐得满身都是，然后倒地不起。人们围拢起来，有人认出了四舅爷，报警送到了医院。有人拿着四舅爷的电动车钥匙，又不能送回给他的傻婆娘，于是就送到了我外婆的手中。

当大舅爷、五舅爷、小舅爷和外婆赶到医院的时候，四舅爷已经在靠氧气瓶维系着生命。医生说，病人的脑中多处血管爆裂，而且以前有严重的哮喘，肺已经全部碎了。四舅爷由于多年的操劳，就像是一个老古董，只要稍稍一碰就裂了，而那个小车祸就是这一碰。

亲戚们商量要不要算交通事故，但是又担心万一到最后是四舅爷负全责的话，医药费没办法报销。最后决定，对外说四舅爷是因为生病而住院的。在他神志尚清醒的时候，对五舅爷说，他的积蓄一万给老婆，一万给儿子，一万给老丈人，剩下的钱给自己料理后事。他用生命的最后一口气，完成了一个丈夫、一个父亲、一个儿子的责任。五舅爷问他钱放在哪儿，他已经说不出话了。

医生建议，赶快弄回家吧。大舅爷是个算命先生，他说那天不宜出院，于是又拖了一天，多花了将近一万的医疗费，这是四舅爷一生积蓄的八分之一。

出院那天，那个傻媳妇已经准备出去除草了，邻居说，你今天就别出去了，你男人要回来了，媳妇很高兴。一见到插满管子的丈夫，她就嚎啕大哭。医护人员把四舅爷的氧气管拔掉以后，没多久，他就离开人世了。法医来了，询问要不要解剖，亲戚说，算了吧，一辈子没过上好日子，最后就不要挨这一刀了吧。

后来，几个舅爷开始找四舅爷的遗产，在他的床头发现了一个小木箱，木箱上有把锁。此时外婆想起那串车钥匙，其中一把刚好打开了木箱，里面有一张支票和一些现金，加起来四万多。三舅爷说不对，弟弟曾经和他说过有八万左右的存款，现在少了三万，正好是军华的那笔赔偿金。一时间，亲戚们争论不休，纷纷猜测钱的去处，怀疑是某位舅爷拿了这笔钱。但是葬礼在即，这件事暂时放下了。

谁来办这场葬礼呢？本来是由五舅爷和小舅爷的两个女儿来办

的，但是三舅爷家的儿子也想办，最后三个小辈共同操办。邻居们私下议论，他们不过是出个面而已，四舅爷的钱是足够料理后事的，他们还能分到一些钱。

按照常理，军华是得出席他父亲葬礼的，但是他现在身陷囹圄，出来的手续非常复杂，没有哪个亲戚愿意去办，四舅爷到死也没能等到自己的儿子。

按照农村习俗，要有家属哭灵寄托哀思的，但是现在的农村已经有专门的人员来扮演成死者亲属的角色，在棺材前且舞且唱，常常声泪俱下，这样的人叫"哭宝"。乡亲们喜欢看哭灵，他们需要哭这么一下，被感动得热泪盈眶。

因为工作的原因，我未能回家，母亲觉得四舅爷没有孙子，而他在世时对我不错，于是也请了"哭宝"替我哭了一场。母亲电话里对我说，那个人哭得真好啊，他哭着说，爷爷啊，小时候我很调皮，但是你却对我那么好。我想起四舅爷端着水烟锅的样子，那个哭宝再伤心，又怎么会知道四舅爷抱我在牛背上一起穿越到过古代呢？他又怎么知道当时我把缸弄坏，四舅爷笑着说没事呢？

那个和四舅爷发生车祸的女人说要来参加四舅爷的葬礼，但是葬礼那天拨通她的电话，发现已经关机。

四舅爷的遗体被送去火化，亲戚中有好事者又拨通那个女人的电话，这次接通了。亲戚威胁她说如果不过来，就准备起诉她，吓得那女人连声答应。四舅爷骨灰被装在盒子里，亲戚们都说没必要用太好的骨灰盒，最后买了个两百多块的。

骨灰被直接送到公墓，那个女人也赶到了，在亲戚们的监督下，她磕了一个头，从身上摸出一个红包。她走后，亲戚们打开，发现里面有六百块。一些人露出胜利的微笑，觉得终于为四舅爷报了仇。

大舅爷和四舅爷的家靠在一起，葬礼结束后，他要把傻媳妇送到敬老院，说她太吵。一些亲戚不同意，说四舅爷尸骨未寒就赶走他媳妇实在不该。如果四舅爷泉下有知，看到自己的傻媳妇——我的四舅奶奶被驱赶，看到自己的傻儿子——我的舅舅在监狱没能来自己的葬礼，看到亲戚们的猜忌和纷争，他会不会希望自己当年就不要清醒，一直被那条铁链锁着呢？

总之，四舅爷死了，用他攒了一生的积蓄埋葬了自己，葬在了这一片他耕种了一辈子的黄土地上。

疯人愿

我刚走进医院，就听到有人在高声喊叫。抬头一看，四楼的一双手伸出窗户外的铁栏杆，对我们热情挥舞。仔细辨认，说的是"Thank you very much"。这是一个女人发出的，英语里夹杂了一点方言味儿。

我第一次受到如此热情洋溢又国际化的欢迎。

这次和母亲还有几位亲友是来看望舅舅军华的，就是我那位苦难四舅爷的傻儿子。四舅爷早年家中贫困，娶了一个傻女人，儿子也是一个傻子。

傻子军华很出名，被人嘲笑戏弄，包括同乡的孩子。玩伴们常议论他，我跟着附和，但是从未说过这是我的舅舅。舅舅后来被人教唆，强奸了一位老太太，致使老人骨折，被判了四年半。没等到儿子出狱，四舅爷就去世了。

军华在狱中被人欺凌，日日遭到暴打，最后肠子被人用板凳砸了出来。康复之后，又被送进了监狱。

军华提前九个月被释放，因为他太能吃了。别人下午加餐吃一个馒头，他吃五个才能半饱，而且也干不了什么活儿。监狱方面觉得关押着他实在没什么意义，不仅提前释放，还给了他八百块的奖金，理由是他表现良好。

他被送进了县城的精神病院，亲友们去看他，问："你知道你爸在哪儿吗？"军华憨憨地回答："我不懂啊。""你爸死了，没有了。"小舅爷说。军华愣了一下："啊？我爸死啦？"他又转头问傻娘："我爸是不是死了？"四舅奶奶回答："是啊，你爸死了。"军华忽然不说话了，愣在那里，无悲无喜。大家都哭了。

后来，没人去看过军华。这次过年，几个亲友商量着去一趟。

病区铁门紧闭，上面装着监控。按响门铃，护士出来问找谁，我们说"缪军华"，护士放我们进去。进门就是探视室，再里面是病人的活动区域，也都用铁栏围着，与其说是探病，更像是探监。护士大喊："缪军华，有人找。"

军华出来了，见到我们，空洞的眼睛闪过亮光，嘴角露出憨憨的笑容。他喊了"姑妈"，喊我母亲"姐姐"，到我的时候，愣了一会儿，竟然说出了我的名字。

我们俩，已经十多年没见了。

我不知道在他眼里我的变化有多大，但是在我的印象中，军华是一个健壮的二十多岁的小伙子啊，身材高大，声音洪亮，喊起号子来很远都能听到，酒一碗一碗地喝。可此时在我眼前的，是一个发福的中年男人了。

军华坐着，我们把带来的牛奶和饼干拿给他，他还是笑，像个孩子。寒暄几句，我们问他："你爸爸呢？""我爸爸死了。""怎么死的?""心脏病。""你怎么知道是心脏病的?""他自己说的,他以前就跟我说活不了几年了。"我们没有说出四舅爷的真实死因。

"那你知道你妈在哪儿吗?""她被送进了敬老院。"军华说得没错,四舅奶奶在舅爷去世后不久就被送进了敬老院。现在好像还有个男人和她搭伙过日子,院长介绍的,让他们俩互相照料。

军华在医院的这段时间,有几位乡亲过世,我们告诉了军华。"啊,他们死啦。"他像是疑问,又像感慨。军华说在这里过得不错,早上有粥还有榨菜,也没人欺负他。"之前在监狱里不好,要干活儿。规矩太多,蹲着,手抱头,被人拿电棍捅腰,打头,当猪养的。"军华一边说,一边给我们演示,很滑稽。我们让他拉开衣服看看,肚子上伤口已经愈合,但是有一条又粗又长的伤疤,像一条放大了好多倍的蜈蚣。

聊着聊着,军华忽然提出想去看妈妈,我们说下次带你妈来看你。他说好,这儿也有地方可以睡。大家开玩笑,说让我住这儿,军华赶紧阻止:"炜炜要念书的。"在他眼里,我也还是十几年前的中学生。"炜炜叫你舅舅的,你拿点什么给他吃啊?"军华把我们刚带来的饼干推给我。

"你要不要回家?"母亲问。"要!""那你一个人怎么办?""我会煮饭啊,我以后肯定不惹祸了。"他说得很恳切,就像小孩子在请求大人。

"我以后也想去老人院。"

"不行的,老人院要六十岁才收。你今年多大?"

"我不记得了。"

"你四十一了，属马的。记住了吗？"

"嗯，我四十一了，属马的。"军华重复着，牙牙学语。我也诧异了一下，我的舅舅已经四十一岁了。去年，他四十岁，父亲去世，留他一人继续傻傻地活在这个世界上。

旁边也有一老一少，像是父子。小伙子二十出头，完全看不出异样。但是他们的气氛要沉闷很多，父亲问，儿子答，没什么表情。说话间，父亲剥了一大堆核桃给儿子吃。

探视结束，军华把东西交给护工，让她放到自己的柜子里，然后向医生介绍："这是我姑姑，这是我姐姐，这是红芳，这是炜炜。"又忽然想起什么，转头对我们说："以后别买东西了。"

好几个病人都围到窗边，抓着栏杆，有些和我年纪相仿，有些满头白发。里面的病人，三三两两地散步闲谈，晒着太阳打盹儿，还有几个打着扑克牌。我在影视剧里也看过不少精神病院的场景，或是喜剧，或是悲剧，或是励志。但当你真正走进精神病院，你会感觉到，这里没有喜剧，也没有悲剧，这里什么都没有。

一个病人和我四目对视，微微一笑。

回来路上，我说："等军华年纪大了，我们几个晚辈就把他接出来送去敬老院吧。"转念一想，等他六十岁，还有二十年，那时候军华在这个世界上认识的人怕是已经故去大半了吧？

车窗外，艳阳高照，大地回春。

谁人敢去定风波——祖父的波澜一生

一

祖父瘸腿半世，失聪半生，还会些道家秘法。他深情地看了人世间最后一眼，结束了这一场游戏。我想若位列仙班，他该是八仙中的铁拐李。

祖父叫马金波，提起他的名字，附近乡镇的老人们都还有印象，因为这个名字曾经在很长一段时间内不断出现在广播、报纸上。

祖父年轻时在县水产养殖场上班，那是一家国有企业，他端着铁饭碗。怎奈家中育有一女四子，工资几十元，不够养活一家人。祖父决定辞职，让自己的大哥顶岗，开始自谋职业。这也成了他波澜一生的第一个浪头。

祖父聪慧好学，充满激情，标准的创业者性格。在几年的工作中，他学会了不少技术，于是开始了水产养殖。而今，创业已经是件寻常事了，可祖父创业是在 20 世纪 60 年代末。全国都进行着一场史无前例的"文化大革命"的时候，祖父在清理水草和配制饲料。时代的浪潮似乎还席卷不到这个苏北村庄，几年之后，祖父发现自己有钱了。

70 年代初，他盖起了新房。在任何一个时代，房子似乎都是一个男人实力的证明。他亲自画了房子的草图，沿用"明三暗五"这种旧社会富商巨贾常用的房屋格局。房子有四扇门，他说四个儿子，一人从一扇门进来。这个年轻的男人，站在砖瓦日固的房屋前，满心骄傲。这样的房子，在那时当然是豪宅。伯母第一次来婆家，问路时，路人回答："你一直往北走，看到最大最高的房子，就是他们家了。"

木秀于林风必摧之的道理，祖父是懂的，可他不知道这风来得这样快，这样猛。他怎么也想不到，自己会被扣上一顶"新富农"的帽子，被关进了"学习班"。随着"文革"的深入，乡村里也已经遍地牢笼。儿子深陷其中，曾祖母心急如焚，让大孙子（我的大伯）带自己去看望。大伯那时候也还小，一只脚从二八自行车的横杠下面探过去，才勉强踩到另一侧的踏脚。曾祖母坐在后座，大伯半圈半圈地艰难骑行。一路颠簸，大伯回过头来时，发现自己的奶奶已经摔在远处的水渠里了。他赶紧返回，搀起老人家继续赶路。大伯如今已是花甲之年，回忆起这段经历，先是干笑两声，继而大笑不止。

祖父学习了几个月的毛泽东思想，终于获得了自由。他从未和我们谈起过那段经历，但从"学习班"亲历者的回忆来看，他的日子一定不好受。

不久之后，祖父觉得听不清了，几个月监禁的恐惧、着急，让这个壮年男人变成了聋子。以致几十年后，我们需要极大声地说话，他才能勉强听见。

二

70 年代，自行车成为年轻人结婚必备的四大件之一，那两个轮子是国人最普及的代步工具，在城市里，上下班的自行车洪流是那代人的共同记忆。

祖父敏锐地意识到，修理自行车会成为刚需。于是，他通过自学成了一名自行车修理工。他不满足于补胎等简单的修理，而是进行了一系列研发，比如在旧飞轮外套上金属圈，或者将坏齿轮重新打磨，还钻研烧焊技术……废弃的部件被翻新以后又能售卖。

来修自行车的人形形色色，有些一看就是家中拮据的，祖父往往分文不取。祖父让姑妈和大伯到修理铺来帮忙，姑妈后来没能考上高中，几乎当了一辈子的焊工，虽然辛苦，但按照那时候的工资标准，收入是不菲的。而大伯后来到司法部门任职，我想他是新中国为数不多的会修自行车的官员。

由于长时间接触电焊，加上操作不慎，祖父的右腿被感染了。

和耳朵一样，腿伤也越来越严重。这个聋子又变成了一个瘸子。

　　自行车铺的生意贴补家用有余，但祖父绝不会满足于当一个修理工。他从水产养殖中获得启发，开始了家禽培育，办了一家孵化房，培育鸡仔。最开始的时候，他是用电热毯进行孵化的，但由于温度不均匀，小鸡的成活率很低。他改进技术，把电炉丝当作热源。许多个深夜，他睡在地上，观察小鸡的状况。有些老人来买鸡仔，祖父总要送上几只。

　　那时候都是用菜籽油，祖父在孵化房的对面，又开了一家油坊。油坊开了许多年，后来早就不赚钱了，祖父坚持开下去的原因是为了方便乡人。祖父还精心饲养了一头猪，长到了七八百斤。祖母说，县里经常有人来参观这头猪，院子里站都站不下。

三

　　祖父是有野心的。他之前所做的任何一件事，对于普通农民来说，已是不易。但是于他而言，只是小打小闹。他又干回了水产养殖，这次培育的是螃蟹苗。

　　相比于养鱼，培育蟹苗的技术难度要大得多。其中最为困难的就是蟹苗需要在海水里生长。祖父便买下了一条船，沿着遥望港——一条洪水下泄出海的主要河道——一直开到黄海边，运上满仓的海水。我童年时代，也经常跟着船去海边，对于孩子们来说，那实在是一个盛大的日子。单程要三个小时，河水清澈，船过之处，拖着长长的波纹，拍向两岸，岸边树木芦苇，自相映发。到了海边，大人们忙着装海水，而我们则捉鱼抓蟹。回程途中，就把螃蟹放在发动机的水箱上蒸着吃，不需佐料，也能鲜掉舌头。后来的许多年，也在瘦西湖、秦淮河、珠江这些江南江北的名水上泛过舟，美则美矣，总比不上那时的感觉，因为那是坐着自家的大船去看大海。祖父偶尔会立在船头，看着水面。我后来读到《赤壁赋》对曹孟德的描述，总会想起那时的他。

祖父养蟹的规模越来越大，有了好几片蟹池。邻居告诉祖父，有一位同乡的年轻人晚上到祖父的蟹池里偷螃蟹，过几天再卖给他。祖父起初是不相信的，晚上就守在蟹池旁边，果见那个小伙子来偷蟹。祖父发现了，不气不恼，不抓不喊，而是轻轻上前，拍着年轻人的肩膀，说你不可以这样。

又有一位四川的小伙子来乡里打工，只有十七岁。因为一些矛盾，被人殴打，躲到祖父的油坊。祖父让三伯前去挡架，也被痛打一顿。他连夜用船把这个小伙子送到亲戚家，把大伯叫回来，讨回公道。这个叫小王的年轻人这才在乡里立足，祖父后来还替他张罗，娶了一房媳妇。小王如今已经育有两子，每年都来探望祖父，一直到这几年老人家仙逝，走动才少了。

80年代中期，祖父的事业达到顶峰。广播里、报纸上、新买的电视机里会一直出现祖父的名字。他当上了政协委员，被授予"省劳模"的称号。但由于多年高强度的工作，祖父突发脑溢血，被紧急送往医院。这个在今天死亡率都极高的病症，并没有夺去他的生命。由于抢救及时，祖父渐渐康复。

大病之后，家人都劝祖父能老实本分一些，可是这个在浪潮里出没了一生的男人又怎会安于一室？他想放手一搏，做出自己一生中最大胆的商业决定。他打听到大连的蟹价便宜，而深圳很贵。他想从祖国的北部边陲买蟹，卖到国家的最南边，横跨三千公里。他多次往来于两地，进行今天所谓的"市场调查"。祖母回忆，那次从大连回来，祖父为她买了一只手镯，她保存至今。祖父自信地穿梭在祖国的南方和北方，虽然拖着一条瘸腿，也听不清那风声雨声。

祖父从银行贷了一笔款，又借了些高利贷，来到了大连，然后把买来的螃蟹搬上了飞机。尽管尽可能多地考虑了风险，可当他走下飞机，看到由于两地温差已经死去一半的螃蟹时，他靠那条腿勉强支撑身体，才不至于倒下。死螃蟹当然卖不出去，另一半也出现了滞销。在深圳苦苦支撑几天后，祖父带着满身的疲惫和债务回到了家乡。

和许多创业者一样，祖父摔了一个大跟头，几乎再也没能起来。后来，祖父仍旧养蟹，不过是为了还银行欠款和高利贷。有几笔高利贷，祖父还的利息已经远远超过了本金。那时候的欠条都是手写的，祖父还了足够的钱，本没必要按照那不合理的规则还下去。富且仁易，穷有信难，祖父还是一直还债，还到八十岁。最后一笔款项，是大伯帮他还的。大伯笑着说："这是我父亲的中国梦。"

四

祖父初小毕业，相当于现在的三年级，识字而已，学问是算不上高的，但他极爱读书。祖母说，不论是在物资匮乏的年代，还是农忙时令，他总捧着一本书，俗务极少过问。有一回，我看到祖父这位年逾古稀的老人，在阳光下独自流泪，我问原因，他答："罗成死了。"我当时还奇怪，罗成是哪个亲戚，后来才看到他手上拿着一本《罗通扫北》，白发老人在阳光下被一本小说感动哭了。

对读书纯粹的痴迷，让祖父非常重视子女的教育。姑妈和大伯同时初中毕业，那时候读高中不仅要推荐，还要看成绩。姑妈成绩一般，没能考上高中。在那个年代，女孩子初中毕业已经不易了，家中也正是需要姑娘分担家务的时候。可祖父坚持让姑妈复读，而且复读了两年。

大伯高考两年。二伯考了三年。

二伯第一次高考失利，回来痛哭，祖父安慰他，让他复读，第二年也没考上。二伯心灰意冷，拿着扁担和泥篓去挑河，那时候农村还是通过劳动力来分口粮的。祖父听说后，到河边来找二伯，把扁担和泥篓全部弄碎，说："你就给我回去安心读书。"第三年，二伯考上了公安学校。

不唯对儿女如此，当子侄辈读书缺钱的时候，祖父总是相助。那时，家中的情况也并不理想，祖父对教育的重视几乎到了不可思议的程度。

我复读期间，祖父也常用伯父们的经历安慰我，他说："你能考好，复习是我们家的传统。"他管复读叫复习，说完哈哈大笑。

三伯常年在外，妹妹（三伯的女儿）从小跟着祖父生活。每晚临睡，祖父总要给妹妹讲故事，教她绕口令。他那早已光秃，长着几根白发的脑袋里竟能装下这么多东西。每个周末醒来，床上摆上各种物件，祖孙俩扮演小贩，互相售卖。妹妹的玩具也多是祖父亲手做的。

他还找来一块门板和半桶黑漆，自制了一块黑板，教孙女写字。祖父的腿已经瘸得很厉害了，他艰难蹲下，一笔一画。有一回周末，妹妹懒惰，没完成书写任务，从不发火的祖父把她的书包扔了出去。

<h1 style="text-align:center">五</h1>

在我很小的时候，祖父就是一个又瘸又聋的老人了，很难和当年的叱咤风云联系起来。那几年，他还开着油坊，养着螃蟹。他完全不为债务所苦，似乎还债是一个能让他积极生活的目标。到后来，油坊关门，蟹池也填了起来。老屋早没了往昔的气派，晚辈们替二老在原址上新盖了房子。

祖父整日看书、打牌、下棋，他的棋力是极高的，几个高手联手也胜不了他。至于祖母的嘟囔、生活的琐屑，完全不入他的耳，很有些倚聋卖聋的意思。

有一次，祖父忽然到几亩地外的树林里亲手盖了一间屋子。然后买了几头羊，散养在林间吃草。他又承包下附近的鱼塘，用发酵后的羊粪来喂鱼。这个八十岁的老头子搞起了"循环农业"。他大概是厌倦了平淡，又想感受下大海的波澜。

那时候乡下有戏班子来，多是安徽的黄梅戏。空地上搭台，村民提着板凳，几块钱就可听一个下午。祖父常会找到班主，给上几百块，观众就能免费听了，类似古代的堂会。回去之后，祖母免不了一顿数落，祖父竟从家中拿着米面蔬菜，送给戏班子。

祖父晚年信佛。香案上摆满佛像，日日焚香祷告。每逢菩萨诞辰，祖父总要摆上酒席，周边的善男信女就来赴宴，乡俗曰"发会"。他提前几天就自制了一面大旗，然后找来竹竿，在堂屋前高高挂起。大旗招展，风声猎猎，我实在不知道一个八旬的瘸腿老人是如何完成这项工作的。我参加过一次菩萨的生日宴，具体是哪一位菩萨就记不清了。来的都是老人，一进屋就跪在佛像前，放下一些香火钱，多少不拘。他们虔诚祷告，起来时要人搀扶。来的人很多，祖父是肯定要贴钱的。这些老人互不认识，口口相传来到这里。我和几屋子的陌生老人一起吃饭，满眼望去，皆是白头。

祖父是会不少道家秘法的，我亲眼见过他请来"神明"或者"鬼怪"附在器物上，让簸箕凭空扣动，让桌子快速旋转（详见拙文《江湖夜语鬼吹灯》）。他让我深信，世界上存在着超自然的力量。

六

父亲是祖父的小儿子，父亲走后，祖父心中郁结，时常沉默不语。月余，他也查出了淋巴癌，还是晚期。家人瞒着他病情，可智慧如此的祖父又怎会猜不出。

住院期间，祖母不离左右。妹妹那次听到祖父对祖母说："我这辈子谁都不欠，就欠你。"

病情加重，他回到了家中，家人轮流看护。时值暑假，我也陪着他。祖父一生幽默健谈，再大的打击，他从来处之泰然。可这一次，乐观了一辈子的他，几乎整天不说一句话。我明白，半是因为身体，半是因为父亲。他的床头放着我在他八十岁生日宴上买的象牙"痒痒挠"，他当时逢人就说孙子送得好，这叫"不求人"。

要开学前几天，他的身体好转一些，能吃东西了。妹妹要去读高中了，她和祖父含泪告别。她明白，可能再也见不到这位从小陪伴她、教育她的亲人了。祖父只说了句："好好读书。"

那天，我去买一些学习用品，母亲忽然打来电话，让我赶快回去。祖父病情突然加重，呼吸已经艰难，当时大伯正巧也出去了。家人就在旁边大喊："你大儿子还在外面，你等等他。"他竟又缓醒过来。大伯回家，祖父看了一眼，又开始呼吸急促，家人又喊："你小孙子在赶过来，你再等等。"他竟然真的撑到我回去。

一家人围在祖父床前。病人惧光，是向里睡的。可祖父忽然咬紧牙关，奋力转过身来，他开始扫视屋里的每一个人。他的目光在我们身上停留：妻子、儿子、女儿、儿媳、孙子，没有一个遗漏，他看得认认真真，看得铭心刻骨。他的眼神里竟没有一点将死者的悲哀、痛苦，而是坚决如冰、炽烈似火，就像他从前的意气风发。他要我们记住他，他也要记住我们每个人，不离不弃，世世生生。

祖父看完一圈，才闭上了眼睛。他弥留之际，都在和命运抗争，他要延长自己的生命，让死神等一等。

七

祖父已经去世几年了，前尘往事都如那条大船，沉到了湖底。祖母身体康健，只是有段时间，她把菩萨送走，可是不久身体不适，遂又请了回来。

我回想起祖父，还是他满脸笑容的样子。我总觉得，是他为我开了天眼，让我看到了神，见到了鬼，明白善恶，分辨是非。我现在才明白，这个一辈子都把命运掌握在自己手上的男人怎么会迷信？他只是在行善，在积德。

和家人坐在一起聊着祖父，祖母总说老头子没什么好讲的。大伯深情地回忆着他的父亲，伯母在一旁补充，纠正细节。妹妹说起自己小时候学字的经历，嫂子听着这位从未见过的爷爷的故事。小侄女刚会走路，完全不明白大人在干吗，不知道她长大后，读到曾祖父的故事该是怎样的感觉。

大伯说他们小时候，没有电视机，晚上乘凉，祖父就开始说书，邻居们都来听。星空之下，祖父高坐，老老少少随着他的讲述伸颈，侧目，默叹，抚掌。祖父爱读《西游记》，这一定是他必讲的篇目，正说到精彩处，那孙猴子学艺灵台方寸山、斜月三星洞，海龙宫讨得金箍棒，幽冥界勾掉众猴名。老少忙问，后来呢后来呢？祖父微笑，抚尺一下："且听下回分解！"

再见了，奶奶

奶奶躺在病床上，几个月的病痛折磨，她虚弱得说不出话来。弥留之际，奶奶用仅剩的一点气力，握紧着我的手说：你和妹妹要走得勤一些啊，你要看好妹妹。

这是她在这个世间的最后牵挂和嘱托。

与爷爷海北天南、创业实干的一生相比，奶奶的人生实在寻常。但这位寻常老人的勤俭、坚忍、善良、智慧于我们这个家庭，于故友旧邻确是莫大的财富和恒久的怀念。爷爷曾经创业失败，负债多年，奶奶不弃不离。一女四子，奶奶左提右挈，晚年对孙辈关怀不减。这个江南老太在相夫教子，在田间地头，在牌桌闲话中，走过了 91 个春秋。

三伯和奶奶一起生活，因工作在外，妹妹是奶奶一手带大。虽为祖孙，情同母女。哥姐年纪稍长，我和妹妹最相近，小时候玩得最多。每次去他们家，爷爷、奶奶闻声就远迎出来，妹妹早已扑到我身上，所有人都在笑。周末小住，寒暑度假，最简单的相逢，最原初的快乐。奶奶家的几间小房和房前屋后的田地就是我这个乡下孩子的迪士尼。

妹妹总跟在我身后跑，哥哥、哥哥地叫个不停。门前来了一条流浪狗，我们追不上，奶奶用衣服把它兜住，养在了家里。爷爷饲养蟹苗，用大船去装运海水，劈波斩浪回来，奶奶就在岸边守候，张罗好了饭菜。

奶奶就是这样，在我们热热闹闹的世界里，好像没有这个人。但是回过头来一看，她用自己的勤劳坚守在我们背后，一双大手托起我们的快乐，托住我们前行。

而每次离开的时候，妹妹都很难过，带着哭腔和期待问：炜炜哥哥，你下个星期还会来吗？奶奶总在门前挥手：炜炜，你要再来啊。

从最开始我坐在妈妈自行车的后座，到后来我骑着电动车载着妈妈，再往后我摇下车窗，奶奶都会站在那儿挥手，在黄昏，在黑夜，在七月流火，在数九寒冬，在我此后漫长的记忆中。

十年前，父亲突然故去，奶奶在儿子的灵堂上哭得颤颤巍巍。半年后，爷爷突然病重，奶奶侍奉汤水，不离左右。幽默豁达的爷爷在生命的最后两个月备受折磨，他在病榻上对奶奶说：我这辈子谁都不欠，就欠你。

半年之内，痛失爱子和丈夫，奶奶咬紧牙关，不饶岁月。

奶奶四世同堂，儿孙们谈不上名就功成，但都算不错的人。周围的城市都走遍了，大伯带着奶奶去北京，老人登上长城。我定居岭南以后，大伯又带她来看望，一同在珠江边散步。大概在同龄人中，奶奶的足迹之远，罕有其比。

可就算在天安门前、小蛮腰下，奶奶操心的还是地里的菜、家里的鸡。大伯不忍奶奶农事辛苦，把她接到城里住两天。等她回家时，发现门前的田地里种上了果木花卉，变成了小花园。有一回妹妹发现奶奶在揪花园里的柳条，因为垂下来的树枝挡住了庄稼的光。年初，奶奶喂鸡时摔了一跤，骨折后做了手术。刚刚恢复好，她就到地里侍弄起番薯。奶奶辛勤至此，一是这一生的习惯，另一则是看到伯父们装满庄稼回城时，那种骄傲的欢喜。

妹妹婚礼，是让奶奶送上戒指，她意外地没有拒绝。看着她走向舞台上至爱的孙女，只有我们这些家人明白，这一步一步走得多么不易，一如过去几十年的坚忍生活。

妹妹定居无锡，成家立业。她几次要带奶奶去住，奶奶就是不愿意，甚至对妹妹发火。妹妹现在提起来，还是深以为憾。我明白，奶奶大概是觉得自己是丧夫之人，住进新人的房子，怕有冲撞。奶奶用她自己这种近乎愚昧的疼爱固执地关切、守护着我们。

每次年节，有机会我们都会聚在奶奶家。但是节后，难免分别。奶奶总是伤感地说：像一只只鸟啊，都飞了。

大伯三两天就会回家看望奶奶，其余的时间，是老邻们陪她闲谈农谚桑麻。很多个夜晚，他们都聚在奶奶家，他们愿意陪着这位老妈妈，怕她孤单。伯父带给奶奶的高档吃食她自己舍不得吃，而邻居们过来，她全部拿出来招待。她待人爱人，几十年如此。

后来，奶奶生病了，像爷爷那时候一样突然、棘手，伯父姑妈们带着奶奶四处求治。一位老邻和我说，奶奶不在家的日子里，她还会到奶奶家门口来坐坐，再一个人流着眼泪走回去。

奶奶出院以后，已经回天乏术。我想带儿子回家，给奶奶看看小家伙。我儿子刚满五个月，千里的路途还算顺利。我的未来第一次来到我的过去。

新生的喜悦夹杂生命的痛楚，奶奶行动已经不易，她抬抬手，和重孙子打招呼。下午她把我叫到身边，从床边艰难地拿出一个红包，要给儿子。她在生命的最后一周，还在记挂这些事。我抱着儿子和她拍照，她示意让我抱远点，还让我把照片删了。因为她觉得小孩子不能靠近病中的老人，不吉利。这又是她的固执，她的疼爱。

我们吃饭时，奶奶只能躺在沙发上晒会太阳，大家心情沉重。一大桌子人，都是我们这些孩子和更小的孩子们。真怀念从前，怀念我们真的还都是孩子的时候，怀念我们吃几口饭就急着出去玩，怀念大家都在的日子。可是啊，人终究要学会告别。

带妻儿才回广东，妈妈告诉我，奶奶的病情忽然加重。她已经开始安排身后事，还有几个镯子放在哪儿，该给谁。直到生命的最后一刻，奶奶依然清醒。

我订了当晚的航班，飞机在漆黑的夜里飞行。全然没有指引，也不知道身在何方，就像我们人生中的许多个时刻。

第二天见到奶奶时，她侧卧着大口喘着粗气。我喊了她，她应了几声。然后突然疼得挥手，大口吐起了淤血。

整个上午，她都气若游丝，已经很难开口了。她让我们打电话给妹妹。她一直在问妹妹什么时候回来，我说快了快了。而妹妹还在给学生上课，知道了消息，她打车直奔回来。妹妹也一直在跟我说，快了快了，你让奶奶等一等啊。

就在这个艰难等待的时候，奶奶喊我的名字，喊的是全名，她几乎从不这样喊我。这一回，她大概觉得这样喊更郑重。她嘱托我，要和妹妹走得勤些，要看好妹妹。她很用力地握着我的手。

妹妹终于到家，哭着抓紧奶奶的手，几乎到她离世的那刻都未曾放开。奶奶的生命在一点点流逝，她迷迷糊糊地喊：快啊，快点带我去吧。我相信，是十年前离开的爷爷回来接她了。

她咽下了最后一口气，满屋的人，亲人、邻居都在喊，都在哭，一位好奶奶永远地离开了。

妹妹嚎啕：我没有奶奶了。

我不知道怎么劝妹妹，是的，我也没有奶奶了。这个老屋前，再也没有一个疼爱我的老人，挥着手对我说：你要再来啊。

奶奶的屋子后面是一条大河，叫遥望港。小时候，我们就是从这里出发去寻找大海。现在，爷爷的那条船已经沉了。此夜，月光照在广阔的水面，静谧苍凉。

长辈们开始张罗，布置灵堂，准备葬礼，接下来的两天会很忙碌哦。而再过几天，听说会降温，寒冬已至。奶奶已经不再疼痛，也不用理睬世间的喧闹与炎凉。

我和妹妹就坐在堂屋前，她似乎又变成了那个跟着我的天真女孩。

她问：奶奶还能听到我们说话吗？

我说：能啊。

她问：奶奶现在见到爷爷和你爸爸了吗？

我说：是啊。

她问：奶奶是不是变成了天上的一颗星？

我说：当然。

奶奶叫梁学珍，享年 91 岁。走的时候，我们都陪在身边。

返老还童

　　看着服装店里的一条牛仔裤，奶奶奇怪地问："为什么裤子是破的？家里都没有这种布可以补。"爷爷略带几分骄傲地解释说："就是这种式样。"奶奶依旧不解，我只能对她说，因为是破的，所以才买一送一。

　　爷爷奶奶实际上是我的外公外婆，因为父亲入赘，一直唤他们爷爷奶奶。我刚来苏州参加工作，有几日闲暇，便想着把二老接来小住两天。来的路上，爷爷说他几十年前到过苏州，我问那时候车票便宜很多吧？他说，那时候都是骑自行车，来做一些小生意。从南通骑到上海，然后到苏州，再到浙江，隔天返回。爷爷说这些的时候很平淡，完全没有现在年轻人骑行的意气风发，大概因为前者出于兴趣，而后者则迫于生计。

　　奶奶几乎没有出过门，一辈子固守在乡间的几亩薄田中，不知道这个世界已经发生了那么大的变化，就连坐个电梯也会很兴奋。20世纪40年代，奶奶出生在一个农民家庭，虽没有经历过战火的洗礼，但是家中非常贫困。奶奶原本有兄弟姐妹十余人，具体人数她记不清了，最后活下来的只有七个，其余的都早夭。奶奶印象中有一个妹妹，那年冬天很冷，家人便用稻草扎了一个草窝，将女孩放在里面，下面垫一层草席，最下面放着汤婆子。但是因为温度过高，稻草着了起来，小女孩被活活烧死。

奶奶从懂事开始，就在家里干活，长大后，就去生产队干活。她那时候怕摔跤，不愿学骑自行车，老姐妹几个也都不会骑车。那个年代，自行车是最重要的交通工具，也就是从那个时候起，奶奶渐渐被时代抛下了。

相比之下，爷爷的经历要丰富得多，他的一生都在随着时代的波浪起伏，并不是弄潮儿，只是大海里的一条小鱼，随波逐流，根本没有对抗风浪的资本，更没有引领风向的能力。爷爷比奶奶大一岁，兄弟姐妹九个，爷爷行五。那时候生孩子要比现在简便得多，爷爷的母亲（因为年迈后耳聋，我唤作聋太太）一日在如厕时，忽然感觉身体内似乎还有其他东西出来了，转头一看，是个婴儿，就是爷爷。爷爷七弟的出生就没有那么顺利了，看到聋太太难产，爷爷赶忙去找赤脚医生，那天下着大雨，为了抄近路，爷爷不得不穿越一片坟场。那是战争时期留下的，尸体大多用薄皮棺材草草掩埋，年久失修，再加上大雨冲刷，爷爷经常一脚踩空就掉进棺材里。在踩碎了几个头盖骨之后，爷爷终于请来了医生。那时候医疗条件有限，后来因为天花，爷爷的两个姐姐走了，剩下兄弟姐妹七人。

据说聋太太命硬，三任丈夫相继早逝，一个寡妇抚养七个孩子，很不容易。小孩也实在顽劣，爷爷的四哥玩耍时把一双布鞋给烧了。晚上回家，母亲大怒，说自己白天干活，晚上做鞋子，可你们居然这样，对四爷爷一顿暴打，腿差点被打断。对于童年，爷爷印象最深的就是1960年的自然灾害。究竟是天灾还是人祸，这是学者讨论的问题，农民们最切身的感受就是饿。饿了什么都吃，但很少能吃饱，经常靠萝卜叶充饥。水灾最严重的时候，生产队开始发粥赈灾。爷爷把水缸放在河里，划到赈灾点，打了稀粥再返回，有时候和别人的缸撞上，粥就全洒了。

童年似乎很快就过去了，爷爷人生中遇到的第一个运动就是人民公社运动。十六岁以后，他开始在生产队干活，背着篓子去开河。爷爷年轻能吃苦，很快就当上了小队长。同时进行的还有扫盲运动，爷爷天天带头高喊"扫除文盲"，风头一过，爷爷发现，自己就是一个文盲。那时的中国就像一台隆隆向前的巨大机器，而爷爷是其中的一个小配件，只要机器正常运转，没人关心配件的保养。

这一干就是十二年，爷爷二十八岁了。他迎来了人生中的第三个运动，改革开放。爷爷忽然发现，在生产队里干活儿一天才几毛钱，而身边不少人各凭手段发了大财。他和几个哥们合计了一下，一咬牙，干！爷爷花了一百多块钱买了一辆自行车，和几个哥们一起干起了倒爷的行当，从南通买了螃蟹、甲鱼运到上海去卖，再辗转苏州、浙江，倒卖所有能挣钱的东西。他们凌晨两三点出发，赶第一班轮渡，下午就能到浙江。但是这帮男人不知道，那个时候，已经不是靠卖一膀子力气就能发财的时代了。

爷爷也到了而立之年，早该娶个媳妇了，但一直没有合适的。

有姑娘看不上爷爷，也有爷爷看不上的姑娘。我问爷爷，是不是因为别人长得丑？爷爷说不是，是那些姑娘不会干活儿。我总觉得这是部分理由，你还没娶人家，怎么知道不会干活？肯定有相貌的原因，爷爷毕竟也是男人。男人嘛，怎么说呢？古往今来，同一个世界，同一个梦想。

这时候，奶奶在干吗呢？按照爱情故事的套路，奶奶应该待字闺中，从容优雅地等待着爷爷的出现。但实际上，奶奶已经嫁人了，并且育有两女——我的姨妈和母亲。可后来我的嫡亲外公在他四十六岁那年，收完水稻以后，忽然觉得嗓子刺痛，就像鱼骨卡在脖子里。过了好几日，不见好转，奶奶托一位会骑自行车的乡亲，带着丈夫寻遍乡里的医生，被告知癌症晚期。我的外公饱受疾病的折磨，咽不下任何东西，终于在一个清晨，咽下了最后一口气。奶奶三十多岁，成了寡妇。外公原有一个哥哥，其妻子在留下一个儿子以后，受不了家中贫寒离家出走，不知所终。奶奶的公公便希望把奶奶嫁给她的大伯子，奶奶不从。

所以，并非是什么两情相悦或者命中注定，而是一个三十多岁的大龄剩男和一个有一对女儿的中年寡妇，在命运的推动下走到了一起，对他们两人来说，世道艰难，相互搀扶着，可能不那么累。那天，爷爷的二哥对他说，老五，帮你介绍了一个对象，你去看看吧。爷爷说好。爷爷当时在窑场干活儿，在河的东岸烧砖，奶奶在河的西岸搬砖。有人指着河西的奶奶对爷爷说，看，就是她。爷爷看到一个戴着草帽的女人，点了点头。爷爷后来跟我讲，他是看中奶奶会干活。

"四月二十六"，这么多年过去了，爷爷还能准确地说出他第一次来奶奶家的日子。那个下午，爷爷干完活儿，和几个兄弟一起去奶奶家，到了门口，奶奶的父亲迎了出来，寒暄之后，说了一句我们今天看来非常怪异的话，他说，里面已经有一个小伙子在谈了，你们等等。原来还有其他人给奶奶介绍了对象，也是今天来。如果我是爷爷，一定冲进去或者掉头就走，这取决于我对这个女人喜欢的程度。但是爷爷显然不是我，他们兄弟四人就很安静地在门外等了起来。老丈人和他闲聊，说家里的地有点漏水。爷爷二话不说，带着兄弟们下了地。让我们来想象一下这样一个画面：一个中年男人，带着兄弟们，在地里仔细地修补着缺口，屋子里是未来媳妇和情敌在聊着天，一直到晚上，满天的星光。过了很久，老丈人送走了那一位，通知爷爷进去了。不管我怎么盘问，爷爷奶奶都不愿告诉我他们第一次见面究竟聊了什么，我也不再细究，不想打破那一场遥远、美好、神秘的对话，就像那一夜的群星。

四月二十六见面，四月二十八爷爷奶奶结婚了。两天的时间，放到现在，也绝对是闪婚。大喜之日，一共办了十几桌，花了三千多块钱。爷爷入赘我家，他所在生产队里的每一家都来送爷爷。大家感叹，再也遇不到这样好的人当我们队长了。

再后来，我妈怀上了我，爷爷奶奶万分高兴，但是又遇上了一个新的运动——计划生育。妈妈怀我时，没有到法定年龄，就差几个月。村支书、妇女主任天天来家里找麻烦。爷爷说，我孙子，要定了。村里来人，搬走了我们家的电视机、缝纫机等一切值钱的东西，把爷爷一年的工资也扣了。有人劝爷爷，说算了，先打掉，以后还能怀上。爷爷还是那句话，我孙子，要定了。爷爷将妈妈藏起来，村里派人来找，奶奶就在地上打滚，爷爷大骂不止，好心的邻居将我妈和肚子中的我一户一户转移，终于把我保了下来。我性格叛逆，讨厌管束，大概因为我在母亲肚子里时就和制度以命相搏过。

有了孙子，爷爷乐坏了，经常用军大衣裹着我走来走去。童年时代，我都是跟在爷爷屁股后面玩，他在我眼里无所不能。他经常拿着一口网去捕虾，我跟着后面抓，往往一个下午就会有十几斤，晚上回来，用脸盆装着龙虾上桌。河边蛇多，一条蛇缠上了爷爷的腿，他很镇定，一跺脚，蛇掉落地上。爷爷抓住蛇尾抖落两下，蛇当场毙命。还有一次去叉鱼，正好有两条鲤鱼跳出水面，爷爷一把将鱼叉掷出，两条鱼被牢牢钉在了对面的岸上。每到夏夜，爷爷都会带我去抓青蛙，那时候还没有什么益虫的概念，爷爷走在前面，将毒蛇之类清除，然后才让我过去。祖孙俩打着一盏小灯，在田埂上走着，我什么也不担心，也不害怕。

后来，读小学了，爷爷每天骑着二八自行车来接我。每天傍晚，伴着漫天的夕阳，我坐在车前面的横杠上，和爷爷讲着学校的事。有一次，新学了除法，我问爷爷，六除以二等于几？爷爷说四，六除掉二不就是四吗？原来，他不懂除法，把除当成了除去。那是我第一次意识到，爷爷并不是无所不能。

从我记事开始，爷爷就在窑场干活了。那时候窑场特别多，我经常去窑场玩，爷爷忙的时候，我就爬到旁边的树上吃桑葚。他们休息的时候，几个工友会就着豆腐干喝上几口白酒，爷爷经常会拿几片给我吃，我一下全部塞到嘴里，那种满足感，现在还清晰地记得。不知道多少小洋楼的砖头是爷爷烧制出来的，他在窑场干了七八年，终于把所有的积蓄拿出来，买回了我们自己家造房子的砖头。

有一回，他在窑场挑泥，打着赤膊，满身是汗，忽然下起了雨，爷爷也不避，想早点把活儿干完。那时候他已经五十多了，回家以后就咳嗽、发热。他觉得是小病，没在意，也不舍得花钱去医院，就这样一直熬着，成了肺炎。医生说肺上有个大洞，很难康复了。那段日子每天放学后，我都陪在爷爷床前，爷爷的兄弟们都来看他，眼泪汪汪，他们说，爷爷可能要走了。家里还是茅草屋，灯光昏黄。

后来，爷爷竟然慢慢康复了。他又经人介绍，到海边滩涂上去干活儿，还时常要出海。一位花甲老人，在波涛汹涌的大海上讨生活，他用他一生磨练出来的意志坚守着。他时常对我说，趁我现在还干得动，就再干两年，给你以后的汽车买个轮子。这一干，又是八年。

我慢慢长大了，爷爷和奶奶都老了。一年春节，爷爷说要给我买爆竹，我说不用，我都这么大了，执意不去。爷爷忽然哭了，他觉得是自己没能为这个家创造出物质财富，以致孙子在过年的时候，舍不得买爆竹。后来，他又去工地上给人煮饭，一直干到上个月才回家。他终于干完了他一生中最后一项工作，他已经71岁了。奶奶就一直在家待着，种着好几亩地，这几年才把地给抛了。

前几天回家之前，我打电话给他们，说我回来了，喊得很大声，可奶奶听不清是谁。我返程的时候，也带他们来到苏州。他们没坐过电梯，感慨一下就能上十一楼；他们没乘过地铁，地底的庞然大物让他们难以理解。我还带他们去看了一场 3D 电影，他们完全被炫目的打斗震撼了。他们对于看电影的概念，还是几十年前搬着凳子去大队里看《铁道游击队》。逛街的时候，爷爷总是牵着奶奶的手，怕奶奶摔倒或者走丢了；吃饭的时候，奶奶总是说，点一些软点的菜，你爷爷牙齿不好。

玩了两天，老人急着回家，说家里还有条狗，放心不下。奶奶一直抱怨爷爷，让你不要来吧，害孙子花这么多钱。走的时候，爷爷要拿钱给我，我怎么都不肯要，他说，你在外面，别太省。

有这样一种感觉，人在老了之后变成了孩子，而我成了大人。这几年，爷爷的酒量大不如前，喝多了就开始絮絮叨叨，甚至控制不住小便。我回家也经常不知道和他们聊什么。工作？微博？股市？世界杯？他们根本无法理解。我能做的，唯有陪伴。我曾有个野心，为我的长辈们作传，这些文字是他们这辈农民在这个世界上存在的证明。他们生活过，辛苦过，笑过，爱过。

从前，爷爷外出打工回来，别人偶尔会给他几块糖，他放在口袋里，回家以后，拿给奶奶吃，有时候糖都化了，奶奶却说，好吃。

给太太的情书

（一） 老婆

领完证回到家，我把地扫了扫，简单拖了下，衣服洗好晾起来。男人嘛，就该上得了厅堂，下得了厨房。

9 月 10 日，我和郭总结婚了。

郭总和朋友合开了一家公司，下午要去上班。我说，要不今天就别去了吧，难得结一次婚，在家歇歇。

我不需要上班，在家看书写作，或者系着围裙，一边看剧，一边做家务。我想，如果身体条件允许，孩子我可能都要辛苦生一下。

郭总是我一场演讲的听众，她本来对文学之类的话题没有一点兴趣，是被朋友硬拉过来的。后来，郭总不止一次地和我描述过她那天的座位、着装，我说，哦，记得记得……事实上，那天观众挺多，我毫无印象。

我在那次演讲里，聊到自己的生命观，偶尔提到不想结婚。郭总很有共鸣，她说她也不想结婚。就这样，我们开始聊天，频率越来越高……最后，两个因为"不想结婚"而亲近的年轻人结婚了。

我曾经是个坚定的不婚主义者，在不少场合都表达过。不过，一想到霍金都推翻过自己的观点，我就释然了。和茫茫宇宙相比，我个人的婚姻又算得了什么？

郭总不喜欢做家务，她晾衣服，手指伤了；她扫地，脚破了。她说，她得了不能做家务的病。

可是她多少又受传统"贤妻良母"思想的影响，时不时极不情愿地拿起扫帚和吸尘器。有一回我在演讲，忽然收到她的信息，一大堆愤怒的表情，我问怎么了？她说，做家务太累了。我感受得到，她不是假装生气，而是真的恼怒。

郭总不喜欢看书，但是和我在一起以后，她开始燃起了对文学的热爱。但她还是不看书，她喜欢听我讲。郭总的公司是做外贸的，把不锈钢原材料卖到南美。所以，我实在想不出该给她讲什么书，想来想去，最合适的就是《钢铁是怎样炼成的》。

刚恋爱的时候，我讲课，郭总都要到场，她说感觉就像追剧。课后，我会问一些问题，她基本都能答上来。我很感慨，一个钢铁女孩都被名著融化了，文学还有救。但是结婚后，郭总基本就不来了，文学没救了。

郭总也有自己痴迷的爱好，比如瑜伽。周末起床，我一睁眼，朦胧中会看到她把自己对折了起来。她还喜欢跑步。而我是一个极其不喜欢运动的人，想时刻保持休息的状态，身体和心灵总要有一个在床上。当我第一次陪她跑完十公里，肺都要炸了。郭总问我："累吗？"问得云淡风轻。后来，有一个徒步比赛，我想徒步就是走路嘛，应该问题不大，直到我看见距离写着"50km"。我们从早上走到晚上，是郭总搀着我过终点的。她还问我："累吗？"

前段时间，我们买房了。

那天她跟我说，看中一套房子，我说，好。她带我去看，我说，好。她说，那买了？我说，好。我们买房前后大概用了一个小时，比我买手机都快。

付完定金，我才反应过来，我想当个作家啊。诗人买了房，还怎么去流浪？离开售楼处的时候，郭总忽然摇下车窗，我问，你干吗？她看了才建了一半的房子，说："看看我们未来的家。"

领了证，婚礼也不能免俗，但我们又不想那么俗。郭总一直期待一场户外婚礼，但是在村子里办户外婚礼，很容易变成乡村爱情故事。

我和朋友们细心计划着每一个环节，比如婚车，我不太能忍受我们俩坐后面，前面一个根本不认识的司机。所以，我自己开车，敞篷，能吹风，郭总像是坐在我的电瓶车后座。

婚礼场所是在农家乐外面的草坪，由于地方太大，要摆满东西其实不容易，尤其是甜品区。后来，我找了一个农村红白喜事出租桌子的大叔，我说，租一张桌子多少钱。他说，怎么也得七块钱一张。我租了三十张，买了块白布铺上，两米宽、十五米长的甜品区，龙头宴一般，极其气派。

甜品区摆好，还是空了很长的过道。插上钢管，绑上绳子，把我们俩从小到大的照片、谈恋爱时候的照片打印好。

仪式热场，找了支乐队。乐队应该是第一次到村里表演，村民也是第一次听到电音吉他和摇滚，彼此磨合得还不错。

新娘出场，真美丽，比以前任何一次都美丽，和以前任何一次一样美丽。婚礼完全是我策划的，所以她并不知道仪式流程。我主持过太多婚礼，总是要彩排，惊喜就变成了表演。所以，我希望我的婚礼就是为了她一个人。

她甚至不知道我从哪儿出场。场地后面就是一片湖，我乘着竹筏涉水而来。然后老郭把小郭交到我的手上。交换戒指，无人机从后方呼一下飞过来，慢慢降落。郭总哭着说，嫁给我，感觉是上辈子拯救了银河系。

但是，她只在那一刻有过那样的感觉，其余的所有时间，乃至未来的漫长人生，她都会认为是我拯救了银河系，才娶了她。

晚上我牵着太太的手一起走着，我问她结婚什么感觉。我很想听听她的回答，因为几乎所有我过去认识的新人，他们对婚礼的回忆都是疲惫。

郭总在夜色中说了两个字，梦幻。

郭总说，将来家里要弄一个角落，每天晚上你讲故事，我和孩子就搬个小板凳坐下来听。我说，好。

我期待着那一天的到来，我会和他们讲很多很多最美丽的诗句；会和他们讲《聊斋》，故意恶作剧，吓得他们哇哇乱叫；还会和他们讲一些特别的故事，那是我父亲讲给我听的；当然，我也会讲讲我的父亲，我的爷爷……那些走失的亲人们。然后一起抬头，看着窗外，说他们都变成了天上的星星。

（二）老家

要过年了，郭总跟我回了村子。

郭总是广东人，自小生活在城市，读书去英国，逛街去香港，偶尔到澳门赌场走一走，时不时和我聊起在泰国、韩国、俄罗斯、秘鲁、斯里兰卡的旅行。

我的村子在江苏北部，门口的小路早些年泥泞不堪，雨后自行车都骑不了，后来铺了一层砂石，前两年终于变成水泥的。

郭总去年第一次到我家，母亲怕广东人冻着，给她准备好棉服、棉裤、棉鞋。平时穿着开衩长裙的她套上这些防寒衣物的时候，我已经认不出来了。

她爱跑步，经常参加各地马拉松，包括新加坡的。到村子里也带好了运动装，我只能陪着。我们在乡间小路上跑，乡亲们的眼光我尚能接受，但是一路上被狗追得受不了。我们跑得越凶，狗追得越厉害。

我们那天跑了八公里，一直跑到奶奶家。以前这段路，小时候要骑车四十分钟，我从未想过有一天会跑着过来。那是郭总第一次去奶奶家，奶奶责怪我怎么没提前说，忙着要给红包。

奶奶问我们为什么要跑过来，我说郭总爱跑，奶奶怎么都不理解，还有人爱跑？奶奶倒了两碗红糖水，早先在农村，没有什么吃食招待远客，就会冲碗糖水，我们叫"糖茶"。

我无论如何是没力气再跑回去了，借了奶奶家的电动车。郭总坐在后面，遇到之前追过我们的野狗，她都是反吼回去，毕竟这次狗追不上了。

广东人对吃是讲究的，初到村子，菜式新鲜，郭总吃得有滋味。几天之后，就不行了。村子做饭最大的问题是量大，这顿吃不完，下顿热一热再吃，只要不坏，能吃上几天。我小时候都是这么吃饭的，没觉得有什么奇怪。后来去城市读书，在同学家吃饭，发现每盘菜都是新做的，剩下点也会倒掉，诧异了很久，还能这样吃？

村子没路灯，没娱乐，夜比城里早，比城里黑。我们不算北方，没有暖气，但冷起来真的彻骨。所以冬天的夜里，大家六七点就上床了。郭总说，他们九十点钟夜生活才刚开始，还会有第二场、第三场。村子的夜，除了黑，一无所有。但广东人冷起来也新鲜，她裹着两层厚厚的被子发笑，我说你笑什么，她说，温暖。

郭总喜欢邻里之间的亲切，左邻右舍经常串门。但是串门多，是非也就多。待久了，耳朵里灌满了村子的闲言碎语和尔虞我诈。这家的儿子在外面被抓了，那家的兄弟为赡养父母反目了，谁家的媳妇和别的汉子相好了……所以，村里前卫的人际关系让我这位摩登的郭总一直觉得震惊。

村子祭奠亡人的仪式繁多，葬礼、做七、周年、冥寿……带郭总参加过一次，场面很热闹，远远就看到彩旗招展，还有充气的大象和财神，寓意万象更新和财源广进。郭总根本不理解，她觉得这就像喜事。农村葬礼的前夜，还会请来一支戏班子，表演的节目很低俗、污秽，亡人就停在大厅里。郭总问，你们不怕吗？

我们的婚礼，郭总的几个朋友也来了，我带他们在傍晚的村子里闲逛。他们看到几亩稻田，一棵树，哪怕一朵黄花，都会赞叹田园风光。这是一种典型的赞叹，城里人对乡村的赞叹，文艺青中年对远方的赞叹。

那天，村子的神明出现在夕阳的余辉中，是一只鸡的样子。我问他，有人夸你，高兴吗？他说，天要黑了。

（三） 老狗

我与可乐已经对峙很久了。

我想它到客厅睡，而它想在房间睡。我对它喊，它对我吼。我们都听不懂对方在说什么，但是都很清楚对方的意思。最后我只能从它旁边小心翼翼地走过去，它躺回郭总的床边。

这让我很愤怒，因为床是我的，房子是我的，老婆也是我的。它分享了一切。

在以前，这只狗绝不敢这么做，但是郭总实在是太宠它了——狗真的会仗人势。郭总很喜欢狗。小时候亲戚送给她一只小狗，从那以后，她晚上就再没好好写过作业。到了初中，岳父觉得实在太影响她学习了，把狗送去了姑妈家。到假期，郭总总会去探望。后来她读大学，狗也被接了回来。那时候狗已经十多岁了，相当于人之耄耋。终于在一个冬天，沉疴难起，被家人送进了宠物医院。彼时郭总在英国读书，快放假了，家人给狗鼓劲，你再撑一撑，等她回来。但狗终究没能撑过那个寒冷的冬日。郭总记得，她是在早上起床的时候，知道了狗死去的消息。于是，一个中国少女在欧洲泪流成河，为万里之外的一条狗。她哭了一个多礼拜。

工作以后，旁边公司有一只叫虾饺的小狗，经常到郭总办公室来玩，感情越来越深。郭总带它回家，给它洗澡，一起去公园踏青。岳父不允许，估计把当年女儿成绩平平的原因都算在狗身上了，郭总只能偷偷去找虾饺。你很难想象，一个成年的女孩，周末背着父亲去约会，对象是一条狗。我认识郭总的时候，就时常听她絮叨虾饺的故事，怎么胆小，怎么听话，怎么一喊它就立马小跑过来。郭总的公司后来换了新址，某天晚上，她带我去看望虾饺。我在车上等，一会儿她哭着过来了。虾饺丢了，就在那两天。

郭总从悲痛中振作起来，决定去找虾饺。她印制了很多传单，四处张贴，许诺给找回狗的人8000块。要知道，虾饺只是一只小土狗，而且还是别人家的小土狗。周末，我陪着她去宠物市场，走遍每一家店，翻遍每一个笼子，最后还是没能找到。

郭总第一次去我家的时候，给老人买了营养品，给我妈买了礼物，还特意给我们家的狗带了零食。我那只叫可乐的泰迪，是我之前在苏州工作时收养的。后来我到广州，实在不便带着，就放在老家养，已经变成村中一霸，经常会跟着其他狗到处逛。十几只狗绕着村子走，场面算得上浩大。

郭总也偶尔提起，把可乐带到广东养。但当时情况诸多不便，尤其是距离太远。我建议在宠物店买一只，郭总不同意。她养的狗没有一只是买的，而且也不追求什么名贵品种，说以后有机会，收养一条。

我当时没有答应，但是心里已经在盘算了。我找了一家宠物托运公司，可没有直达路线，要转运几次。终于，可乐先从南通出发，到无锡中转，辗转至广州，最后到达佛山。近两千公里的路程，可乐作为一只狗，它的行迹大概是同类的巅峰了，也算不枉狗生。

我先把可乐送到宠物店，长途跋涉，总要梳洗。我想给郭总惊喜，散步的时候问她，要是可乐真的过来，以后都是你负责遛吗？郭总说当然。我假装随意地走到小区门口的宠物店里，可乐发疯一样地跑过来。这两天的奔波，它估计以为自己又被抛弃了。

最开始的两天，可乐当然和我更亲近，但是没过多久，就和郭总分不开了。

狗粮、狗窝、衣服、梳子、牙膏、消毒液、沐浴乳、护手霜、洁耳液……郭总全部买齐。可乐在村里和野狗撒欢的时候，一定想不到会过上这样的日子。有些物品的价格我很费解，一支狗牙膏要一百五；有些物品的用途我很困惑，狗要啥护手霜？郭总解释，狗经常出门，脚容易干燥，所以要涂一点。

我们刚在一起的时候，郭总下班就赶回来，说想念我。在一起久了，她就没那么积极了。但是可乐来了以后，她没下班就往回走了，进门先要和狗打招呼。

我之前以为，郭总不那么热爱做家务。这不准确，因为只要和狗相关的家务，她都积极主动，没有一句怨言。可乐哪天要换衣服了，哪条毯子要洗了，哪天得洗澡了……做得妥妥帖帖。她怕可乐晚上冻着，把家里的小毯子都拿给可乐用。有些毯子挺厚的，不容易洗，她那双小手拧得很费劲。有两回手干裂了，她还坚持洗，那个可怜劲，像旧社会以此为生的洗衣工。有次遛狗，可乐在路上就拉了，郭总手里隔着张餐巾纸，蹲下身就去捡。

我早上迷迷糊糊的时候，就会听到她和可乐在聊天了。我吃饭的时候，可乐会蹲在我旁边，郭总有时候也跟它一起蹲着。我一低头，四只眼睛直勾勾盯着我。

郭总胆子小，以前我出差，她就回自己家去睡。现在可乐会睡在她的床边，她觉得可乐在保护她，就很安心。

可乐犯错以后，郭总会训斥，打它屁股。几回以后，它也是蹲坐着听训，但总拿屁股紧紧地抵住墙，这样就打不到它了。可乐经常想郭总抱，但有时候她在工作，也嫌烦，就把它骂走。可乐蔫头耷脑地往回走，郭总又把它抱回来。我问为什么，郭总说因为可乐也是想亲近，我这么凶，它肯定很难过。

郭总早晨会练瑜伽，可乐就蹲在旁边陪她。有一回，刚运动完，我就看着郭总紧紧抱着可乐，满眼通红。我问怎么了？她说看了个视频，里面的一条狗死了，想到以后可乐万一不在了，好难过。

我们偶尔也会出去吃饭、应酬，但郭总急着回来。她觉得可乐在家，会很孤独，说："它的世界没有其他东西了，只有我们。"

我跟郭总说，要写写她和可乐的故事。她挺爱读我的文章，但这次却说："你肯定没办法写出我和它之间的情感。"我说，那你自己说说看。她真的说了起来，像对我说的，又像对可乐说的，大意是这样：在你不认识我的时候，我就通过文字认识你了。第一眼见到你，没什么特别的感觉。那天，你在笼子里，摇头晃脑地看一只苍蝇，我陪你看了十五分钟。以前看电视，看到那些古代的婚姻，夫妻双方在婚前都是不见面的，结了婚再培养感情，我觉得不现实。现在，你来到我们家，跟你相处以后，才觉得这样的事真的会发生。

郭总的普通话不准，但是她的这段话，我听懂了，我想可乐也懂。

我刚收养可乐的时候，请教宠物店主该怎么养狗，店主有一句话我印象最深："总之，你怎么带小孩，就怎么带它。"但是我一直做不到，它毕竟只是一条狗啊。我算不上是可乐的父亲，但是却为它找到了一个好的母亲。甚至后来郭总怀孕的时候，我们也没有送走可乐。身边有太多这样的建议，我查了很多资料，确认干净健康的宠物对于胎儿并没有什么危害，就决定把可乐留下。我们不愿意因为一个生命的到来而抛弃另一条生命。

现在可乐跟孩子经常在一起玩，小朋友喜欢像妈妈一样抱着它。儿子一天天长大，狗一天天变老。它耳聋了，眼花了，牙齿掉光，小便失禁，吃点就吐，整天就是趴着，不爱动弹。但是一有陌生人靠近我的儿子，可乐马上站起来大叫，就像我第一次见到它时，叫得一样响亮。

（四） 老夫老妻

我和郭总是去桂林拍的婚纱照，彼此挺满意。婚礼的时候，做了张 6 米长、4 米宽的巨幅喷绘，挂在现场的广告牌上。我以从未有过的高度，俯视芸芸众生。

婚礼结束以后，海报要拆下来，我们两被一叠再叠。

这种状况，我经常遇到。一些活动为了宣传，现场会打印我的海报、展板，我见过自己的脸被折得满脸褶子，见过我整个人被圈起来在地上给人踩，还有一次，是一块大展板，我正好从脖子那里被"折成"两半。

虽然我不迷信，但看到这些，总难免惆怅。继续想，主办方会怎么处理这些东西？大概是扔了吧。

有一回，我很好奇地问了下主办方，怎么处理这些物料。对方愣了下，然后说，我们会放到仓库。其实我知道，即便是真的放回仓库，也总有一天会被清理，我说："不要烧了就行。"

那么，这张婚礼海报，该怎么处理呢？这毕竟是一张意义重大的海报，见证了我们的婚礼。浪漫一点，我应该把它带回未来的家，好好保存，多年之后，在结婚纪念日那天，我和郭总满脸褶子的时候，拿出这张同样满脸褶子的海报，对子孙后代们讲述我们的爱情故事……

可是，它太重了，我根本带不走。而且说实话，总有一天我们会觉得这个东西占地方，就像那些我们曾经以为会珍视一辈子的物件一样。我镇定地对我妈说："不要烧了就行。"可是我忽然想起外婆的爱好——一切她觉得没用的东西都会被当成可回收垃圾卖掉——赶紧补充："也不要卖给收破烂的。"

好在老家地方够大，它就这样在某个我不知道的角落躺了半年，以至我已经遗忘了它的存在。直到那天，我妈发来一张照片，那张印着我们俩的巨大海报被摊在地上，上面铺满了油菜籽。

在机械化普及程度相当高的今天，有些农作物的种植和收获还沿用最传统的方式，油菜就是其中之一。当油菜成熟以后，进行收割，其中有个关键步骤，就是脱粒，把油菜籽粒与茎秆分离开来。这时候需要找一张很大的油布摊在地上，用一种叫做梿枷的农具拼命捶打，初步脱粒就完成了。

外公有着老农民的无穷智慧，他想起我的那块海报，拿出来，摊好，铺上油菜，开槌。

我妈说这块布真的蛮好的，挺厚，也牢。隔着电话和几千里的路程，我都能感觉到家人的喜悦。

我上一次见它，它高高地竖在晨光中，是那样浪漫。我设想过它的无数结局，可绝想不到它会以这样一种接地气的方式再次出现——严丝合缝地盖在地上，接收大地的气息。

我以前也给可乐买了个很大的笼子，尽可能让它舒服一些。后来，可乐到了广东，笼子自然就空了。我原想，外公外婆其实挺喜欢狗的，现在狗去楼空，怪伤感的。结果，我妈又发来一张照片，狗窝里已经赫然住进两只大公鸡，用狗盆喝着水，吃着粮。我妈说："狗窝养鸡也合适，过年回来杀。"在神秘的农村，原本鸡犬不宁的两种动物，现在共用一屋。

浪漫的照片、伤感的狗窝，最后异曲同工地投身到社会主义新农村的建设中去了。这两个物件的结局，多少有点黑色幽默的意味，给我那些多愁善感的想象以猛烈一击，这一击让我醒悟，这才更靠近真正的人生。浪漫的开始，总会走向庸常。

这也让我必须坦承一个事实，就是结婚以后，我好像没那么爱我的郭总了。

从前出差，我总是在活动结束当晚就赶回，手里还要拿束花；现在偶尔分别，竟然会享受起片刻的自由。

从前只要偶尔看到和她聊天的头像是个男的，就恨不得像雄狮一样对着那张脸撒泡尿，宣示主权；现在我买菜时戴着许久前某个男孩送给她的耳机，觉得真还挺好用的。从前哪怕吃个大排档，我都恨不得穿西装；现在只要不出门就不刮胡子，洗澡忘拿内裤，也会光着身子在她面前丁零当啷地走过。

一想到以前我能五点半起床，陪她在公园跑十公里，就恨不得抽两下自己日渐变圆的脸。而且据我的观察和推断，她好像也没那么爱我了，早已不见初识我在舞台上侃侃而谈时满眼光亮。尤其是在我痔疮手术麻醉未退，她端着尿壶，而我十几分钟都撒不出一滴尿以后。

我从前是个不婚主义者，原因之一，就是我深知"婚姻是爱情的坟墓"这句话并非耸人听闻。我太喜欢新鲜、浪漫和激情，而婚姻必然会带来责任和庸常。责任尚在其次，我最受不了的就是庸常。固定的人，固定的住所，固定的起床时间，固定的吵架模式。

爱与性最大的乐趣就在于对禁忌的打破，一旦这些都变为寻常以后，就注定会走向索然无味。

所以，当这个问题慢慢向我逼来的时候，我会忧虑，也会自责。忧虑自己今后的人生要在庸常中起伏了吗？自责为什么不能对这样美丽的郭总保持炽烈而恒久的爱情呢？

后来，读到这么一句话："结婚前燃烧着的爱情之火会随着婚姻熄灭，只留下一片荒芜忧郁的废墟。"这是一位土耳其作家写的。倒不是这句话有多么大的新意——事实上，它只是把中国比喻中的"坟墓"换成了废墟——而是我忽然明白，婚姻的庸常不仅仅对我来说是坟墓，对土耳其人来说也是，对欧洲人来说也是，对因纽特人来说也是，对古今中外那些所有经历过或繁或简的仪式之后，走入婚姻的饮食男女几乎都是。我因此获得了些许安慰，因为几乎谁都无法阻止自己的婚姻走向坟墓。

有人问过我，再给你一次机会，你还会结婚吗？我必须如实地说，不一定。但如果必须选择和一个人结婚，那我一定会选择郭总。如果不是和她结婚，我的婚姻大概会糟糕许多。

我想之前，我和许多人一样，都搞错了一个问题，就是误把爱情当成婚姻的目标。结婚以后，爱情慢慢就少了，怎么会是目标呢？那么婚姻的目标是什么呢？婚姻只是手段，快乐才是目标。还是那位土耳其作家说的："那么，真正的目标是什么？"

"真正的目标是快乐，爱情与婚姻只不过是为了得到它而使用的手段：一个丈夫、一栋房子、小孩们、一本书。"结婚、买房、生子、工作、阅读，都应该是为了让自己快乐。

我的郭总给我带来了太多的快乐，她带我去了很多餐厅，大部分都很好吃；她订了很多度假酒店，大部分都有鱼塘。她赖床时略皱眉头的慵懒，我就趴在旁边，觉得怎么都看不够；她早起时带着狗逗我的一脸坏笑，我的睡意昏沉一下子就被明媚了。她在我面前摊开手，如果是展示那道裂纹，我就知道她不想洗衣服了；如果搓搓手指，我就知道她要剪指甲了；如果两者都不是，那一定是在指甲盖里藏着鼻屎，让我给她递一张餐巾纸，否则她就要擦到我身上了。

又一次去威尼斯旅行，建筑、海浪、飞鸟、世界各地的游客都尽情地释放着浪漫。我和几个中年男性同去，他们早已结婚。有人说，这地方应该带老婆过来啊。另一个人说，这地方肯定不能带老婆来，要带其他女人来。男人们一脸坏笑，深以为然。这段奇妙的对话我一直记着。

那么如果现在只能带一个女孩子去威尼斯，我会带谁呢？我一定会带上我的郭总，绝不是因为道德和责任，而是因为相比于那些短暂激情，她是这个世界上能给我带来最恒久快乐的女孩啊。

在每年的秋天，我和郭总的结婚照，都会被拿出来，摊在遥远的苏北农村，一下一下承受着鞭笞，脸上露出了变形的笑容，像极了丰收的喜悦。

给儿子的信

（一） 欢迎

亲爱的小小马：

你好！

你刚才拉了一泡屎，吃了几口奶，现在满足地睡着了，一边睡，一边吧唧嘴。

你妈也在睡，但她显然没有你那么幸福。她刚经历了一场剖宫产手术，现在身上还插着几根管子。这是她从未经历过的艰险和痛苦。

今天是你来到这个世间的第一天，你眨巴眼睛看着红尘中晃动的影子。我还没来得及给你想到一个特别好的名字，我的父辈常被人叫老马，我是小马，那姑且先叫你小小马吧。

首先，得说声抱歉。你爸我之前不想结婚，但是后来遇到了你妈，一冲动就结了。你爸我也没想要孩子，但是你妈要，一冲动就要了。我不喜欢"小孩"这个物种，但是今天，当你这个具体的小男孩出现在我眼前，我的眼泪一下就出来了。

我和你妈是前年结的婚，没想那么快要孩子，但你妈说最好先检查下身体，如果不理想，可以慢慢调。我说好。我永远记得，当医生拿到我的检查结果的时候，竖起大拇指，说了声：一百分！我忽然感觉自己之前所有的奖状、奖杯、奖牌都比不上这句夸奖。但是你妈一直说，医生当时没有竖大拇指。

后来，你妈还要检查，每次都要几百块，我说别了，试一试。于是，很快就有了你。

去年国庆，你妈已经怀孕了，但我们不知道。她拉我去徒步爬山，悬崖瀑布、江边栈道，一天几十公里。要知道你妈是跑过好几次马拉松的，而我的中考体育才勉强及格。那天回家，我几乎瘫在沙发上。

不久，你妈查出来怀孕了，几天前走几十里路还面不改色的她从此就瘫在了沙发上。

她去医院检查的时候，我正好出差。在登机前，我知道了怀孕的消息。在天上，我看了两个小时的云，觉得哪一朵都像你。出差到家，你妈离开饭桌，冲到家门口，紧紧抱住我，在我耳边喊我的名字。我觉得好温暖，这世上有一个人是这么需要我、牵挂我。

我开始认真做饭，你妈在网上看中什么菜，就会转发给我，她让我发现了自己的烹饪天赋其实远高于文字。你妈对我现在的厨艺有一句很精彩的点评：每道菜都可以定个价钱。

我也开始胎教，像模像样地讲故事。有一次，讲到精彩处，你妈放了一个屁。因为我正贴着你，那股气冲着我鼻子飞过来。我忘了讲的是什么故事了，只记得床头灯半明半寐，我和你妈笑累了才睡着。

夜晚并不都那么温柔，有一回，你妈身体突然有些状况，我们赶紧去医院挂了急诊，医生要求你妈立即住院。我背着行李袋在夜幕里走，你妈跟在后面，说我像个民工。我跟你妈合了张影，说长大了给你看，看看你爸妈多辛苦。因为疫情，晚上我不能陪你妈。她第一次住院，当病房的大门缓缓关上时，隔着玻璃，你妈孤单地坐在走廊那头，像个胆小的女孩子。

那几天，我给你妈送饭，变着花样做菜，在病房外，在草地边，在长椅上，我们一边像恋爱，一边期待着你的到来。

第一次看到你的 B 超，我跟你妈研究了半天，说你的鼻子挺，手脚长，上网搜各种伪科学来判断你的性别，其实啥也看不懂；第一次听到你的心跳，原来是那么有力，像是在大声喊我；第一次摸到你的胎动，我感觉你像个精灵，隔着你妈的肚子，用魔法棒点了我一下。

无数的第一次。你出生的日子越来越近，你妈也越来越累，但她还是工作到十天前。你妈是个懂得享受生活的工作狂。休假以后回到家，她还是成天对着电脑按计算器。昨天是你的预产期，本该卸货的她还打了一个下午的电话，关心她的另一船货到了哪个洲，哪片洋。

今早，你妈忽然有状况，很紧急，我和你奶奶立马带她到医院，医生检查过后，说要剖腹。于是，我开始在医院各处上下狂奔，而你妈独自在病房里等待着前所未有的考验。你奶奶打电话给我奶奶，让她在遥远的江南老家上一炷香。

终于，护士推着你出来了，要我确认、填表、交材料。你爸其实很能讲，也见过一点世面，但在那一刻，我慌乱到找不到出生证明，忘记了电话号码，甚至看到你的小鸡鸡，都不知道这是男是女。

原来，看到自己的孩子，是真的会哭的。我泪流下来了，想抱着你妈好好哭一场。

接下来的整个下午，在你奶奶和所有亲戚、朋友、邻居、牌友报喜讯的电话声里，我才渐渐平静下来，才能像现在这样安安静静地看看你，贼头贼脑地亲一下你的额头。

小小马，我从来都知道孩子会带来的烦恼，我也知道我们以后会有矛盾、有争吵，但真的谢谢你，谢谢你让我的生命变得如此丰沛。我生了你，你也把我这个父亲生了出来。

这是我当父亲的第一个夜晚，也是我们一家三口第一次共度的夜晚，你妈现在已经睡得打起了呼噜。让她好好睡吧，我从来都不盼望她为母则刚，我希望你快点长大，然后我们一起保护她、宠爱她，让她像个小女孩一样胆小温柔下去。

就写到这儿吧，这篇短短的文字，写了好久，因为这中间你哭了，饿了，尿了，拉了。你快点长大，我要做好多菜给你们母子吃，我要讲好多故事给你们母子听，我还有好多文字为你们母子写。

对了，你妈带你跑步的时候，不要叫我；我带你钓鱼的时候，别告诉你妈。

（二）名字

这几天，为了给你想名字我都快魔怔了，看到什么词都想着在前面加个马。

名字确实只是个代号，但毕竟这个代号大概率会跟他很长时间，必须慎重。

在很早以前，我就给你想过名字。男孩叫"马戈"，一是觉得男人应该大气一些，金戈铁马。二是觉得好玩，以后所有人都得喊他"马哥"。叔叔伯伯见到他："马哥"；老师上课喊人答题："马哥，这道题你怎么看"；校长喊他上台领奖："有请三年二班的马哥"……

但你妈不同意，那种一票否决的不同意。后来我想想，觉得也是，这个名字代表着我少年时代的贪玩。

你妈的否决，马上让我陷入巨大的苦恼，独对电脑，抓耳挠腮。我写了这么多年文字，从来没觉得哪两三个字有这么困难。

首先，取名字得有点文化，毕竟你爸是干这行的。古人取名，讲究"男楚辞，女诗经"，何止《楚辞》《诗经》，《周易》《论语》《唐诗三百首》《宋词三百首》，我都在翻。马天若、马牧之、马一白、马清秋……名字想了不少，但总不满意。

其次，你妈是广东人，很多名字用普通话读起来不错，但是用粤语一读就变得极怪异。粤语九声六调，俚语又多，每想一个名字，你妈都得用粤语读一遍，否则很容易闹笑话。

然后，你奶奶和我高中挚友王胖子的妈通报了喜讯，这位奶奶是个非常热情的人，从小对我很关心。她家有位专属算命先生——小瞎子，他给我算过命，对我的整个人生走向进行了详细解读。没想到过了十几年，在我孩子出生后不久，你的命运也已经在那位盲眼先生的掐指间有了大概的轮廓：时辰挺好，命运不错，脑瓜也灵，但玩心重……诸如此类。其中最重要的一个信息，就是你五行缺水。

这就给取名带来了第三个重大困难：名字得带水。

我对算命的态度是有点保留的，但为了照顾老一辈的感受，更重要的是不算则已，可既然算了，就会不自觉地往上靠。

其中一个我还比较满意，叫"马江沅"。"江沅"两个字典出《楚辞》，你正好在端午前两天出生；还有个"江"字，能让你记得自己一半的血统来自江苏。你妈不认识"沅"字，我跟她解释了，还聊了点《离骚》。你妈挺满意，但是读了几遍之后，又否决了。这次的否决我也同意，因为"江沅"跟粤语里"睾丸"的发音一致。

我甚至剑走偏锋地想到一个名字叫"马云起"，典出王维的"行到水穷处，坐看云起时"。你不是缺水嘛，水穷之时，就不要执着找水了，坐下来看云雾升起，这是另一种生命的境界。

我甚至自暴自弃到索性叫马致远算了……

我甚至想去改个姓……

每想到一些好名字，我就会征求家人、朋友的建议，才发现人与人之间的审美差距是那么巨大。这个名字一人觉得很优雅，另一人却觉得很平淡。我在无数的肯定和否定里想秃了脑袋。

是一位大学老师的话拯救了我，他说："取名是父母的特权。"豁然开朗，大家的建议都可以听，但最终是由我和你妈来决定。我暂且抛开所有善意的提醒，问自己，最想眼前的这个小生命将来成长为一个怎样的人。

忽然想到《论语》里的一句"温良恭俭让"，和你妈商量以后，你的名字终于定了，就叫：马温良。这个名字或许不响亮、不传奇、不偶像，但是这就是我对你最单纯的祝福，希望你能成为一个温和善良的人啊。

小名就容易得多，叫小鱼儿，粤语叫鱼仔，因为我太喜欢钓鱼了。我记得在婚礼上，我坐着小船，涉水而来，对穿着婚纱的你妈说：我钓了这么久的鱼，终于找到了我人生中的美人鱼。而现在，我想对你说：我钓了这么久的鱼，终于找到了我生命中最挚爱的小鱼儿。

我期待着这条缺水的小鱼，能通过你一生的追寻，找到自己的江河湖海。

（三）满月

从你出院，被妈妈抱着跨过门口的火堆，然后用黄皮叶煮的水洗澡开始，我就知道接下来的日子将是充满纷争、近乎奇幻的一个月。

你奶奶早早就从江苏到了广东，带着对下一代的无限期待，还有江南的旧俗。你外公是老广，那种你奶奶听不太懂他说话的老广。百里异习，千里殊俗，更何况江苏和广东的距离不止千里。

常听朋友讲，在教育孩子上，年轻人和长辈之间难免冲突。我们家不仅有新与旧的冲突，还有文化的冲突，习俗的冲突，月嫂们和姑妈们的冲突，长三角和珠三角的冲突。

你的脸胖乎乎，我忍不住想捏，你奶奶不让，说碰了腮帮子会流口水。你的脚小悠悠，我忍不住想挠，你奶奶不让，说碰了脚底板会怕打雷。哪儿都不能随便碰，我摇摇婴儿床，你奶奶不让，说摇空床不吉利。

婴儿的神经发育还不完备，所以你睡着了会抽搐，或者偶尔发笑。你奶奶把扫帚和银器放在床头，用来压惊。而她对你笑容的解释是"告事娘娘在教"——告事娘娘大概是在睡梦中教孩子各类常识和行为的一位神仙——有时候你忽然哭了，你奶奶说这是你没学会，被打了。我查了下这位神仙，没找到，佛教、道教都没有，可能没有编制，难怪体罚孩子。

广东的讲究也多，比如"五月的男孩好做官，五月的女儿好败家"。最大的讲究还是在吃上，海参、阿胶都备足了，花胶也买了一大包。花胶就是"鲍参翅肚"里面的"肚"，一斤几千，价格不等。我一直不觉得这些昂贵的补品有什么营养，但是你妈觉得有用，那就得买。

广东人炖汤，要放各种药材，黄芪、肇实、党参、云苓、虫草花、五指毛桃，你妈如果再生个二胎，我估计能去中药房抓药了。

海马也买了两大包，好像三四千，一包公，一包母。你外公特意叮嘱我，海马要一公一母地炖汤才有效果。我把这个事儿半开玩笑地说给月嫂听，月嫂立即附和：当然要一公一母。

你妈每晚擦身子，要煮艾叶生姜水，好几大盆黑乎乎的水摆在浴室。因为我要出差，你的满月仪式提前办。姑婆拿来了黄皮叶给你煮水洗澡，月嫂说不行，一定要柚子叶。问了几家水果店，都没有。姑婆知道老城区里有一棵柚子树，我拿着长柄柴刀，带着她，开车偷偷摸进一个老小区，背着保安割了一大袋柚子叶。

像这样的情况，不止一次地在这个月里发生，不断地挑战着我的常识，但我基本上还是照做，因为这些事在我看来虽然无益，但也无害。我总的原则是：以科学为准绳，以人情为考量。

可有些事，什么原则都不管用。比如家里备了很多红枣，月嫂来了，说红枣不好，得换黑枣。后来因为观念不合，我们换了个月嫂。第二个月嫂一进屋，连连摇头，说黑枣太热气，要用红枣。我查了很多资料，还是没搞明白产妇到底要吃什么枣。

再比如，养狗。在这个问题上，长三角和珠三角的老人倒是达成了坚定的共识，一定要让我们把狗送人。我和你妈都不同意，因为我们已经给狗做了全面检查，定期驱虫，让医院打印了报告。从科学上说，健康的狗丝毫不会对孕妇、婴儿产生影响。但是报告和科学在老一辈的观念前面，都是苍白的，你奶奶几次因为狗和我声泪俱下。

在各种由风俗和观念引起的纷争中，倒是有一道菜能给人安慰——猪脚姜。这是广东人生孩子必备的一道菜，据说源起明朝，是产妇的补品，也是待客的菜肴。

猪脚姜的主料是猪脚和鸡蛋，辅之姜、醋。猪脚飞水，鸡蛋去壳，老姜拍碎，得在醋里慢火煲煮几小时，过夜才入味，虽不复杂但实在耗时。姜得是高明老姜，这样才能驱寒；醋须是甜醋，比陈醋温润醇厚。

你外公买了两口大砂锅，两大罐甜醋，几十斤的猪脚和姜。煲熟之后，蔚为壮观。

你出生之后，陆续有亲朋探望，总要取些猪脚姜加热，端出来吃。开始我还不习惯，但最终被它俘获。

猪脚酥烂，用筷子一戳即透，软糯、丰厚、肥瘦相间，猪皮尤其香甜。蛋也煮得入味，筋道弹牙，最里面的蛋黄都带着香醇。你奶奶最爱吃姜，一点都不辣，反而蘸满了肉的香，醋的甜。我有时还得舀几勺醋汤淘饭，常常多吃一碗。

亲友回去的时候，要给他们带些走，说是越多人吃到你们家的猪脚姜，孩子就越健康聪明。那些没空过来的亲友长辈，还会挨家挨户送给他们尝一尝。

好像所有人都爱吃猪脚姜，在这件事上，没有任何冲突和分歧。盛得一碗猪脚鸡蛋，舀上一勺老姜甜醋，在婴儿的啼哭声中，大家互相祝福，喜乐洋洋。

猪脚姜真是道有意思的菜，食材在慢火中慢慢考究，肉不再肥腻，姜不再辛辣，醋不再冲鼻。真希望这世间所有的不满、争吵、矛盾都能像这肉蛋姜醋，稀释彼此的短，获得对方的长。一碗酸甜和气，足慰烟火众生。

（四）忧愁

"养儿一百岁，长忧九十九"，这是你妈近来经常感叹的一句俗话。最近一次说这话的时候，她手上正沾满了你的屎。

随着月龄的增长，你不像小时候会一天排便几次了，有时候几天才拉一次，最长的一回是整整七天。解开你的尿不湿，看到金黄一片，你妈和我差点跳起来。很难想象，我们有一天会因为一泡屎而欣喜若狂。

查阅了资料，咨询了医生，观察了粪便，我们明明知道这应该是正常现象，但总有隐隐担忧。这大概就是父母的愁，叫"生怕有点什么"。所以，每逢你两三天成功拉屎后，先发现的人一定会把这个好消息转告对方。

你还不满月的时候，月嫂就跟我们说，你的脷筋有点短。"脷筋"是粤语，指舌系带，就是舌和口底之间的一薄条状组织。生娃前，哪知道世上还有这样的疾病。你足底血的筛查也没通过，一项叫"脯氨酸"的指标偏高，我查了医学论文，这意味着可能是十万分之一的罕见病。洗澡的时候，你偏偏肚脐又有渗血。

而且，你右耳有明显畸形，我们担心你的听力。

那个下午，我带着刚刚十八天的你，走遍了儿科医院的四个科室。

所幸后来，问题大部分都得到了解决。处理舌系带的时候，护士用棉签抬起你的舌头，医生一剪刀下去，我的心跟着揪了起来。

有了孩子，白天没办法好好工作，虽然请了阿姨，但只要你一哭闹，我就得放下手头的所有事。晚上睡不了整觉，尤其是阿姨放假的时候，得我们俩照顾。凌晨四点，你开始闹腾，只能抱起来哄你玩。当我困得睁不开眼，心生烦躁的时候，你精神奕奕。忽然对我咧嘴一笑，这一笑，我也精神了。看看窗外，你把天笑亮了。

你妈开始给你早教了，买了几本布制卡通书，夹层里有油纸，一翻页哗啦啦响，让我给你讲。我虽然教过书，也参加过什么讲书比赛，但受众总有些许区别。我满脸胡茬地装起可爱，念起了"晚安猫咪，晚安鸭子，晚安树树"。

你一天天长大，你妈已经感叹时光易逝了。买了相册，要把照片打印出来，觉得纸质的翻起来才有质感。买了道具，制作手模、脚模。做起来挺麻烦，要趁你睡觉的时候做模具，然后倒进石膏凝固，最后一点点磨挫。我满头汗，满手灰，你妈坐在旁边，喝着奶茶指导我。那一刻，她像上帝，说要有光，就有了光。

但其实相比于从前，你妈改变巨大。她刚出院那晚，我们一起给你换尿布，尿布刚脱下来，你又是一泡尿，笔直撒到你妈手上，你妈吓得直接把儿子给丢开了。而前两天，又是换尿布，你一泡屎喷在你妈手上，她拿起湿巾擦擦手，气定神闲。

我出差比较多，你妈没出月子的时候，我就离家了，整整一个月。你妈说：好羡慕你啊，能够出去。

我是个喜欢自由的人，现在的工作能让我既享受家庭的温馨，又体会漂泊的诗意。但其实，我们这代人有多少不喜欢浪漫和自由呢？全身心地投入家庭，八九分是爱，也免不了一两分的身不由己。你妈从前也喜欢到处旅行，韩国、泰国、俄罗斯、斯里兰卡、欧洲、南美……而现在，两小时的车程，她都很难走开，只能是我们两个人在小区散步，她同我讲以前的难忘旅程。那是去贝加尔湖，和当地人指手画脚地问路，孤岛上的天寒地冻，破旧杂货店的满墙烈酒，还有冰雪初融的壮阔湖面。

走到楼下超市，你妈想吃冰淇凌，但是又担心哺乳期对宝宝不好。我总会坚持给她买，偶尔的贪食，并不会伤害母子的健康。她边走边吃，或许从这冰淇淋里，她能够尝到少女时代的久违甜蜜。

你妈还开始写起了随笔，恋爱结婚这几年，除了合同，没见她写过什么文字了。现在睡觉前，她打开台灯，摊开本子，一笔一画地记下你成长的点滴。没什么文采，谈不上章法，但是我偶尔翻看，总被感动。她写你的牙牙学语，写自己恢复体形的瑜伽训练，写我们结婚纪念日的惊喜，还写结束产假的第一天返工："妈妈是一个工作狂，没你之前我经常加班，或者把手提电脑带回家，一心想着要在一天内尽最大可能完成更多的工作。可是今天上班可不一样了，一到点下班就收拾冲回家，想尽最大的可能去陪伴你。要不是创业开了这家公司，身上带着一些使命感，一定要回归工作，我想我已经想做全职妈妈在家陪伴你了。我知道你的成长是不可逆的，我当然不想错过你的每一分每一秒，可妈妈的人生是选择了一条不一样的道路，我会为我好好地活一次。"

你身体的问题基本解决，但是唯独那只小耳朵一直悬悬于心。佛山没办法看，我们托人找了广州权威的医生，又几经波折才挂到了号。大医院，人很多，我们带着你在这一线城市的人流里挤来挤去，谈不上悲情，但也绝不容易。问了两家医院，找了几位医生，大概的意见都是大一点才能做外耳的矫形，至于听力，也是一岁后才能做详细检查，如果不能手术，你可能就需要佩戴助听设备。

你妈一直为此担忧，担心你将来在学校会被同学嘲笑，担心你交不到朋友。我安慰她：这是小问题，将来的医学会进步；小时候经历一些挫折，未必是坏事；伟人天生总有些异象嘛……安慰归安慰，可作为父亲，又怎么会不担心呢？我不知道你的听力是否能恢复，也不知道你将来会面对什么，但我可以肯定的是，我与你妈会用我们所有的爱和经验，为你抵挡风刀霜剑，恒久而笃定。

"养儿一百岁，长忧九十九。"你妈总是用粤语讲这句话，就更显得意味深长了。

前几天深夜，你妈哄着哭闹的你入睡。我们俩还沉浸在新生命的神奇里。你妈摸着你的脸："这是我们的儿子啊。"

"是啊，我们的儿子。"

"可是他不完美。"你妈又说。

"这世上哪里有完美的事呢？"我回答。

（五）住院

国庆带你去了一趟我的老家江苏，气温骤降，太湖风烈，回来你就感冒了。出租车上，你小脸通红，有些低烧，到家勉强睡下。睡得不沉，呼吸急促，我们都挺担心。

第二天，烧退了，精神不错，就是声音有点哑，我和你妈还是想带你去医院看看。

看了医生，就不让回家了，要立即住院。你得的是急性喉炎，这病对大人来说不重，但是对幼童却凶险，严重了会窒息。医生说，到时候抢救都来不及。

要赶紧做雾化。你太小了，只有把你哄睡着才能开始。看着你虚弱地趴在妈妈肩头，雾气喷在你一岁四个月的小脸上，我的心都涣散了，像这水雾一样逐渐消逝。

然后是漫长的等待，等待……

三个小时，漫长艰难。你根本不知道发生了什么，也不知道将面对什么，在我的怀里，你表演刚学会的小狗叫，时不时地喊着爸爸，但是昔日软糯的童音却空洞无力，我和你一样无力。我抱紧了你，想传递一些力量给你，也给自己。

只能你妈陪护，因为在你烦躁困倦哭闹的时候，妈妈才能安抚你。我回家给你们娘俩收拾东西，在回医院的路上，几乎想流泪。我亲爱的小朋友，爸爸舍不得你。

办理住院手续，忽然又要你妈的相关检验结果，可上午医生明明说，你妈有相关报告，不需要再验。我已经控制不住情绪，开始争辩。我当时就在想，如果不让你住院，那么我会用我这些年所有的经验、知识、力量、人脉、嗓门、拳头和他们拼命，不管他们是谁。

还好，交涉之下，医院可以让你们先住进去。在病房门口等，我把你高高举起来，你傻笑，笑不出声，我想哭，没哭出声。妈妈抱着你，隔着玻璃门和我道别，你向我摇着肉嘟嘟的小手。

晚上，我一个人回家，拖着身子往前走。打开小区的铁门，对面正好有人骑车出来。如果是从前，我会开着门等他先出门，举手之劳。可是那一刻，我不想等了，走进去，门在身后自动关上，也完全不想理会那个人的敌视目光。儿子，如果没有了你，爸爸连好人都不想做了。

你住院的第一晚，是你妈和我最难过的一晚。医生叮嘱你妈，睡觉不要太沉，要留意你的情况。你妈是那种沾枕头一分钟睡不着就算失眠的人，但是那晚她真的就这么熬着。

翻看那一夜的聊天记录，十二点、一点、两点、三点、四点……你妈和我就这么断断续续聊着，太困了就眯一会儿，眯一会儿又担心得醒过来。

你要吊针，害怕得哭闹，你妈得一直抱着你。你睡着了，但是一放到床上就醒来，你妈得一直抱着你。你妈自言自语地对你说：感觉你好像回到在我肚子里的时刻紧靠着我，我们一起面对。

你妈很辛苦，也很沮丧，很自责。她跟我说，一定要保护好你。我说：嗯，我们会保护好的。

第二天，抽血，小小的手指根本挤不出这么多血量，你大哭；吊针，手上的血管太细，吊了几瓶以后就肿了，只能改到腿上，你大哭；喉镜，医生和你妈按住你的头，仪器要从鼻子里塞进去，你大哭。

这些都是你妈陪着你，她说从来都没有觉得这么难，但她真的做得很好。你还站不稳，洗澡的时候要扶着围栏。你妈去拿沐浴乳，她跟你说，宝宝，你一定要扶好，千万不能动啊。你好像真的听懂了一样，乖乖地，一动不动。你们俩像是患难之交，互相陪伴。

晚上，你妈问你，睡吗？你摇了一下头，然后指着电视。你们一起看体育台，你一下一下地拍着双手，好像在给女排加油。你们一起听音乐，妈妈哼唱着，你身体也扭动起来。你妈索性抓着你的手，跟着节拍摇晃，好像演唱会。早些时候，医生说，明天可能就出院了，你妈很兴奋，也把这种兴奋带给了你。

你在医院待了四天，除了扎针时会哭，已经渐渐习惯。你很爱笑，对谁都笑着嗯嗯呀呀地打招呼，护士姐姐、保洁阿姨都喜欢你。每晚关电视、关电灯的时候，你还要摇着手跟它们拜拜。

我只能在每天送饭的时候，抱你一会儿，妈妈才有时间洗澡、吃饭。我搬张凳子，和你坐在走廊尽头，切一块苹果、掰两片柚子给你，你吃得摇头晃脑。夜晚的医院安安静静，好像这个世界上只有我们父子俩。

你和你妈在医院的几天，我随随便便地吃饭，随随便便地睡觉。睡客厅，好像自己苦一点，才能和你们母子俩感同身受。我一个人躺在沙发上，辗转反侧。平时热热闹闹的家里，只剩我，显得空空荡荡。二十多岁的那几年，我就是这么一个人生活，一个人吃饭，一个人睡觉。我爱自由，那么结婚生子后悔过吗？我不知道。如果重回二十岁，还会这样选择吗？我不知道。但可以肯定的是，此时此刻，我是那么地思念并深爱着你和你妈。

儿子，林子里有两条路，我选择了其中一条，那么另一条路的风景已无关紧要，哪怕山河壮丽，哪怕柳暗花明，重要的是，我走在自己的道路上。

魏晋时候，有个人叫王戎，儿子发生了意外，他伤痛不已。别人去看望他，说：还是个抱在怀里的孩子，为什么这么伤心啊？王戎回答："圣人忘情，最下不及情；情之所钟，正在我辈。"圣人通透，看透了情；下等人市侩，不懂真情；像我们处在中间的人，是最容易动情的。那么，儿子，我愿意为了你承受一个普通的父亲所有面对的一切情感苦痛。

今天中午，你终于回到家。你妈和我吃着外卖，你在地上玩玩具。

你妈说，你不写点什么？

我说，会写一点吧。

你妈说，那你会写到我吗？

我说，会写一点吧。

你妈说，我那么大功劳，你才写一点啊。

其实，你妈自己也写了，而且写得非常好。

你妈抱着你在走廊上慢慢走，她哼着歌，你就趴在她的肩膀上，像个小听众。你没睡着，默默听着。整个走廊，只有妈妈的歌声和流逝的时光。你们来窗前，楼下是马路，车来车往，她对你说：

马温良，呢度就系你生活紧嘅佛山嘅夜景啦，你中唔中意甘靓嘅景色啊？你以后就要系呢度成长啦，这里只系地球的一个小角落，希望你开心快乐。（粤语，大意为这里就是你生活过的佛山的夜景，你喜不喜欢这么漂亮的景色啊？你以后就要在这里长大了。这里只是地球的一个小角落，希望你开心快乐。）

月亮很圆，她又对你说：

你睇睇到头顶个圆圆嘅月亮，距只得一个，日后可能有你思念嘅人系另一边望紧同一个月亮。（粤语，你看看头顶的圆圆月亮，它只有一个，日后可能有你思念的人在另一边也看着同一个月亮。）

你妈和你看月亮的夜晚，我正好也走在小区里，觉得月亮很美，拍了张照。或许就是同一个时刻，我们看着同一轮明月，这像极了杜甫的句子："今夜鄜州月，闺中只独看。遥怜小儿女，未解忆长安。"

儿子，对我来说，你和你妈，还有月亮，是这世上所有温情的总和。

（六）父亲节

今天是父亲节，算是我的节日。今天也是你的农历生日，两周岁。

早上，我祝你生日快乐，然后说，今日都系爸爸嘅节日哦。（粤语：今天也是爸爸的节日哦。）你听了，唱了几句《世上只有妈妈好》。

我们认识已经两年了，这两年里，有开心的时刻，有难熬的日子，有重要的瞬间，更多的是一天一天细水长流。

听老人讲，一岁以内的孩子是一天一个变，两岁以内的孩子是一月一个样。我不信，小孩子不都那样吗？但是现在，不得不承认，而且这种变化，就像是俄罗斯套娃，一旦新的样子套上来，原有的印象就开始遗忘。翻看旧相册才会惊讶，啊，原来你以前这么胖啊，原来你那时候那么小啊……可这明明只是几个月前的事。

所以，你妈常说，要多陪陪你，因为你很快就长大了。

你会说很多话了，不再是一个个词，是完整的主谓宾："妈妈饮水水""爸爸买苹果俾温良食""BB唔敢掂蜗牛哦"（粤语，大意为爸爸买苹果给温良吃，宝宝不敢碰蜗牛。）……还有语气，还有神态。你妈总会感叹，真系好老积（老成）。

你很有礼貌，有人帮开门，一定会说多谢。那次你妈和你打车，你很困了，已经睡着，下车的时候，你迷迷糊糊睁眼，都不忘跟司机讲一声"拜拜"。司机都愣了，这一路上，你妈没和他讲过一句话。

你会自我安慰，摔倒了爬起来，搓着手说"冇事冇事"，（粤语，没事。）好像这样就不疼了。打雷，你躲进我怀里，拍着胸口说"唔怕唔怕"。（粤语，不怕。）

你会唱好几首歌了，但是很多时候我不知道你在唱什么，你妈说，是英文歌《Five Little Monkey Jump On the Bed》。这太难为我了，你爸这辈子最差的就是唱歌和英文。你也会背好几首诗了，《咏鹅》《静夜思》《登鹳雀楼》，还有《滕王阁序》的开头。朋友到家来玩，我让你背首诗。朋友笑说，你不是说最讨厌这样吗？

我不记得自己说过这样的话，说过也不奇怪，人总是会变的嘛，我以前还说自己不结婚呢。不过我始终会告诫自己，你的人生是你自己的，未来的漫长岁月里，我偶尔变得不可理喻的时候，你一定要勇敢争取。不行，就把这篇文字拿给我看，白纸黑字，网络不是法外之地。

我喜欢和你一起下楼遛狗，你在前面跑，跑远了，回头看两眼，确定我在后边。有时候我们在长凳上坐一会儿，你会问"哩个系乜野"（粤语，这个是什么），我答"哩个系蜗牛啊"。（粤语，这个是蜗牛啊。）

换我问"公公系边度（在哪里）啦？"你答"公公系（在）天天喽"。

你不爱哭，除非真的疼了才哭两声。你爱笑，很多时候都在笑。小的时候，阿姨上下午都会推你出去遛弯，每次回来，我都会逗你，你看到我就笑。现在你回来在门外就会喊爸爸爸爸，我刚站起来，你已经冲进我的房里，抱着我双腿，把笑埋进我的身体。

你虽然才两岁，但已经去过很多地方了。这些地方你可能都不会记得，但是我和你妈妈都相信，这些时刻的快乐会留在你心里。

五一节，你伯父请我们去厦门玩，我抱着你下船，你看着大海，兴奋地跟我一起大喊"鼓浪屿哦"。上个月，和朋友一家去南丹山，我和你妈牵着你的手走在山路上。山上有玻璃栈桥，说是国内最大规模的栈桥之一，又高又长。你妈害怕，在后面慢慢走。我更怕，但是我只能抱着你往前，紧紧抱住，想把世界托在手上，步履不停。走到中间的时候，群山壮丽，你竟然笑着说一了声，那声"哇"拉得很长，像山一样绵延。

五月二十日，一个我曾经觉得没有任何庆祝意义，甚至有些荒诞的日子。可就在今年的这天，我租了一件兔子的人偶服。我以为你和妈妈在家，结果你们在楼下玩。所以，就看到三十多度的天气，一只毛茸茸的兔子，一手拿着花，一手拿着蛋糕，蹦蹦跳跳地走向你们，口袋里的手机放着《Five Little Monkey Jump On the Bed》。好几个小朋友跟着我，有一对情侣经过，女孩想和我合影，男孩说，人家送外卖呢。

我走到你们身边，你开始有点害怕，到后来才发现是我。再后来，就看着半人半兔的爸爸傻笑起来。到家以后，我已经湿透了，妈妈让我冲凉。你也很认真地说"爸爸唔（别）扮兔仔，热哦"。你已经在慢慢学习心疼别人了。

看着你，我经常会不自觉地笑，或者忽然想哭，甚至有一种巨大的感动，说不清原因，没来由的。或许在未来，在 520 这个愚蠢的日子，我还会为了你和妈妈做出更愚蠢的事，因为霍金说：若不是因为你所爱之人居住其中，这个宇宙没什么了不起。

前几天，是你的阳历生日，妈妈给你准备了一个小派对，邀请了有孩子的几家亲戚。最小的客人是你小区里的好朋友，文文哥哥。文文哥哥大你一个月，虽然他搬来不久，但你们俩玩得最好。你每天在家都说要找文文哥哥，而文文哥哥在小区看不到你就不愿意下车。人和人，这世上的许多事，真是讲缘分的。

你收到了很多礼物，我给你送了一套微物钓的鱼竿，第二天就和你去公园试钓，但看起来你还是小了点。唉，哪一个做父亲的不望子成龙呢。

miki 姐姐给你送了一个玩具，电动钓鱼机，你玩得很开心。伯娘给你送了一个玩具，电动钓鱼机，和 miki 姐姐一模一样的电动钓鱼机。你妈拆开礼物的时候，恨不得再包回去。大家送礼物真的很用心，但是思路不够开阔，最关键的一点是，过生日是你，不是我。

派对是在你生日的前一天，生日当天，我抱着你玩，结果不小心撞伤了你的脑袋。非常突然，口子不大，但很深，血汩汩往外流，你动来动去，止都止不住。那几分钟，我心乱如麻，这些年所有修行来的冷静荡然无存，所有的美好也一下子消失了。

还好，后来止住血，贴了创可贴，晚上又有点渗血。咨询医生朋友，要不要缝针，该如何消毒。

第二天，你妈恰好要去国外出差十几天。这是你出生以来最长时间的母子相别，你妈抱着你流眼泪。我送你妈去机场，她一刻不停地叮嘱我这两天一定要照看好你的伤口，一定不能让你乱跑，不能让你流汗。我连连点头称是。

虽然我知道每个孩子都难免磕碰，每个孩子好像都会有那么一条或大或小的疤痕，但是自责和心疼还是困扰了我好几天，直到你的伤口开始结痂，我才缓过来一口气。

这两年你带给我很多无可取代的快乐，但我也有只想一个人待着的时候，比如今天下午。我必须诚实地告诉你，听到你回来，其实我想一个人躲在房间，因为那时候我正在整理最近新买的一百枚鱼钩。

所以，儿子，为我这两年里做得不够好的地方向你道歉。我爱你，我爱你妈，但我也爱自己。

最近，我在附近的一个湖边租了两亩地，加一栋小房子，那里有很多好玩的东西，开门就能钓鱼。我想以后就在那里看书写作，种树种菜，带着你和妈妈经常去那里住。我想给自己一个空间，也想你在自然里长大。

这片土地和小屋，是送给我的节日礼物，也是送给你的生日礼物。

今天是你的生日，我思考了很多的祝福语，但是总觉得还是广东人那句特别简单的话最贴切：儿子，爸爸希望你快点长大。

我又失去了一个爸爸

（一） 噩运

那段时间，好像身边的人都在生病。

最先感染的是阿姨，接着是我太太。孩子还小，平时要妈妈、阿姨哄着睡，现在只能我来。

这对我和孩子来说，都不是一件容易的事。那天，我刚从外面工作回来，只来得及脱掉外套，就抱着他上床。穿着衬衫，光着双腿，坐在床上，把他抱在怀里。我摇着他，哼跑调的歌。他迷迷糊糊睡着，一放上床就醒，我只能一直抱着。不能喝水，不能撒尿，狼狈不堪，心烦虑乱。

第二天，我妈也开始发烧，睡了一整天。到了晚上，我终于撑不住了，咳嗽，体温升高。孩子也就没有隔离的必要，因为他必然被感染了。

我烧了一天，一觉醒来，病去如抽丝。孩子除了咳嗽以外，精力旺盛，晚饭时全家都有了胃口，感谢命运，算是平稳渡过了这波病毒的冲击。

可命运之神一直在嘲弄着凡人，当天晚上，孩子的状况突然变差，睡一会就哭醒，忙活了一夜。早晨，岳父打来电话，说呼吸困难，透不过气，咳嗽严重，还有血丝。我和老婆商量了下，不能等了，要立即送去急诊。

这两年，我们对医院已经太熟悉了，所有的流程，所有的科室。急诊挂号，做了简单的检测，岳父就被送进了抢救室，情况比我们想象得严重得多。我和老婆一直守在门口，等待各项检测结果。这样的场面我们经历过几次，所以还算镇定。

孩子在家还是哭闹，我们一边在急诊室等待，一边咨询相熟的儿科医生，我和老婆商量，兵分两路，我继续守着，她回家看孩子，不行的话，带孩子再去儿童医院的急诊。

人到中年的沉重，是孩子还小，老人已老，你得站得笔直，再重都要撑着，你撑着，家中的这一方天才不会塌下来。中年人，最艰难的就是做这些决定：去不去医院？去什么医院？怎么治疗？老人、孩子的命，可能都在你手上。

中午，孩子睡了一觉，好像好多了，不一定要去医院。那边的心暂时放下，这边的心继续悬着，CT结果显示，岳父的肺部已经被感染。

我坐在抢救室外，从早到晚，自己也才刚刚退烧。不过正因为这样，即便身边全是咳嗽声，我也不怕被感染。急诊的人越来越多，以往的争吵和抱怨却少了，家属都明白眼下情况，医护也无力去争辩解释，阳性家属带着阳性病人希望得到阳性医生的治疗。

急诊室外全是人，明知道要等三到五个小时，但没有人因此离开，因为其他医院应该不比这里好多少，甚至更糟。

岳父做检查，护士要我自己推过去，因为医院人手严重不足。说完，她猛烈咳嗽几声，看上去比我身体还差一些。

我就这么等到晚上，有段时间，一位大姐坐在我后面，她一直在打电话，讲述她父亲是如何病重，如何就医，最后没能救过来。她说得很详细，包括谁的帛金不收，因为那个人常年在外，还有她住在老城区，这几天楼下的救护车呜呜响个不停，但她最近一定不能生病，否则父亲的葬礼就没人管了。

晚上，医生让我们到前台办理住院，要快点跑过去，因为床位随时可能没有。我们在深夜的医院里奔跑，气喘吁吁。

岳父住进病房，一天的治疗，暂时稳定下来。值班医生和我们沟通了病情，现在正在控制病情，如果继续恶化，随时需要进ICU。老婆签病重通知书的时候，努力让自己镇定下来，这是一年内的第二次。因为住得近，医生让我们先回去，但晚上要保持电话畅通，因为病情可能会发生变化。老婆下楼的时候，眼泪再也忍不住了。

（二）祈祷

儿子，新年再过一会儿就到了，我曾经好多次设想，会给你写下怎样辞旧迎新、充满希冀的文字。可是，有些旧事不会因为某个日子而突然离去，就像我怎么都不会想到会在病房中等待新的一年，而你的外公正在我身边艰难地呼吸着。

儿子，在今年的最后一天，我想和你聊聊你的外公。广东人管外公叫公公，管岳父叫外父，我想如果你如果再大一点的话，你一定会跟我一起为你的公公、我的外父祈祷。

我认识你公公的时间并不长，比你多三年，那是 2018 年的 11月，你妈第一次喊我和公公见面，我记得那天，他穿的是一件粉红色的衬衫。你知道你爸这个人，多能说会道啊，但让我没想到的是，你公公更能说，粤语腔调极为浓重，一半的内容，我要靠猜。那时候，公公的听力已经有些小问题了，我们彼此都要很努力才能理解对方说的什么。但我肯定，我们都挺喜欢彼此。

那段日子，你妈每年都会带公公去旅行。你妈曾经设想过，她带公公去贵州玩，然后我蹲守在那里假装偶遇，还得扮成自己是当地人，这样初次见面，可以作为导游，发挥我演说的特长，给公公留个好印象。回想起来，我不知道你妈当时是不是真的准备和我交往，她就没想过，将来深入了解，我该怎么圆谎？

后来，我们带着公公去了我的故乡，去了南京，去了扬州，尤其是扬州，那是我读书四年的地方，个园、何园、瘦西湖一路逛下来，从你公公的眼神中可以看出，他恨不得自己嫁给我。

在之后的好几年中，公公一直会提起扬州，说那个城市很古朴，很漂亮。我也怀念，尤其是在此刻，如果再能回到深秋的瘦西湖，我一定把我所有的学问和道听途说全部卖弄给他听。

一年后的 11 月，在我出生的小镇上，公公牵着你妈的手交到我的手上。我主持过很多婚礼，听过很多父母发言，你公公的最特别，没有稿子，没有长篇大论，只是几句极其简单真挚的祝福。在那个小湖边，我第一次喊了他"爸爸"。这个称谓，自从你爷爷离开以后，我已经十年没有喊过了。从此，我在这个世界上又多了一个爸爸。

两个素不相识的男人要建立起父子之情，其实比男女之爱要难得多，但是我和公公做得挺好。比如，我和你妈免不了争吵，但和公公却从未红过脸。

再后来，公公退休了，但比工作时更忙。他交际范围非常广，我在佛山的大部分朋友都先是他的朋友。他有个朋友叫昌叔，以进山采蜂蜜为业，公公和我就跟着昌叔一起进过山，在大湖边烧饭野炊。

我喜欢钓鱼，公公就带我去找了几个有鱼塘的朋友，但他是不喜欢钓鱼的，那个场面就显得很滑稽，一个年轻人在河边钓鱼，而一个老人家在车里刷手机。

我不用上班，公公总愿意跟我在一起，买菜都叫上我。他买菜很挑剔，讲究起来，要走遍佛山的市场。这个市场的鸡最靓，连州走地鸡；那个市场的鱼最好，三水野生鱼。买起食材，不惜成本，一只鸡要两百多块。他尤其喜欢吃鸡，不仅要湛江鸡，还要湛江安铺鸡，差的鸡吃了第一口，绝不动第二块。

公公很喜欢和年轻人在一起，退休的一年多时间里，跟年轻的朋友们自驾过好几回，广西、四川、贵州，看到好玩意就爱买，他在贵州寄回好几大坛的酒。

他偶尔也有饭局，有时叫上我们，但是见我和妈妈吃得差不多了，他就会使眼色，说你们俩一会儿不是还有事嘛，先回去吧。

清早，他会到茶楼，叫两个点心，自斟自饮，独自吃上半天，或者吃完晚饭，回房间玩会儿电脑，九点多拿着好茶叶摇摇晃晃地下楼，午夜再摇摇晃晃地回来。

但公公毕竟是老人，难免唠叨，比如他要求大家吃饭挪动凳子时一定要抬起来，否则凳子和地面的摩擦声会吵到楼下的人。在饭桌上，他经常会忘了曾经讲过的话题，然后又热烈地讲一遍。从广东的历史，到佛山的发展，再到当初买房的好眼光；偶尔讲述西洋菜的功效，艇仔粥的由来，煲仔饭的做法，柱侯酱的得名。

我也由此知道了，他早年在资产公司的工作，到东北出差，吃过一盘美味的红烧鲤鱼；知道了当初为了送你妈出国读书，花光了积蓄；知道了你妈小时候跟着他去北京看升旗，知道了你妈长大以后带他去成都，那天真热。

但是公公神仙般的退休生活没有持续多久，就在你出生后的半年，去年的 12 月，他忽然说不舒服，体检结果一出来，医生赶紧打电话让我们回去，公公被送进急诊开始抢救。

我守在急诊室外，一天一夜，妈妈回家照看半岁的你，夜里她在电话那头哭。就算是广东，12 月的夜晚依然很寒冷，我们不知道该怎么面对。

所幸，公公被救了回来，但确诊尿毒症，这是一种很糟糕的病，每隔一天就需要去医院做一次治疗，而且严格限制饮食，菜里不能有酱油，不能放太多盐，不能吃大部分的黄色水果，而且几乎不能喝水。这样的生活对任何人来说都是煎熬，更何况公公那么爱喝茶。

公公体力变得好差，不能拿重物，那时候他一直跟我们说的一句话是：怎么都要想办法治好，能去公园抱抱我的孙仔都好啊。

终于，在很多人的帮助下，也在公公的努力下，八月份的大手术过后，他的病算是被治愈了。不用再频繁去医院，不用有太多的忌口，终于能自在地喝水了。公公说，像是重生。

你也慢慢地长大了，每天上午都要到楼下去玩，公公最喜欢和你坐在一起晒太阳。妈妈把你头发剃得短短的，公公喜欢叫你光头仔，而他自己的头发也所剩不多，两个光头坐在一起，形似神也似。

你开始牙牙学语，公公到我们家来，你会指着沙发哆哆地说："坐，坐。"我一走动，你就觉得我要来追你，然后一头扎进公公的怀中，让他保护你。我知道，公公多想这么保护你一辈子啊。每次你一有点小毛病，出汗多、嗓子哑、起疹子，公公总是问人找方子，要煲汤给你喝。

这次，公公又生病了。爸爸妈妈也像公公为你找方子一样，想了很多很多办法，想治好他的病。这次的病，对于普通人来说，不算大事，你也只是咳嗽了几声，但是对于公公来说，却是巨大的考验。又是12月，又被送进了急诊室，这一年中，公公几次逃过大难，这次又身陷险境。他的肺被严重感染了，要一直靠吸氧来维持呼吸。入院几天，情况没有太大的好转，这两天我到病房来陪他。

公公现在唯一要做的事就是努力呼吸，给药物和免疫力争取更多的时间去杀死病毒。他每喘一口气都很艰难，像一个溺水的人。我刚到病房看到他的样子，眼泪忍不住。但是每当检测仪响起警报，血氧降低的时候，公公就会坐起来，用他最容易吸氧的方式拼命呼吸，让数值回升。他就这么坐着，盯着屏幕，像盯着他的敌人。屏幕上出现 96、97 的数字，我们会默契地相视一笑，好像一起考了个高分。儿子，你要记得，在新年元旦前的最后一个夜晚，你的公公是一位虚弱的老人，你的公公更是一位坚强的斗士，他战斗着，迎接新的一年。我们一起祈祷，一起许下新年愿望：公公一定会再牵着你的手，走在新年的阳光下面。

（三）斗争

护士把手机拿进去对着岳父，我和妻子在这头喊：爸，加油啊，我们都在，你的孙子在等你回去。喊着喊着，就流下泪来。

12 月 23 日，岳父呼吸急促，痰中带血，我们立刻送他去急诊，所幸那时候还有床位，得到救治。在急诊抢救室治疗一天后，他转入了普通病房。虽然医生下了病重通知书，但是我们觉得他应该没什么大问题，有医生看着，一切都安全了。

开始几天确实是这样，晚上会和他视频，让他看看孙子。直到那次和医生沟通病情，她神情凝重：不知道你爸爸这次能不能挺过去。医生还告知我们，有一种调节免疫力的药已经短缺，明天就用不上了。

我们这才意识到情况严重，同时立刻想办法联系了广州的一位朋友，弄来了几十瓶药。我岳父的用量非常大，每天需要八瓶。

当天下午，我去医院陪护。那个科室，他病情最重，已经被转入单人病房重点看护。他的血氧饱和度只有 90 出头，呼吸比较困难，需要一直戴面罩高流量吸氧。我去的时候，他还能躺着，但到了晚上，只能保持坐姿，身体前倾。

那是一个艰难的夜晚，他咳痰、小便都非常艰难，为了让他少活动，我需要寸步不离。就这样，我们差不多相伴坐了一夜。我用手机每隔一个小时设一个闹钟，生怕不小心睡着。

第二天一早，妻子送来汤水。此前几天，我一直鼓励她、安慰她，但那一刻，我真的非常疲惫，身体的疲惫在其次，内心的煎熬更折磨人。

护士为岳父注射我们昨天买来的药，她说，整个病区只有我们能用上这种药了，其他病人都断了。我振作精神，借此安慰岳父：我们弹药充足，你一定会好起来的。他努力点着头。

但他还是没有好起来。

新年元旦前的最后一个夜晚，是我迄今最难挨的跨年夜。在过往的日子里，我也有亲人离开，甚至目睹着他们生命慢慢消逝，但那时候有很多人在一起，姑妈伯父们，兄弟姐妹们，一大家子一起去面对。但这次，只有我一个人，没有一个人可以说话。

看到岳父痛苦不堪，我毫无办法。检测仪警报声、氧气的流动声、岳父的咳嗽声和喘息声，把新年的钟声全部掩盖了。

天亮了，新年的阳光并没有带来新的希望，岳父静息吸氧，血氧含量也只有 80 多点。我去找医生，我说真的不行了。医生答，该用的药我们都用了，呼吸机一台都没有，我们也没有办法。

"我们也没有办法"——以前，我从没听过医生说过这样的话，但是这两天，几乎所有来到岳父病床前的医生都这么说，而且我知道，他们是真的没有办法。

我再次回到病房，陪着岳父，我帮他掖好被子，让他累的时候就靠在我身上。这两天两夜里，我们差不多都是这样过来的，我看到最多的就是他艰难呼吸的背影。夜里值班的医生说，他已经很厉害了，坚持了一个星期。就连护工们进来，都会摇摇头感叹，他太不容易了。

此时，我真的感觉到他的生命在慢慢耗尽。他稍微一动，血氧饱和度就低到 50，随时可能窒息。但老头是那么顽强，看到数值降下来，他又坐好，说，来，小马，让我把分数再升上去，然后盯着屏幕，拼命吸氧，每一次呼吸，身体会剧烈颤抖。这是他的战斗姿态。

四个月前，在那场关乎生死的手术之后，他觉得人生充满了希望。他曾经跟几个年轻的朋友说，我们再去自驾吧。他也跟我说过，这辈子走南闯北，只有西北没有去过，我答应过他，等他休养好，就带他去敦煌。可是我知道，此刻如果再这么下去，我的岳父真的撑不住了。我舍不得他，这是在新年的第一天啊。

我几乎是冲出病房，强忍着泪水跟医生说，他真的不行了，你们想想办法啊。医生叹了口气，然后通知 ICU 过来紧急会诊。ICU 的医生来看了岳父的情况，说病人肯定是够得上用呼吸机的指征了，但是现在的情况是，医院已经没有呼吸机可用了，ICU 也没有一张床位。

我不知道该怎么办了，泪水冲出，完全是恳求着说：医生，你救救他吧。

医生很尽责，她查了一下系统，正好多出一台呼吸机，但她跟我强调上机带来的风险，一是可能伴随更多细菌的进入，造成疾病的加重；二是如果肺炎还是不能缓解，那么病人可能很难脱机，到时候就要面临极其残酷的选择。

我打电话给妻子，她马上赶来了医院，手上还拿着早晨刚炖好的汤水。医生催促我们快点决定，因为还有其他病人等着要用，他们都想救，但没有办法。

我和妻子很快决定，给岳父使用呼吸机，并且我们也坚信，按照老头的性格，他一定也会做出最后一搏。

妻子不敢进病房，坐在外面的地上流泪。我擦干眼泪，站到岳父的病床边。ICU 没有床位，直接在普通病房插管。岳父看见呼吸机推进来，让我催促医生，快点操作。我知道，他几乎撑到极限了。

那时，我真的不知道还能不能再和岳父聊天了，我有很多话想和他说，也很想问问他有什么想对最心爱的女儿说。但他没有时间了，没有力气了，我更不想他有任何负担，我希望他能够全力应对接下来的生死大战。

岳父用上了呼吸机，在药物的作用下，他终于可以休息，终于可以躺下，终于可以呼吸。陪护是我，其他人不能进病房，但护士很善良，让我妻子还有几个赶来的亲友都进去看了一眼岳父。

我和妻子下楼买些护理用品，在医院前的长凳上坐了一会儿。不管周围来往的人群，我们靠着放声哭泣，任眼泪流淌。这些日子的担忧、身心的疲惫、决定的艰难、未来的恐惧全都涌上来。妻子说："以前每次来医院，都能开开心心地办出院，为什么这次会这样？"这次，我没办法安慰她，因为我连自己都安慰不了。

流完眼泪之后，我们又站起来，对彼此也对自己说，这场仗还没有输。

下午我们接到通知，ICU多了一张床位，岳父可以转过去了，我们飞奔去签字。ICU不能陪护，每天下午医生会跟我们沟通病情。医生跟我们说，情况不乐观，但是还算稳定，只要撑下去，撑的时间越长，希望就越大。

我们可以和病人视频，我和妻子提前把手机视频通话打开，护士拿着一部手机放到岳父面前。那天，他还没有清醒，我们喊，加油啊，撑住啊！他没有什么反应。看着他身上各种各样的管子，我和妻子还是互相安慰，不管怎样，他现在至少能好好地休息一会儿了。

这几天，我们真的体会到什么叫一块石头压在心头。有时候，医院会打来电话，我们听到电话铃声都会紧张不已，直到听到对方是通知我们买药，颤抖才停止。

儿子刚会说几个简单的叠词，我们教他说保佑公公，一遍遍重复，现在他自己玩积木的时候，都会含含糊糊地念叨，保佑公公，保佑公公。

医生提到各种药物，我们都想办法找了过来，就连姑妈说在庙里给岳父祈福的时候，妻子也一同祷告；还有位道长朋友，说想给岳父上香，我也真诚感谢。

我们常说，尽人事，听天命，但是只要老头还在坚持，我们的事就还没有尽，也绝不甘心听天由命，哪怕只是在手机这头每天为他加油。

可喜的是，昨天视频的时候，他已经能够睁开眼睛，我和妻子激动地呼喊着，在下楼的电梯里又抱着哭，我说，这应该是喜悦的泪水。

今天，岳父不仅能够睁眼，甚至对我们竖起了大拇指，做出了胜利的手势，妻子开心地跳起了，真的像个孩子，像小时候爸爸夸奖她时那样蹦蹦跳跳。

医生还是跟我们说，情况稳定，只要撑下去，就还有希望。平稳对我们来说，就是天大的好消息。

妻子一直难忘岳父被推进 ICU 的那个场面，她是这么描述的：那个场面很神圣啊，推着我爸在长长的走廊里，医生、护士、家人、朋友、护工，所有人把我爸包围起来，好像铸成一道墙，我们直面的是死神，但是这道墙把死神挡在了外面。

（四）告别

我捧着你，慢慢走向墓园，小郭为你撑伞。我们三个并肩走着，就好像过去逛街、吃饭、旅行时一样，就好像三年前，你把小郭的手交到我的手上，也是在那一天的，我第一次叫你爸爸。

你已经离开七日了，按照旧时的说法，今天是你在世上的最后一天。此时，我正坐在你家阳台的茶台边，这是许多个饭后，你和我喝茶闲谈的地方。我放了两个茶杯，仿佛你就在身边。这两天，偶尔还有朋友关心你的病情，大多素不相识，他们都被你这个坚强善良的老头感动着。你的孙仔时不时还会默念，保佑公公，好像你随时会推门进来，捏捏他的小脸。

爆竹远近响起，像一把把刀子剜着我的心。我想再写写你，在这团聚的时刻，在这分别的时刻，希望你泉路平安，希望更多人为你祝福，希望你的孙仔能永远记得，他的公公一直到生命最后一刻都疼爱着他。

你是 1 月 1 日进的 ICU，半个月，对你、对我们而言都无比漫长。我们知道，你每时每刻都忍受着病痛和心理的煎熬。每天下午三点，是家属送药、探视、沟通病情的时间。去的路上，小郭和我都会心跳加快，双手冰冷，好像人生的一场大考。开头两天，医生都只是说情况暂时稳住，但没有脱离危险。

我们在病房外，用两个手机互相拨通视频，护士拿着其中一个进去对着你。你插着管，不能讲话，但是那天你竟然能昂起头来，对我们比了一个大拇指。那天，是芳姨和我们一起去的，她和小郭紧紧抱在一起。和之前急转直下的病情相比，稳定住已经很难得了。在普通病房的时候，你呼吸得无比艰难，现在你至少能够顺畅地呼吸了。我们都互相鼓励，稳住就是好消息，撑下去就有希望。

每天我们都和不同的亲朋去为你打气，我们喊着加油，叫着努力。这一年多来，你几次进医院，最后都能逢凶化吉，小郭和我为你办理出院手续，开开心心地接你回来。这一次也一样，我们所有人也都坚信，一定要把你救出来，带回去。

你在 ICU 十多天，如果从 12 月 23 日入院算起，你已经和疾病战斗了大半个月。一向谨慎的医生在沟通病情时，语气明显笃定了。他们说，你只要这么撑下去，就有很大的希望。

12 日，医生跟我们说，你的呼吸机已经关停，要观察一下生命指征；13 日，呼吸机关停一天一夜，生命指征甚至略有好转；14 日，各项参数平稳，再过一两天，就可以拔管，顺利的话，转入普通病房，就算真正脱离了危险期。

我们把这些消息和亲友们分享，大家都很高兴。小郭已经在跟我讨论，你出院前，要把你房间彻底消毒，真正保护好你。那两天，保姆阿姨放假回广西老家了，小郭在家照顾孩子，都是我一个人去送药。回来路上，我都在想，你出院了，我要好好和你喝一顿酒，我一定要喝醉，然后拍着你的肩膀告诉你：老郭，你的命是我们抢回来的。

15 日，还是我去医院。医生跟我说，病人今天有些情况，消化道出血了，出了两次，量比较大，但是暂时止住了。如果不出血还好，但继续出血的话，情况会很严重。到了五点左右，医生通知我，病人又在出血，家属不要走开。我这才感觉到情况严峻，但依然觉得只要止住血，问题还能控制。

后来的一切都发生得太快了，快到我现在已经回忆不起来先后顺序，快到恍然一场梦，快到让我们所有人的努力都灰飞烟灭。医生跟我说，血止不住；医生跟我说，在抢救了，不知道能不能救过来；医生跟我说，赶紧通知家属过来。

我不知道怎么跟小郭说，她一个人在家带孩子，根本走不开；我不知道怎么跟姑妈说，她身体也不好，不知道能不能顶得住。我打电话给小郭，慌乱中组织措辞，说爸现在又在出血，有些危急，你可能要过来一下。她叫了两个朋友去看孩子，立马往医院赶。孩子太小，根本没办法和陌生人相处，但是我们已经顾不上这些了。

我又通知了其他亲友，他们陆续赶来医院，但是事出突然，都需要时间。我一个人在 ICU 的走廊上徘徊，双手捏紧，向天念佛。从没有那么无助过，像是开着一辆车冲下了悬崖，一直下坠，坠崖只是十几秒钟，而这个下坠持续了很长时间。

医生出来跟我说：尽力了，没救过来。

车坠到谷底，轰一下，在我脑中炸裂开。

小郭赶来了，我抱住她，跟她说，爸走了。她啊啊两声，难以置信地，心痛欲绝地，她开始痛哭。那声音已经不能用哭来形容，那是把心撕开来。爸，你的离开，让我们每个人彻骨心痛，但我知道，小郭比我们还要难过上千倍、万倍。

医生让我们穿着防护服去看你最后一眼，我搀扶着小郭进去，叮嘱她：你一定要控制住，让爸安心地走。她真的忍住了，把人世间最大的悲痛埋在心撕开的口子里，镇定地走到你的身边。

我们俩和你告别，如同每次远行前，只是这一次别过，再也见不到了。小郭说：爹，你安心走吧。谢谢你啊，谢谢你这辈子能当我的爸爸，我为你骄傲。

至亲的人陆续赶到，我们跟着医护，一起陪你进入太平间。下电梯的时候，不管怎么按键，都没有反应。我和小郭都念叨着：爸，你安心地走吧。电梯门打开了。

我开着车，小郭坐在我的身边，手里燃着一根香。在不息的车流中，没有人会在意这一点星火，但是我们却全力守卫着。爸，以前你就是这么坐着，我和你去买菜，去吃饭，现在，我们带你回家。我和小郭一起念着：爸你坐牢一点，我们带你回去。

城市的葬礼简单得多，有专门的人负责采办一切，到家简单布置，灵堂就好了。通知亲戚，然后拿他的手机查看联系密切的，一一告知。一位李叔叔接到电话，在那头泣不成声，他说，我太难过了，太难过了，我们四十多年的朋友啊。

守灵，岳母头发全白，枯坐一夜；姑妈想到什么，就掉眼泪；大表哥给你点烟，二表哥为你倒茶；小郭一直在问我，为什么啊？明明一切都好了啊。

前一天广东还是高温，而你走那天气温骤降。冬夜，冷到心里。

第二天，来了很多人祭拜。李叔叔在灵前痛哭，你和他刚工作时就成为挚友。后来，他下海了，你一直向他买苹果，每年都买十几箱。我载着你，一户户送。小郭问，你买这么多干什么啊？你说，好吃就送人啊，有什么所谓。

楼下茶叶铺的老板来了，你几乎每天晚上都要去他的档口和大家闲谈到深夜。我去楼下快餐店给亲友们买饭，老板知道你离开的消息，只是象征性地收一点钱。前段时间，你拿五千块钱，小郭说，爹，你花钱要注意点啊。你说，不是自己花的，是借给快餐佬。

我们让阿姨连夜从广西回来了，因为其他人没办法带宝宝。你的孙仔也过来给你上香了，他指着你的遗像，连连念着，公公、公公，然后又开始说，保佑公公、保佑公公。这是你住院那几天我们教他的。我跟他说，现在公公不用你保佑了，他已经变成了神仙，以后能够保佑你了。宝宝才一岁半，无法理解，但是爸，你放心，我们会一直跟他讲你的故事，讲你是如何疼爱他，如何每天早上都打电话约着下楼和宝宝玩，又是如何在他有一点小毛病的时候就四处打探方子为了煲汤。

大家都说遗像选得好，你笑得很自然。这张照片是我们第一次出去旅行时拍的，就我们三个，去的是我的故乡江苏。

那两天，小郭经常和你聊工作，你会给出很多建议和想法。这样亲近的父女关系，很让人羡慕。那真是一次愉快的旅行啊，大概也就是从那次开始，我们彼此相识，开始父子的缘分。后来，我们接触越来越多，我跟朋友开玩笑说，冲着这个老丈人，我也要娶他女儿。

遗体告别仪式上，是小郭读的悼词。我们还是叮嘱小郭，你不能哭，要让爸安心地走。但是叮嘱归叮嘱，这样的父女别离，谁又能控制住呢？

但是爸，小郭真的很棒。这篇悼词，她之前每读一句话都想痛哭，但那天，她一字一句、清清楚楚地对你说了出来。

姑妈说，小郭是干大事的人。我觉得她更像是个听话的乖巧女儿，她知道，此刻只有你的安心是最重要的，她把自己所有的情绪全部压住，她只希望爸爸能够好好的。

而一回到家里，她完全不能控制了，悲痛倾泻。看到满桌你原本要吃的十多种药，我们每天按照早中晚的顺序提前准备好给你；看到设置好的闹铃，那是为了你每周一复查时抢医院的号；看到你的空荡荡的房间……你所有的一切，所有的好，都会让小郭崩溃痛哭。

我所能做的，只是尽力安慰，还有就是错开时间哭。从没这么想喝一顿酒，那天，把家里你剩下的一点酒给喝了。酒量不行，几口就晕晕乎乎，躺在房间流眼泪。老郭，真的舍不得你啊。

你这辈子过得很潇洒，走南闯北、自由快活的一生。但我知道，我们始终是你的牵挂。你的乖女儿永远是你的骄傲，你的手机里都是孙仔的照片、视频，你几乎向所有的朋友介绍了他。在你生病，自知不能远行的时候，你把行李箱里的护身符拿给我，说，小马，带在身边。我那次小手术，躺在床上休息，开门，见是你，身上都淋湿了，手里拿着给我煲的皮蛋瘦肉粥，说特意加了最好的陈皮。

这些天，小郭和我一直安慰自己，你终于解脱了，不再有病痛。你在一年前生病的时候，就和死神商量，再给一点时间，然后度过了最快乐的几个月。这一次，你又和死神商量，不要在感染高峰时离开，那时候，殡仪馆里挤满了人。而你的葬礼，算不上风光，至少是体面。或许只有这样才能解释，为什么你在一切转好的时候，却突然离开。

但安慰也只是安慰，没办法消除我们心中的不舍和痛苦。每次一想到，我们再也见不到你了啊，泪水就忍不住。

这几天唯一轻松的时间，是你的挚友李叔叔来悼念，他和我们聊起从前。我问，你这么丢三落四，怎么当领导啊？他说，丢三落四才是领导，下面有人啊。他说你们二十出头的时候，一起去珠海出差，到了你才发现忘带证件，只能绕过边检站。你说，沿着海走就能到。然后，你们这两个二十出头的小伙子就沿着大海走了两个多小时。李叔叔还说，刚工作时，你只是当一个售货员，柜台很小，只有堂屋那么大。"当售货员也好啊，阿芯就经常来找小郭。"我反应了好久，阿芯是我的岳母，而你还是小郭。

小郭变成了老郭，有了让他骄傲一辈子的小郭。小郭说，谢谢你，这辈子能当她的爸爸。其实，我也想说：谢谢你，能当我的爸爸，虽然只有短短四年。在你的手机里，你给我的备注是小马仔，很高兴啊，能给你当四年的小马仔。

此刻，万家团圆。我想你已经到了天堂，方便的话，爸，去找我的父亲吧，他比你早几年离开了。希望你们坐在一起，聊聊儿子，聊聊女儿，聊聊孙子，祝你们新年快乐啦！

再见了，爸爸。

【附】我太太的悼词

我阿爹郭浩明，享年64岁。我怀着莫大的悲痛站在这里讲一些话，因为我相信我阿爹佢系（他是）会听到的。

对上一次我企系台上佢系台下（我站在台上，他站在台下），我发表一些感言系（是）我的婚礼，当时我记得我讲过：我觉得我是一个幸运的人，因为我发觉只要努力就可以得到我想要嘅野（的东西），现在我想讲的是：我是一个幸运的人，因为我嘅（的）人生是我爹成就了我。

我记得我刚出来社会不久，他有一次搭着我个脖头（肩膀）说：惠仪，你出来社会在企业里面，可能有很多层级，但你一定要尊重里面的每一个人，哪怕系（是）公司里面扫地阿姨的你都要尊重，尊重每一个人的努力成果。好多好多这样简简单单的道理，一直贯彻着我一生。

人唔（不）需要大富大贵，我爹有这些高尚的品德贯彻着他的一生，我相信我爸呢一生很富足了。

系佢（在他）眼中，每个人都不完美，都有优点和缺点，不过佢（他）会放大每一个人的优点……系佢心中，你们在座每一位嘅（的）好，你们嘅（的）恩佢都铭记于心。而家呢（现在）一刻，我知道佢想我代佢同大家讲一声：感谢，感谢有你们今生相伴，无憾了。

还有很多亲友因为各种原因没办法来到现场，比如疼爱阿爹几十年的大姐郭丽生，她每天在家时刻念着阿弥陀佛，希望阿爹放下万缘，早生净土。这个礼堂里面的几副对联都是女婿小马写的，它们也会陪伴你上路。

爹，我都感谢你，今世当我的父亲，你真的是我的骄傲，带着大家的祝福，像从前一样，开开心心地去进行你另外嘅旅途啦。

公公接走了婆婆

儿子，今天我帮婆婆注销了户口。我还记得，当你的名字出现在户口本上的时候，公公是那么高兴。我的户口还在老家，因此，从今天开始，这个本子上只有你和妈妈两个人了。

儿子，我想和你讲讲婆婆，陪了你两年的婆婆，你陪了两年的婆婆。

我第一次听到婆婆的声音，是在和你妈恋爱的时候。我们打电话，婆婆在房间外问了句什么。说话很慢，声音很低，像个小孩子。

婆婆确实像个小孩子。年轻的时候，因为各种压力，她精神出现了一些问题，需要吃药，一吃就是二三十年。身体情况一直稳定，但是性格就像孩子了。

我们和公公婆婆住在一个小区，公公生病以后，几乎每天都叫他们来吃饭。婆婆牙口不好，如果她来，我一定会准备一条鱼，或者蒸个肉饼。婆婆不能吃甜的，但又爱吃。看到饮料总会问，我能不能喝一点啊？眼睛就看着你妈。你妈点头，婆婆就很高兴，我给婆婆倒一点，和她碰杯。出去吃饭也是这样，趁你妈上厕所的时候，我偶尔也会给婆婆倒一小口可乐，我们俩都笑，这是不能告诉你妈的秘密。

每次吃完饭，婆婆都会对我说，辛苦你啦。她总觉得麻烦到我们了。但人多的时候，婆婆就不太愿意来了，出去吃饭，也不太肯，她害怕人多。

婆婆经常要去看病，这两年是我陪着。候诊的时候，我会找些话题聊，讲讲最近出差的经历，给她看看手机的照片。有段时间，婆婆腿疼得厉害，去医院检查，医生说是膝盖磨损，最好做一个小手术。我知道婆婆会害怕，所以思虑了好半天，才跟她说了情况。她的手抖得更厉害了，说：我好怕啊，走不动路了。后来，我们还是选择保守治疗，因为住院对婆婆来说，肯定是比腿疾更痛苦的事。

后来，你妈就怀了你。我问婆婆：你猜是男孩女孩？她毫不思索：男孩。我问：你怎么知道的？她答：肯定的。我又说：你将来要帮手照顾宝宝啊。婆婆还是笑着：我等不到了，我快要死了。

婆婆总是提到死，我知道，她有时候真的很累。

半年前，公公走了。因为吃药的缘故，婆婆的情绪一直处于压抑状态。那是我第一次见到婆婆撕心裂肺地哭，没有表情，却撕心裂肺。

在公公的灵堂前，婆婆一直坐着，上香、烧纸、上香、烧纸。我让她去睡会儿，她看着我说：死的怎么不是我？

婆婆后来梦到公公，好几次。

我们还是像以前一样，叫婆婆来吃饭。担心她，就在她家装了个摄像头。我偶尔会打开监控，看见婆婆就那么坐着，看电视，一个人，没有表情。

端午前一天，我和你去看婆婆，你一定要拎着粽子和叉烧。你到门口，大喊婆婆。婆婆很高兴地过来开门，说BB来啦。你送上礼物，又喊：给婆婆。你陪婆婆玩了一会儿，像以往每一次。我说：妈，明天端午节，晚上带你出去吃饭。婆婆说好呀，像以往每一次。

第二天一早，我带着你和阿姨去玩，打了好几个婆婆家里电话，不通。心里忽然很乱，让你们在车里等一会儿，自己上去看看。开门，不见婆婆。到她房间，也不在。我稍稍放心，想着应该是出去散步了。再到厕所门口，就看到婆婆已经倒在了地上。

那一刻，就好像忽然发现，噩梦其实是真的生活。打急救电话，等待过程中，给婆婆心肺复苏、人工呼吸，我一遍一遍嘶喊：妈妈妈……

儿子，原谅我不想再描述那个场景，因为它太悲痛、太绝望、太漫长，但是我知道这个场景我将永远记得，并且每次想起的时候，都会牢牢攫住我的心。

阿姨带着你上楼，我让你们赶紧出去，你不愿意，说要看婆婆，阿姨说，婆婆在睡觉啦。你哭得更厉害了。

医生来了，抢救，心肺复苏、吸氧、心肺复苏、吸氧；用药、隔五分钟、再用药。我知道，婆婆在离我们远去。

我曾经不止一次见过亲人的离去，大都是沉疴难返，一家人陪着。我父亲的离开很突然，但那是一下重锤，人就蒙了，十多年间慢慢感受疼痛。公公的离开也很让人绝望，但那是医生在急诊室里抢救，我在门外怀着绝望的希望。但是那一刻，婆婆就在我的眼前，咫尺之遥，我就站在厨房门口——那个婆婆经常站着，看我做饭的地方。每次我端菜出去，她都会像个孩子，又像夸奖孩子地说：好正啊！

天气很热，所有人都在流汗。我觉得夏天和人间都太糟糕了。医生抢救婆婆的那半个小时，我对生命失望透了，一种巨大的不信任感，我以前所有坚信的东西都变得不可靠。我们为什么要活着？我们是不是随时会死？我们一切的努力还有什么意思？

医生最后告诉我，婆婆走了。然后我就要开始办死亡证明、联系殡仪馆、注销户口这一系列流程。我甚至还记得这一切的顺序和地点，因为不久前，我和你妈就为公公办过一次。

只是，这一次，你妈还在国外出差，很远。

最艰难的时刻是我要告知你妈，我不知道如何开口，因为半年前，也是我在医院打电话告诉你妈公公离开的消息，那时候我可以紧紧抱住她，让她在我的肩头痛哭，但现在，你妈和我万里之遥，她那里已经深夜，她睡前跟我说的最后一句话是，下次也想带我过去。

我跟着救护车去医院开证明，在车里给你妈打了电话，你妈妈的眼泪已经浸透了万里归途。

路上，要找婆婆的照片当遗像，要联系各方。办好证明，我站在医院门口，不知道那是哪里。

下午，收拾婆婆的衣物，过两天要烧掉让婆婆带去另一个世界。在衣柜最下面一格，我看到很多衣服，但都没见婆婆穿过，连衣裙、套装、花纹小衬衫。这些衣服真好看，和婆婆平时穿的完全不一样，甚至和你妈穿的一样时髦。

我认识婆婆的时候，她已经是个老太太了，比实际年龄更老一些，满头的白发、颤抖的双手、稀疏的牙齿。但你妈跟我说，婆婆年轻时候很时尚，喜欢旅行，去过很多地方。我见过婆婆年轻时候的照片，不仔细看，根本看不出和现在是同一个人。潮流的衣服、标新的发型、自信的笑容，像那个年代的港台明星。

可是生病以后，几十年时间，这个前卫的女人成了天天躲在家里的老太太，不仅没出过远门，连手机都不会用。现在，她离开了，也不再有疾病、害怕、自卑、孤独了。

我很心疼你妈，这些天来，她一直在问，人生到底是怎么回事？刚才是不是做了一个梦？为什么一年里就没了父母？这个当初一家人开开心心搬进去、充满了成长回忆的家怎么就空了呢……我不知道怎么回答她。

我也心疼你，你没有感受过爷爷的爱，刚失去公公的爱，现在婆婆也没有了。但是儿子，你要知道，在你人生的头两年——这段你很可能没有记忆的日子里——有两位老人无比疼爱过你。我相信，他们生命的最后时光，最开心的也是有了你。

你没满周岁的时候，要人哄，要人抱，但是你能够和婆婆安安静静地坐在沙发上。婆婆是你最好的玩伴，她真的像个孩子一样陪你摆出各种姿势。我装怪兽追你，你会躲进婆婆怀中，然后抬头，使劲亲她一下。

你看动画片，眼睛都不愿意挪开，但只要妈妈跟你说，要给婆婆看了，你就把遥控器递给她。我们一起出去吃饭，你在玩具店里不愿出来，妈妈跟你说，婆婆站久了头晕，你马上就快步离开了。

婆婆爱你，你也慢慢学着爱人。

所以，儿子，要记得，只要有一天，你还看着这片蓝天，那么公公婆婆也一定踏在这片土地上，甚至你从未见过的爷爷。因为他们把一些东西交给了你妈和我，而我们也会把这些东西交给你。

我们跟你说，公公接走了婆婆。但是，我更喜欢你自己的答案。

我问你，婆婆系边度啦？（婆婆去哪里啦？）你说，婆婆觉觉猪啦。（婆婆睡觉了。）

是的，婆婆太累了，她要休息。

江湖夜语鬼吹灯

人死后到底会变成什么？"托体同山阿"，还是"人之所归谓之鬼"？

作为从小接受马列主义教育的一代人，我一直是个坚定的无神论者。可是在人世间生活了几十年，竟偶尔能隐约感受到来自另一个世界的声音。

簸箕姑娘

许多年前，曾和母亲闲聊，她偶然提起"爷爷会请'林家三姑娘'"，语气颇为神秘，解释说是请鬼魂附在簸箕上，簸箕能自己动起来，以此来卜问凶吉。我已经在读中学了，自然是不相信的。彼时外曾祖母身体抱恙，母亲半是虔诚，半是置气地让祖父来请那位"林家三姑娘"。

正月十三到十八，乡俗叫做"上灯"，祖父说只有这段时间才会灵验。他找来一个半新的簸箕，反扣过来，围上一条有年头的青布围巾，在簸箕底部插上一根筷子，然后把它放在一个直径一米多的大笆篮里。

晚上八点一过，祖父就出了门，外公和另一个年纪相仿的乡邻耿老汉抬着笆篮在后，如同抬着一乘轿子，这两位称作"轿夫"，我也紧紧跟随。来到田地的东南角，祖父四下看了看，让轿夫把笆篮放下，并且每人用两根指头各抬起簸箕一侧，只有簸箕底部的筷子着地，维持平衡。

祖父开始念动咒语。

那一夜，风未起，云也未涌，甚至比平常的冬夜更加平常，四下寂静，月朗星稀。

只是忽然间，簸箕动了！它如同有了生命一样，向后侧迅速倾斜，在即将要翻倒的时候，又迅速前倾，"啪"的一声，筷子重重叩在地面。簸箕又恢复如初。

祖父说："请来了。"

家中的桌案早就摆好，乡人们也已挤满堂屋。祖父把簸箕请上桌，两位轿夫各站一侧，用双指抬好。祖父开始和簸箕交流起来，它用筷子叩击桌面作为应答。说是请"林家三姑娘"，其实它未必姓林，也不一定行三，只是一个代称。祖父会先问其姓氏，按照《百家姓》排序，比如敲两下就是钱。

开头的几个问题，算是寒暄。接着，祖父就开始卜问起来。"今年收成如何？好的话就叩一下，不好就两下。""啪"。或者问"今年有没有秋老虎？几月大风？"它一一叩击作答。许多人和我一样，是第一次见，惊讶不已。

我总是疑心是两位轿夫的手在动，或者出于他们的潜意识。但祖父问道："你知道这家府上姓什么吗？"随即在桌子上铺了一层米，把作为支点的筷子放在米上，簸箕竟写出一个繁体"马"字！而两位轿夫是不识字的。又问："今年养什么好？"筷子画下一头猪，尾巴尖还打了一个卷。纵然两位轿夫再默契，恐怕也没办法用簸箕合作绘画。

祖父接着问起外曾祖母的身体，簸箕叩了两下，意谓再活两年。问到我未来的事业，簸箕足足敲了十下，最后一下铿然有声，母亲登时面露喜色，并且在今后挺长一段时间里时常和人谈起，她觉得簸箕的意思是十全十美。

"请神容易送神难"，那天我才明白这句话的含义。簸箕叩动三下，是说有姐妹三人。祖父倒了一杯红糖水，泡上红枣，把筷子放入碗中，整个簸箕颤动起来，轿夫勉强控制。直到筷子拨出三颗枣来，才停止，这是给姐妹带回去的吃食。据传曾有同村乡邻，占卜过程中，男主人正巧回来，说是装神弄鬼，就把簸箕扔在地上。簸箕叩击不止，把家中玻璃全部敲碎了。这我并没见过，只是听大人们讲，所以祖父说："请来一定要送走的。"他把簸箕和三颗枣放回笆篮里，又让轿夫抬回地头，祖父再次念咒，然后问话，簸箕不回应了，这才算是送走了。

自那以后，我查了一些资料，各地零星有类似风俗的记载，通称"簸箕姑娘"。

再后来，我读了大学，接触到了"笔仙"。这与"簸箕姑娘"

很相似，先念咒语，再请魂灵附在笔上，两人各用一只手扣住笔，提问后，笔会在纸上画出轨迹作为应答。一位香港同窗向我讲述过他玩笔仙的经历：香港玩笔仙的风气很盛，他们高中放学后，总是相约后山。入夜之后，基本都能请来"笔仙"，孩子间的提问无非是考试分数几何或者同学的心上人是谁。

只是提问是有禁忌的，比如你不能问对方因何而"死"。那天他们却问了。"笔仙"答：跳楼。

那天天色已晚，"笔仙"迟迟不肯走，孩子们着急回家，就没有理睬。自此，其中一位女孩子身体越来越差，有时候会迷迷糊糊睡着，醒来后却见面前写满字符。某天晚间，这个女孩忽然满眼通红，径直冲向天台，意图跳楼，几个男生勉强按住她。学校了解了事情原委，把所有参与者都送到了医院。

那位同窗用极重的港台腔对我说："他妈妈的，把我们送到精神科。"那段时间，除了医生的治疗，学校还请来神父为他们"驱魔"。

与之类似的还有"碟仙"，这些都已经被搬上了荧幕，当然，电影的结局往往是人在搞鬼。我试着把这些事情进行对比一下，发现了一个相似处，都是人通过某种方式，让类似"魂灵"的东西附在器物上，然后与之沟通。存在于这个世间的"灵魂"之所以没有散去，似乎有某种特殊的原因，比如怨念，一旦被触怒，会降下或大或小的惩戒。它们的能力大小不得而知，但好像无法准确预测未来，因为我的外曾祖母几个月后就去世了，恐怕我的事业也无法十全十美。

占卜之术，起源于蒙昧时代。几千年过去了，科技迅速发展，但人们似乎依然对此有着勃勃的兴致，不论是目不识丁的农民，还是受过高等教育的学生。好奇心当然是一个原因，但最重要的或许还是人类对于自我命运的不可把控。我们经营着自己的人生，有些时候却无能为力。不能选择生，无法逃避死，我们的一生究竟会怎样？问题虽好，却无答案。

于是，我们在深夜，把簸箕扣过来，把碟子扣过来，把笔握好，好奇而忐忑地问起了自己和亲人的未来。

八仙转桌

也是在上灯期间，早上八点，祖父梳洗上香，要进行另一场仪式。

堂屋里也挤满了人，但全然没了请"簸箕姑娘"时的紧张，大家脸上是新年的喜悦，像要观看一场魔术表演。

"八仙转桌"也确乎像是魔术。

祖父将一只头清碗（家乡方言的一种大碗，次之的叫二清）盛满水，放在平整的地面上，然后将老式的八仙桌倒扣在碗上，找出南通长牌中的四张"千字"（类似麻将中的发财），分别贴在四条桌脚。

"南通长牌"是关键的道具，它是南通特有的牌类游戏，与麻将类似，分为条、饼、万。几乎所有的南通人都不打麻将，只打长牌，这在全国是独一无二的。这是一种七分宽、三寸长的纸牌，上面所绘的人物非常博杂：以"八仙"为代表的道教诸仙，以孙悟空、唐僧等"西游"人物为代表的佛教诸神，还有"三国""水浒""白蛇传""杨家将"等各类人物。祖父之所以贴上长牌，大概是因为上面印有八仙的图案。

祖父让四个人各按住桌子的一脚，自己手持藤条，念动咒语："天池水地池水井泉水，三水共一水，请来上八洞神仙、中八洞神仙、下八洞神仙，左请左转右请右转，如若不转王灵官金鞭打转，吾奉太上老君急急如律令敕！"祖父说的是方言，我听不真切，但大意是不错的。他神情严肃，声若洪钟，最后一个字出口，便一跺脚，用藤条重重抽打了一下桌子。

"啪"的一声，桌子竟真的开始慢慢转动。

四个人跟着桌子转，我疑心是他们在推，但是随着祖父抽打节奏的加快，桌子越转越快，到最后四个人跟不上了。祖父喝一声"让"，四人退开，桌子继续转动，并不减速。那时候，我刚会一点力学知识，认为是四人推动之后，桌子靠着惯性运动，下面的水碗减小了摩擦力。但是接下来的一幕让我彻底懵了：在桌子飞速转动的时候，祖父大喝一声"反转"，跺脚的同时用藤条抽击地面，桌子竟然在无人干预的情况下，突然改变转向，继续反方向高速旋转起来。凭我的知识储备，至今也没办法解释这个现象，就算是那个被苹果砸中的英国爵士，面对这样一位手持藤条的东方老人，可能也要更改自己的理论了。

在众人的议论声中，祖父轻声念咒，将神明送走，桌子也慢慢停下来。他的表情这才缓和了一些，露出笑容，像一位内力深厚的大侠，展示完绝学后慢慢收势。只是他多年前就有腿伤，常年跛足，跺脚时并不协调，让神秘的表演多了一点喜剧色彩。

祖父还和我讲过"草头神"：用茅草扎成人形，念完咒，草头神会附上去，然后可以指挥他的动作，抬手、踢腿、转动等。我也没见过，后来读到汪曾祺先生写的"樟柳神"，应该是类似的。

有人说"八仙转桌""草头神"是道家秘法，不知是真是假。但这些仪式一不为卜问凶吉，二不是供奉祭祀，其目的似乎只在消遣，或者就是上古时期的某种游戏？在娱乐方式有限的几千年里，我们的古人无意之间，发现了一种不可破解的魔法表演。年节的时候，他们聚在一起，看腻了舞龙舞狮、高跷杂耍，就请来一些"神明"进行表演。他们是深信有神的，所以当他们看到神迹的时候，反倒没有那么震惊，甚至用一种游戏的心态来欣赏。长街之上，这边的胸口在碎石，那里的桌子在飞转，路人一样地驻足，一样地叫好。

我读到过各地关于"八仙转桌"的记载（也有地方称为"四童转桌"），但是没有贴纸牌的环节，他们也没有长牌，总不至于把麻将贴上去。我很想让祖父试试，如果不贴牌，八仙会不会下凡，但是祖父已经故去多年了。

祖父是散淡之人，在世时就很有些道骨仙风。若是在方外云游之时，碰巧遇上同样跛脚的铁拐李，两人必定一见如故。老哥俩一瘸一拐地来到人间，推一推这尘世的桌子。

冥婚

冥婚，一种具有神秘色彩的古老风俗。

如果有年轻人未婚早夭，父母疼爱子女，往往会找一个年纪相仿的死者，为他们举行仪式，结为夫妻，葬在一起。或者有人中年去世，配偶改嫁，子女为了不让父母孤单，也会为他（她）找一个配偶合葬。

外公行五，他的七弟（我唤七爷爷）好饮，毫无节制。到后来酒瘾发作，双手颤抖，喝上一口，才能缓解。前几年，终因饮酒过度而去世了。七奶奶也好饮，但是比丈夫好一些。这两年，似有改嫁的意思，于是和儿子商量，给七爷爷找了一门亲事。

冥婚要给彩礼，也得办酒席。女方家属要彩礼一万，不算多也不算少。一切仪式结束，七奶奶终于给丈夫在那边找了个媳妇。

我的嫡亲外公很早就去世了，外婆改嫁，我管现在的外公叫爷爷。外婆将来肯定是和爷爷葬在一起，那嫡亲外公只能独葬。母亲决定，给外公也配一桩冥婚。

没几天，亲戚就介绍了一户人家，女方生前没有嫁过人，只是智力有些问题，三十多岁去世，算起来，年纪比外公小一些。母亲和那户人家进行了沟通，大体还是满意的。为了妥帖一些，她还去找了一位神婆。农村的神婆并不少见，她们的业务范围很广，占卜算命、看病抓药。母亲说明意图，神婆说要问一问两位逝者的意见。

几乎没有任何仪式，只是念了几句咒语，神婆便很轻易地和"鬼魂"沟通起来。她先和"女方"聊，一句句答应着，就像当面对话。然后转脸对母亲说，女方答应了。接着，她又和"外公"聊起天来，她问母亲："你爸是不是不高？黑黑的。"母亲说："是。"神婆说："你爸也答应了。"

母亲总算松了一口气，这样看来，那个女的也不是那样痴傻，否则怎么和神婆沟通？只是奇怪的是，外公是一个哑巴，怎么死去以后竟能说话了？

后来，姨妈又找了一个算命先生。算命先生坚决反对，说这门婚事绝对不行。那个女的是个枉死鬼，娶进来以后，会不得安生。母亲又紧张起来，不知该如何是好。爷爷对母亲说："别弄了，孙子将来还要买房，省点钱吧。让你妈和你爸葬在一起，我一个人就行了。"

最后，这件事情还是作罢。请那位算命先生写了一张冥界的调解文书，花了两百。

我们南通有一种传统戏剧，叫通剧。通剧演员的业务竟也拓宽到了冥婚，他们说，潘金莲到了阴间，当起了媒婆，可以在那边介绍对象，不用给彩礼，只要一点手续费就行了。潘金莲介绍的，未必是良家女子，所以我们也没有细问。

冥婚习俗，汉朝即有，王鲁彦写过《菊英的出嫁》，批评了江南的冥婚陋习，劳民伤财，精神鸦片。这当然不错，就算到了现在，彩礼钱对不少家庭仍是负担。

但是，我也在问自己，有一天，我那早逝的父亲需要配冥婚的时候，我会如何决定？我想我还是会去找的。我当然知道冥间没有所谓的婚姻，我母亲也一定不会觉得外公在那边真的会重新成家。冥婚，或许只是为生者的情感埋单，你在世的时候，我没能对你好，现在，你离开了，我希望找一个机会，让我的情感可以宣泄和安放。

究竟有没有鬼？我不知道。但我相信，一定存在着一种超越现代人类认知的力量，或许是鬼，或许是仙，或许是外星人……或许是上帝的恶作剧，是他叩动了簸箕，转动了桌子。

如果真的有鬼，又有什么不好呢？我们可以和它游戏，可以为不可捉摸的命运找一点安慰，可以寄托我们对亲人的思念。而我们去世了，也能变成鬼，和那些逝去的人们又重新生活在一起，世世轮回，永不分离。

春风化雨

鸿飞那复计东西——怀念我的小学

　　我是在镇上读的小学。镇子不大不小，不古不今，小学也一样，与镇同名，叫"十总小学"。与我后来这些年所见到的学校比起来，它实在无甚可说，但于自小在村里读幼儿园的我而言，那时候它是一个巨大的世界。

　　幼儿园就是村里的一间瓦房，凳子是要学生自己带，学期末再带回去。全校就一个班，一个老师。老师姓葛，教所有的学科。多年以后，每次碰到她，我还是会喊葛老师，她有些不好意思，我也是。幼儿园早就不在了，她现在开了家棋牌室，每天往村民家打电话，喊他们去打牌。

　　小学有入学考试，我语文数学都考了满分，同样分数的镇上有九个人。小学是一幢三层小楼，前后都有瓦房，前面的瓦房是学校的仓库，后面是小卖部。操场在教学楼的前面，水泥的地面，四周是零星的花坛。操场太小，体育老师要领着绕着学校外围跑一圈。学校后面是几亩荒地，地里有零星的土堆，是附近人家的祖坟。对那个年纪的孩子来说，谈不上敬畏与恐惧，我们打闹追逐，就算真有亡灵，对于同乡晚辈，也会谅解吧。一圈跑下来究竟是多少米，可能连老师也不知道，反正一届一届的孩子都这样跑着。现在每次看到学校塑胶跑道不合规定的新闻，我总能想起那时候我们跑步时满地的野花。

一年级的语文老师姓潘，她的先生姓陆，也是学校的老师。我对潘老师的印象已经不深了，只记得她会带孩子来学校。孩子四五岁吧，正上着课，他会摇摇晃晃地到教室门口来找妈妈。毕业之后，我再未见过潘老师。陆先生倒是见过一回，是一场饭局，他在隔壁。席间他来敬酒，我喊了声"陆老师"，同桌人提醒该叫陆校长了，我赶紧改口。数学老师姓邱，非常严厉，同学们都不太喜欢，我们那时候是不理解老师们的那句口头禅"我骂你是为你好"的，到了现在，我自己成了老师，也不太确定是不是所有老师骂学生都是为了他好。邱老师应该是代课教师，学校搬迁到新址以后，她就去小卖部当了售货员，很长一段时间里，我买东西时还是不敢直视她的眼睛。

二年级的语文老师姓任，叫建国。他也很严厉，午自习只要有人说话，他就让全班坐得笔直，手都别在座位后面。班上有个姓许的胖子，和同桌女孩吵架，激烈到要动手的程度，可是手又必须别在背后，他们就互吐口水。胖子后来成了我的挚友。

后来我们语文又换成刘先生来教，他和善很多，年轻，稍带痞气，我对他印象不坏。彼时他还未成婚，喜欢上了学校的音乐老师，追求得很是炽烈。忽有一天，听说他追求失败，被女老师打了一巴掌，同学还说看到刘先生脸上有五指印。我是没看到手印的，不过刘先生那段时间情绪很低落，这是事实。我们的数学老师姓顾，是个文静的姑娘，后来竟和刘先生结了婚。

三年级时刘先生又教起了我们数学，这在现在是难以想象的，但那时好像没有太奇怪。我小学时数学很好，很快就能把试卷做完，刘先生就会先改我的试卷，然后当做批改范例。所以，往往其他同学还没写好，我已经在教室外面玩了，大有独孤求败的味道。后来，刘先生辞职了，在镇上开了一家电脑维修店。这以后，也没再听过他的什么消息。

三年级开学那天，一个年轻的女老师坐在讲台旁，发放着开学材料。她说："我姓严，你们今年 10 岁，我 20 岁，正好大十年。等你们 20 岁的时候，我就 30 岁了。"同学们都笑了。

严老师个子不高，肤白微胖，是一个极有亲和力的人。她教我们语文，却和一般的语文老师大不一样。晨读课基本不会规定任务，会给一些建议，然后任由我们读背。我、胖子还有另外一个姓仇的同学（现在依然是好友）是班上读得最起劲的，太白的诗、易安的词那时候并不能理解，只是一个劲地背。严老师的课堂常常信马由缰，补充过一首现代诗《我爱这土地》，我现在也还记得她几乎眼含热泪地去朗诵的那句"我的眼里常含泪水"。她应该是喜欢诗的，新月派、徐志摩、卞之琳这些名字都是在她课上第一次听到，一直讲到朦胧诗。那时候热播一部古装剧，我们每天都看，严老师不仅不阻止，而且课前都会和我们一起讨论里面的对联："门对千竿竹""琴瑟琵琶，八大王王王在上"。这些东西在现在专业的语文课堂里，是绝不会出现的。但就是在严老师的课堂上，我第一次感受到语文的魅力，心里有个东西被慢慢点燃。

三年级下半学期，学校新址建成，我们全校搬迁。距离并不近，那时候几乎谁家都没汽车，全校的学生就拿着自己的东西，徒步走去新学校。班级跟着班级，学生跟着学生，穿越半个镇子，场面是相当壮观的。

我们在新校区学习了大概一年的时间，镇上又出现了另一所小学。那所小学性质很复杂，它是镇上一家大企业办的私立学校，但是师资和生源都是从十总小学择优选择，学费要贵一些。那时候，我家中并不富裕，家人犹豫着要不要让我去新小学读书。严老师打来电话，和我母亲聊了很久，母亲最终做出了决定。我当时只是高兴，但是我并不明白，如果没有严老师那个电话，我现在可能完全是另一种人生。

新小学就是把十总小学的旧址重新装修了一下，严老师还是我们的语文老师和班主任。那时候我们已经五年级了，她会经常举办各种活动，大都由我们自己组织，我第一次在六一节上说了一段相声。她还在班级里举行过辩论赛，虽然五年级的学生根本不知道什么叫辩论赛。她甚至给我们排过话剧，我演聪明人，仇同学演奴才，许胖子演一个傻子，那时候图个热闹，等我读了中文系，才知道我们演的是鲁迅的作品。

新学校人手不足，严老师兼职音乐老师，她会弹琵琶和钢琴。她上课不用音乐书，想教什么就教什么，"怒发冲冠，凭栏处，潇潇雨歇""明月几时有，把酒问青天"……这些篇目我们开始时完全是学着唱的，自然而然都背了下来。现在看到我自己学生背书时痛苦不堪的样子，才愈发觉得严老师的智慧。我们那时候，还有一门科目叫"社会"，是政治和历史的综合性学科，严老师对我们这堂课的要求很高，鸦片战争、民国建立这些大事件的年代，如果记不得的话，就得一直站着，有时候会站起来一大半学生。

她喜欢跳舞，一种简单的交谊舞，学校里有个大平台，下课时间，她常常用一台盒式录音机放着音乐和老师们跳舞，也常常会教学生们三步四步。这种录音机，十几年前就被淘汰了。学校组织过一次足球赛，我们班踢输了。体育老师担任裁判，但是有吹黑哨的嫌疑，班上同学都很气愤，竟在他下次来上课时，紧闭门窗，把他锁在了外面。严老师知道了，也只是教育几句，并没有过多责怪。我们那时候年纪虽小，但男女之间，难免萌发情愫，写起了情书。严老师知道后竟在课上讲起了怎样写好情书，讲到了朱湘，讲到了沈从文。小学班长叫丹丹，我那时候很喜欢，周末我就给她写了一封信，还引用了李之仪的《卜算子》。

有段时间，腮腺炎在学校极速传播，好几个同学都感染了，我也在其中。农村有偏方，用墨汁涂在肿胀处，或者用蛤蟆皮贴上。严老师让我们坐在教室最后，避免和其他同学接触，但她自己却并不在意，讲课时还是会走到最后。病症得到控制，我们基本都康复了，但是严老师却被感染了，十分严重，只能请假在家。我们几个人约好周末去看望她，到她家时，发现有几个同学已经在那儿了。

比之现在，那时候的小学生要轻松许多。我们在学校很贪玩，甚至学着电影里组建帮派。仇同学和胖子组建了一支，一时想不到合适的名字，索性叫"反帮派联盟"。结果那天严老师严查这件事，

"反帮派联盟"由于立场积极而未受波及。

小学毕业的时候，没有什么仪式，大家就这样散了。

胖子改了名字，自己找了像言情小说男主人公的两个字——"潇涵"，这与他粗野的外貌是极不相称的。我们中学没能一起，距离很远。严老师结婚了，先生姓杨，是胖子中学的一位老师。我和胖子参加了婚礼，简简单单，都是农村的风俗。杨先生性情极好，丈母娘婚前就对他说："我女儿这么多年十指不沾阳春水。"杨先生说："懂了。"婚后他就承担了几乎所有的家务。

我们毕业后，严老师也辞职了，在政府部门工作。这几年，我和胖子假期常去看望严老师。每次去都有些变化，先是严老师多了一个儿子，后来是我和胖子都带上了各自的恋人。杨先生倒没怎么变，每次都在厨房做着饭。我们就这样闲聊，聊聊从前，聊聊这些年彼此的生活，聊聊大家的变化。有一次，说到丹丹，才知道她现在已经身为人母了。

现在想到严老师，还是她年轻时候的样子：留着学生头，一脸青涩，她说，你们今年 10 岁，我 20 岁，等你们 20 岁的时候，我就 30 岁了。听了这话，同学们都笑了。笑犹在耳，可是我现在都快 30 岁了。而立之年，却寸业未立，实在惭愧，只希望现在的严老师能够当真不惑。

四年级的时候，下过一场大雪。严老师让每人说一句诗，然后可以出去打雪仗。我还记得那天，男女分组互相扔雪球，我一直追着丹丹，胖子那个时候还叫菁菁，脸冻得很红，严老师也和我们一起玩，她笑得很开心。我还记得大家出门时背的都是"瑞雪兆丰

年""遥知不是雪",我背了一首很生僻的诗,那时候还不明白什么意思,诗是这样写的:

人生到处知何似,恰似飞鸿踏雪泥。

泥上偶然留指爪,鸿飞那复计东西。

处江湖之远——怀念我的高中

一位颇有渊源的高中学妹联系我，要我在校内杂志上写一篇文章，并且强调说这是第一次没有用清华、北大校友的文章。一时间，我真不知道该高兴还是惭愧。

我们高中全名是"江苏省通州高级中学"，是标准的"县中模式"，在南通这样的全国教育重镇，也是有一席之地的。学校有着近百年的历史，校名几个字由启功先生亲题，更添底蕴，考上通高几乎是同乡学子的共同梦想。

我成绩一般，但中考语文竟拿了全县第一，刚好够上了通高的分数线。上了高中，才发现高手何止如云。和无数天资一般，又不愿太努力的人一样，我开始迷茫，慢慢地自甘居后。

一堂英语课上，一个严酷的生命命题一下子击中了我：人生的意义究竟是什么？虽然幼稚，但毫不夸张地说，这个答案我找了很多年，其间读了许多书，经历了许多事，看到了许多分分合合、生生死死。在被问题击中以后，那堂课上老师的讲述、同学的回答，我已经完全听不进去了。我扫了一眼课本，说的是几个孩子参加英语社团，在梧桐树下读诗。一下课，我就给校长写了一封长长的信，想成立一个诗社。那一年，我十七岁。

校长起初对这件事应该不那么在意，因为他看完信，抬眼看我的第一句话是：中学生不要留胡子，刮一刮。后来，他或是出于对我的鼓励，把这封信交给了一位语文老师，恰巧那位老师挺有文人情怀，于是在学业压力巨大的高中竟成立起了一个诗歌社团。

诗社名为"吻雪"，一取"文学"的谐音，二是以雪喻诗。在师友的帮助下，我做了宣传单和海报。宣传单上印着纳兰词："人生若只如初见，何事秋风悲画扇"，跟主题没什么关系，当时只觉得文艺。海报贴在操场门口的宣传栏里，背景是冰天雪地中生长的一棵树，内容是海子的一句诗："秋天深了，神的家中鹰在集合，神的故乡鹰在言语。秋天深了，王在写诗"，淡黄色的雅黑字体。海报一贴出，就引起了众多师生的围观，我故作镇定地走过。

彼时我们的班主任是一位颇为严苛的政治老师，当听说我要成立诗社的时候，她是不赞成的，对我说："肯定超不过十个人。"后来，当社团成员超过一百的时候，她就没有再说什么了。

吻雪诗社成立两个月的时候，我们举办了一次诗歌朗诵会。这必然要投入一些资金，还会占用学习时间，所以校方态度暧昧。我当时已经知道一些社会潜规则了，于是寻亲访友，为朗诵会请来一些嘉宾。我们请来文联的老师和政府官员。虽然检察院和防空办的领导参加一个高中的诗歌朗诵会，是一件颇为奇怪的事，但是校方看到嘉宾名单时，态度明显转变。那段时间，当同学们在教室上晚自习的时候，我在准备演出服装、布置场地。

那晚的演出是相当成功的，我作为社长进行了演讲。我还朗诵了戴望舒的《雨巷》，已经不记得反响如何了，只记得那件长袍太长，我要一直提在手里，只记得给我伴舞的姑娘很漂亮，有点像丁香。很多同学半是兴趣、半是帮忙地参加了演出。琛子是我的初中同学，为我们钢琴伴奏，弹的是《威尼斯船歌》。王胖子是我的初中同桌，朗诵的是《我用残损的手掌》，同学为他萨克斯伴奏。朗诵和演奏都有点做作，但当时反响不错。演出最后，文联的杨老师亲自朗诵了《海燕》，她是一个胖胖的老太太，但是中气很足，她对我说了很多鼓励的话。那天下着细雨，我送别她，却见她自己跨上摩托疾驰而去。台下还坐着很多师生，一位学姐叫汤炜，她当时已经高三了，给我提过很多建议。团委老师姓巫，是个年轻美丽的姑娘，她帮了我很多，当时学校大部分男生都喜欢她。

演出结束后，我故作深沉地一个人撑着伞走在操场上，可能也没有想什么，就是觉得该这么走一走。时至今日，我参加过太多朗诵和演讲比赛了，技巧和情感都是从那个雨夜开始苏醒的。

随着我年纪增长，学业渐重，诗社也很少有什么活动了。等到我毕业以后，"吻雪诗社"便没人再提起了。

也是在高中，我开始恋爱。我称那个姑娘为初初，她说这是她以前的笔名。那时候每周只有半天假，我们去了人民公园。在空中自行车上，我向她朦朦胧胧地表达了朦朦胧胧的欣赏，她不置可否，问我能不能给她写首诗，我迟疑了一会儿，她说不愿意就算了，我说好吧，我给你写，每天一首。我们又骑了两圈，脚下是小树林，同样的朦朦胧胧。

在后来很长的一段时间里，我每天给她写一首诗，当然现在看来是相当拙劣的，甚至还改写过裴多菲的《我愿意是急流》。爱情，似乎真的是诗歌的原动力。我每天为她买好早饭，却又怕同学发现，就早早翻窗进教室，用衣服包好，不至凉了。有次晚自习后，我们想独处一会，她先回宿舍，回来时教学楼的大门却上了锁，我被困教室。那时候，学校正在举行运动会，每个班级都备有一根长绳，我拿了一根拴在窗户上，徒手从二楼顺了下去，像极了动作大片。

恋爱总不会事事顺心，一闹别扭，我就去找王胖子诉说，胖子和我从初中开始就形影不离。到了高中，教室不在一层，他也总是到楼下来找我上厕所。胖子走读，我是寄宿，胸卡颜色是不一样的，胖子总是帮我找张胸卡，然后结伴去外面吃午饭。有一家叫"永旺"的餐馆口味绝佳，人气火爆，我们每天总是提前订好餐，后来就有了我们的专座。吃完午饭，胖子还会来我宿舍小憩一会儿，有时帮着我洗洗衣服。但是洗得并不干净，他说这是王氏洗衣法，利用离心力去除污渍。

分科时，我选择了文科，丝毫没有犹豫。刚分班时的班主任还是教政治，但是她除了话多一些以外，尽职尽责。她和我私下交流很多，问我以后想做什么，我说老师。她劝我再考虑下，教师这个职业很辛苦。她平时会向我借一些书看，有一次还给我的书里夹着张纸条，她说："你如果当老师，一定会是一位非常好的老师。"她非常瘦，教我们一个学期以后，身体有些吃不消，不当班主任了，换了沈先生。沈先生教我们语文，是个非常有趣的人，上课风格随意，不拘一格。我是语文课代表，本身就很喜欢语文课，更喜欢他的语文课。第一次月考，我成绩下滑巨大，沈先生说你是不是对我有什么意见，我说没有，我只是在思考人生的意义。沈先生白了我一眼，对我说："凭你的能力，到了大学，一定会有很好的发展，但是前提是你得上一个好的大学。"

很遗憾，我那年高考并不理想，于是选择复读。复读学校偏僻而简陋，沈先生常会发短信问候，还有几次买着零食和牛奶来看我。上大学前，我在家乡的小镇上办了升学宴。沈先生和巫老师从县城驱车而来，看望我这个一年前已经毕业的学生。

上了大学，我回通高看过几次，但都是匆匆而别。每次坐车经过，总要看着母校，直到消失。几次朗诵比赛，去找那位文联的杨老师指导，她都不收分文，年节的时候，去看望过她，她还塞给我一个红包，我几番推脱不了，老人家说，你是个孩子。有次大学演出需要服装，我假期回通高找巫老师借，她已经为人母了。我说，那时候我们很多男生都喜欢你。巫老师笑笑，和那时候一样美丽。打开学校仓库的门，没承想朗诵《雨巷》的那件长袍还在，巫老师说，送给你了。现在，我已经当了老师了。去年元旦，我和学生合说相声，又穿上了那件长袍，还是显得有些大，我把它送给了我的学生。

汤炜后来去了北大并且保研，读的是哲学系，现在也在北京当一名初中老师。初初与我同在一个城市，当小学老师。我们见过几次面，不过彼此间已经纯是友情，聊着从前的诸多故人和趣事，都大笑不止。王胖子今年年前还去了我家，我们抵足而眠。他南京大学研究生毕业，前途大好。有个不错的女友，我介绍结识的，冥冥中算是对他多年前当我情感顾问的报偿。

大四的时候要实习，我回到通高，巫老师让我当一段时间"吻雪诗社"的指导老师，这个社团不知什么时候又开始办了，我找来社长，说你知道"吻雪"是谁办的吗？她说不知道。我说，是我。然后留下一个微笑，和当年走过宣传栏的时候一样镇定。

那年正好是新中国成立六十五周年，学校要选学生代表参加市级演讲比赛，我担任评委。点评以后，忽然有个学生走过来说，老师，你还认识我吗？我没想起来。后来才知道，在新中国成立六十周年的时候，市里举行过同样的演讲比赛，我作为高中生代表参赛，她是当时的小学生代表。如今我成了实习老师，她已经是高中生了，我们竟在通高的校园里再次神奇地相遇。而这次联系我写文章的学妹，就是她。

实习期间的语文教学，我还是跟着沈先生。以前我是沈先生的课代表，现在成了他的实习生。他上课还是和原来一样随性，满不在乎，作业也很少布置。夜晚的办公室，经常就剩下我和他两个人。他问我抽不抽烟，我说不抽。他说，那就听歌吧，于是放起了音乐，都是他翻唱的歌，他对自己的歌喉很自信。听着沈先生的歌，我忽然想着，他究竟教会我什么？客观说来，他教给我的知识和技能其实并不多，不管是从前还是现在。他更多的是教会我一种生活态度：对一些事不必计较，对另一些事也不能退让；他也教会我，一个好老师最重要的品格是有趣。

这其实也是通高教会我的。通高并不是教学质量最顶尖的学校，但它是个极包容、极有趣的学校。在其他地方，你可能会学到更多的知识，但是你很难办起一个诗社，很难认识这么多有趣的老师和同学。

实习期间，我还是喜欢混在学生堆里出校门，去"永旺"吃饭，老板竟还记得我。从俊彦楼走到之远楼的这一段路，不知走过多少遍了，太阳快要落山，在操场上空，致理楼前的树还是那么高，那是以前我们早操排队的地方。只是，从我踏入通高的第一步开始，十年过去了。

学校给我安排的宿舍正好是我高中住的那栋楼，那天是中秋节，在宿舍的阳台上看着明月，从前种种历历在目。我们总问时间都去哪儿了，其实时间哪儿也没去，世界也并未真正变化，唯一改变的可能就是我们的心。

这篇小文章大概会被很多学弟学妹们看到，学长实在惭愧，这些年没有取得什么值得骄傲的成绩，但我终于找到了那个问题的答案：人生的意义究竟是什么。但是今天我不想把我的答案告诉你，你们自己去找吧，你们的答案或许会比我有意思得多。

去年通高搬了新址，多少代通高人的记忆就此尘封了。我还记得学校的行政楼叫景行楼，语出《诗经》；后面是郁文楼，语出《论语》的"郁郁文乎哉"，前几年就拆了；旁边是滋兰楼，语出《楚辞》；食堂叫恒念楼，"一丝一缕，恒念物力维艰"……还有那之远楼，可能是取自《岳阳楼记》，它似乎是在告诉我们，处江湖之远，也要担忧一些什么吧？

当时明月在——怀念我的大学

寄命红尘，少有眷恋，扬州城却萦绕我心。我在扬州的时间，实在算不得长。所以总想写点东西，却又迟迟不敢动笔，生怕唐突了扬州。

扬州的历史与人文，前人之述备矣，我穷尽笔墨，也抵不上一句"烟花三月"。扬州的生活与气质，可去富春茶社或石塔菜场寻一寻，茶客们的陈年旧话，老农们的农谚桑麻，生动得像一部水墨电影。

我的扬州是从二十岁的夏天开始的。

那一年，带着风树之悲，我负笈扬州，走进扬州大学师范学院的中文系。那个时刻，我一定没有想到，我走进的是另一个世界，这个世界里有文学、有理想、有爱情。

常有人问起，你学中文有什么意义？我不知如何回答，索性反问，你活着有什么意义？于我而言，文学的意义大概和生命的意义相当。

四年时光，阅读写作，时常感受着先生们理想主义光芒的照耀。先生姓郭，教授现当代文学，但并不按"鲁郭茅巴老曹"的顺序，那一篇《狂人日记》讲了一个学期。他也留着大先生的一字胡，讲到动情处，胡须抖动，却让我们论文不要写鲁迅："你们跳起来都够不到鲁迅的脚丫子。"他的课非常难选，选上的同学往往欣喜若狂，这一学期就多了一个盼头。我们离鲁迅实在太远，心里多少会觉得大先生和郭先生是有些相似的吧。

先生姓汪，典型的学者，只翻开自己的读书笔记，就把唐诗宋词讲得妙不可言。曾有同学问过先生，近来读什么书，先生笑笑说："这个年纪，已经不读书了。"这话说得既谦虚又骄傲。一日在书店偶遇汪先生，他见我眼熟，问了姓名，说："哦，我记得，你是个好学生。"这是我整个大学时代听到的最高褒奖。

先生姓于，现代汉语的学科性质和他的性格，决定了他上课实在不那么吸引人。他的课有时只有一半人来，或许发现了，但这位老学究也并不在意。有一天我去自习，看到于先生忙着给学生改论文，晚饭时间拿出了面包边吃边改。于先生开设一堂选修课，教材是他自己编著的，需要上网购买。商家报了价格后，补充说有作者签名本，贵两百，问我要不要？我回道，不好意思，他就是我的老师。最后一次上他课时，我拿着教材让他签名，先生写下寄语，而后大笑。这是我第一次看到于先生笑。

先生姓倪，年轻、优雅、博学，毕业论文我是跟着他做的，他竟准许我自己给自己命题。有一次陪女友逛街，他的课赶不回去了，给他发条短信："静女其姝，俟我于城隅。母也天只，应谅人只。"倪先生回复："约会啊？去吧。但愿其姝静女，适汝愿兮。"

先生姓何，是我的班主任。与人交谈，总有些拘谨。逢迎之事，更是做不来的，所以长官不喜，一直是一位讲师。毕业之时，何先生赠了我一首诗，最后两句云："君不见天涯知己若比邻，瘦湖杨柳年年春"，先生名仟年，藏名其中，每每读此，几近落泪……

读书闲暇，我常去钓鱼。学校有一池塘名"半塘"，恰与任中敏老先生别号相同，因此水畔有老先生一尊塑像。鱼是很少的，偶有小鱼就丢在一旁，总会有猫来食取。但就是这样，我也会待上整个下午，远处是瘦西湖，近旁是柳絮纷飞，是黄花堆积，一人独钓一江春或者一江秋。这是我的黄昏，我与任老的黄昏。

到了冬天，背阴的宿舍没有空调，图书馆就成了最常去的地方，往往需要五点起床才能占到佳座。那天正读着一本小说，读得入迷。读到书里写到高原上下起了大雪，不禁抬头感慨书中美景，却看见窗外正纷纷扬扬地飘飞着那年的第一场雪。柳絮因风，一瞬间，我周身笼罩着一种喜悦，把曾经所有的不快都挡在外面，那是我至今最为畅快的阅读体验。几年过去了，我还是会不断想起那个场景，甚至能回忆起那时空气中的气味，感觉到空调的暖气，王子猷深夜看到的，大概也是这样一场雪吧。

瘦西湖离学校很近，我经常会去走走，但一定要挑人少的时候。傍晚时分，游客散去，才会前往。天色渐晚，漫天红霞，走在长堤之上。在这上面走过的人实在太多，但是一定没有几个人像我这样，真正见识过金冬心所说的"夕阳返照桃花坞，柳絮飞来片片红"。那天，我在二十四桥上待到很晚，湖水像悬挂着的丝绸，风中微微飘动，岸边成排的杨柳，天上动人的月色，我真想斟满酒，和杜牧、和柳永一起干杯。亲友来扬，我总会带着他们去瘦西湖，去个园、何园、东关街。我好显摆，再细小的典故都能说上一二。去的次数多了，不仅掌故烂熟于心，甚至个园的哪一块砖容易打滑，何园的哪一片漆业已剥落，我都熟知。现在客在苏州，也去过不少次拙政园、狮子林，美则美矣，却总觉得这些园子缺了一点什么。

毕业之后，就离开了扬州。

再回扬州，已经是一年以后了，才发现车站已经新建，问了路人才坐上公交。隔着车窗看着新出现的大型商场，适应了很久，甚至自私地想，扬州就不要再发展了，就留在我记忆中吧。看望了师友，处理好事情，我又走到图书馆的门口。入门登记时写下曾经的学院和信息，还是被识破。大叔说，校外人员不能进去。态度冷淡。我没解释什么，就退了出来。每年毕业的学生太多，大叔的遗忘再正常不过了，他也一定不会记得，一两年前，有一个年轻人经常排在早晨占座队伍的第一个。他总是半开玩笑地说，又是你，每天起来真早啊。

工作越来越忙，也就很难有时间回去了。办公室里有位扬州的同事，我总下意识地觉得我们是老乡。一次在课堂上，偶尔引用到那句"天下三分明月夜，二分无赖是扬州"，我完全忽略了那堂课本来要说的内容，竟聊到了下课。我也常把毕飞宇直接称为"我的学长"，可能在我的学生眼里，毕飞宇跟我在大学里一起看过书，一起吃过饭。我也不去解释，这大概是我人生中极少的让我感到骄傲的虚荣时刻。

我曾思考过，扬大师院究竟给我带来了怎样的影响？问题虽好，但很难说出答案。我只能说，师院和师院的先生们让我从少年进入成年世界以后，依然保持着一些理想主义，让我在看清这个世界的本来面目以后，依然爱着这个世界。至于扬州城对我的影响就更难说清楚了，扬州的最大特点，就是没有什么特点。它让人觉得这个城市很小，觉得自己很小。扬州使我变得平和，即使这两年一直在这个世上奔波，我也始终有一颗宁静的心。就像扬州城一样，古老着它的古老。纷纷扰扰，都是身外事。

一日，朋友们来家中做客，我自己下厨。买来干贝、火腿、青豆、鲜笋、香菇、鸡腿，切成丁。再把湖虾剥好，开背挑筋，下锅翻炒。再将配料投入高汤，小火烧开，大火略收汁。打鸡蛋入油锅翻炒，在蛋液将凝未凝之时，投入米饭，大火翻炒，抖腕有力。投入配料，撒上盐和葱花。我在天台上摆好桌椅，端上这盆"碎金"，朋友们都说美味。我说，这就是扬州炒饭，但我自知，只是形似而已。

酒酣之际，我端起杯子，敬邀明月，也敬月亮中的那座城。忽然想读上两句诗，有些牵强，道是：

> 当时明月在，曾照彩云归。

扬州这座城是无法记住一个匆匆过客的，但是我知道，我生命中的一部分已经永远留在扬州了。

魏晋风波——记倪晋波老师

面对每一群陌生的孩子，我总是先说两句话："中文是一种感动，阅读是一场自由的梦。"这是我的大学老师倪晋波先生同我们讲的。

中文系的老师大多特立独行、清高狂狷，但倪老师绝不这样。他是极温和的，哪怕对学生，也是谦谦有礼。三十出头，常着西服或者衬衫，走在梧桐道上，步履轻快又无匆忙之感，萧萧肃肃，爽朗清举，与老学者们迥异。

古代文学是分历史时期进行教学的，倪老师教授的是先秦和魏晋部分。他在课堂上极少澎湃的激情，而是慢条斯理地讲述着，用文学和哲思来感染人。那段时间，讲的是嵇阮，晋波老师似乎真的是从竹林里走出来的。他说话略带港台腔，但是不腻不怪，似乎只得是这样的人，须得这样的声音，才能讲出这样的内容来。

倪老师经常让我们自主探究一些课题，我们课堂分享时经常会辅之多媒体材料，但只要其中有一点小错或争议处，倪老师总能看出，哪怕这些内容在屏幕上只是一闪而过。他对于学生即兴的点评更是精彩，不张扬，不着急，再妙的想法也依旧温润如玉。上他的课，我总有些心虚，准备得会比平时充分许多，在大山面前，你必感受到浅薄，不由得你不慢下步子。

倪老师每堂课总有一个主题，讲陶潜时，用的是"只此一人"。后来，我写了一篇关于陶翁的论文，倪师在文末评论二字"典范"，一笔一画，至今犹记。曾听上过倪老师课的学姐们说，一次课堂展示环节，她们选择的是"《诗经》中的爱情诗"，讲完之后，竟发现倪师眼中已经闪着泪花。

我总以为，凡中文教师，光有才情是不够的，还得看性情。

还有幸上过倪老师的中国文化选修课，如果说古代文学课上见识到了他的专，那么这堂课上才知道他是那样博。书法、绘画、服饰、饮食，一一细数。我在他的课上，第一次真正感受到了中华文明的灿烂。

有一次陪女友逛街，他的课赶不回去了，给他发条短信："静女其姝，俟我于城隅。母也天只，应谅人只。"倪老师回复："约会啊？去吧。但愿其姝静女，适汝愿兮。"现在回忆起来，我那样的行为是极不应该的，而倪师对学生的宽容竟至如此。

那是一个阴沉的下午，我们在梧桐掩映的青砖黛瓦里上课，他读起了北岛的句子："那时我们有梦，关于文学，关于爱情，关于穿越世界的旅行。如今我们深夜饮酒，杯子碰到一起，都是梦破碎的声音。"而后轻轻地，并不十分悲哀地叹了一口气。那是一个响晴的上午，他说起了里尔克的《秋日》："谁此时没有房子，就不必建造，谁此时孤独，就永远孤独，就醒来，读书，写长长的信，在林荫路上不停地徘徊，落叶纷飞。"他从不朗诵，只是轻轻地读出来，我们也很少鼓掌，只是静静地聆听着。

倪老师还说："我们是中文系，我们孤独地行走，诗意地栖居在这个星球，即是学文学的意义。"在他的课堂上，我真正地被中文感动了，也做了一场自由的梦。

倪老师当时住在学校附近的宿舍，总是走着来上课。那个学期没有他的课，我们在院里偶遇。我问："您最近怎么样？"他答："老样子。你呢？""我也是。"便互道再见。

大四最大的任务就是写毕业论文了，我在教学楼前正好又碰到了倪老师，我问："能跟着你写论文吗？"他说："当然。你有没有什么感兴趣的方向？"我说："《世说新语》。"过了两天，我给他发了自己简要的计划，他竟真的同意。我应该是为数不多的、自己给自己出毕业论文题的本科生吧。

2014 年的年底，我把提纲写好发给倪老师。不久，收到了他的回复，说总体不错，提了些意见，推荐了书目，还让我注重文本，不蹈空言。倪老师做学问一向如此，对于学生的要求亦然。他最后说："你是真正中文系的学生！"我看到这话的时候，恰好刚过零点，满心欢喜地迎来新的一年。

开年以后，我去了单位实习，论文推进得缓慢。加之篇幅在五六万字，所以忙活了几个月才写好初稿。把初稿发给倪老师的时候，我也说了说近况，刚开始工作，总有许多不适应，而且真正教起书来和自己设想的相差有些远。他很快就给了我回复："这是我这么多年来见过的最用心、最卓异的本科毕业论文，无论是在文学院抑或其他学院，没有之一。我相信，此非偶然。仅此，你就应该为自己感到骄傲！推而广之，你应该对生活的种种有足够的信念……"我知道好的老师是对学生有影响的，但总在潜移默化、日日月月中。而那一次，倪师的几句话真的把我从黑夜的海上拉了回来。

论文答辩的日子快到了，我只写好了前三部分，最后一个版块确实来不及了，但并不影响前面的内容。和倪老师说明了情况，他表示谅解，只是说："很可惜，影响了文章的深度，以后可以增补。"看了这话，我不知道为什么忽然下定决心要把这份论文完成，或许为了给自己的四年一个交代，又或者想给恩师一份答卷。那几日苦读苦写，在毕业前度过大学里最辛苦的几天。终于赶在答辩前一天，才把论文打印出来，放进其他评委老师的信箱。

答辩很顺利，结束以后，倪老师说希望我能进入更高的学府当老师。夜色四合，独自走出那幢熟悉的楼房，我走得很慢，因为我知道下一脚就要踏进这滚滚红尘。

后来很有幸，我的文章被推到更高的平台上进行评比，和倪老师又有了一些邮件往来。他说："毕业前，我们应该有时间去谈谈。"毕业晚宴那天，我喝了不少酒，略有跄跄地走到倪老师身边。我和他合完影，几句寒暄，互道祝福便又告别了，一如从前，只是那次，我们握了一下手。

那以后，再没见过倪师了。也没能好好和他谈谈，实在是大学时代一个巨大的遗憾。

工作一年后，收到一张证书，是我那篇论文获奖了。虽然不是什么大奖，也对我现在的工作没什么帮助，但是心里实在是高兴。

教书的时候，倪老师教我的东西，还常常在用。我会和我的学生聊北岛，读里尔克，讲《世说新语》，他教给我的知识让我在讲台上的时候有了些底气。当然，文学课和语文课是不一样的，倪老师影响我最多的是为师者的理念和风范：要培养学生的探究能力，要真正地去包容和爱学生。我也时常让学生自主做一些专题，看到他们站上讲台的时候，总会想到大学时代的自己，但是开口点评，却发现要比倪师差上太多，当学生真的做得不好的时候，我很难像倪师一样保持微笑和涵养。

记得一次课上，倪老师偶然间谈起了自己的经历。他大学毕业的那一天，早早起床，背着行李，准备离开。回头看着宿舍，阳光笼着整栋楼，然后就只身来到扬州。他说这些年，过得谈不上开心，也没什么不开心。他不希望我们变成他这样："我身边的很多人，他们过得也都很开心。我也希望你们过得开心。"他给我书上留言说："愿你幸福且自由！"这几年，我有些明白了倪师的心境。可他心中虽冷，却用最柔和的光照耀着我们。

倪老师刚当父亲那会儿，同学们总喜欢逗他，询问孩子情况。他还是那样腼腆："晚上要一直哄她，但是她一笑，世界就化了。"他现在的微信头像就是女儿的照片，小姑娘趴在篮球场边的围栏上，墨绿的球场、蔚蓝的天空、粉色的书包……这个小天使给倪老师带去了许多温暖。

不知道是不是巧合，我总以为晋波老师真的是被魏晋的风波所渐染的，像极了魏晋士人，只是没有他们的狂狷和任性，更多的是洒脱、悲悯和正直。

孩子王——给我的第一届学生

读过不少作家回忆老师的文字，却少有老师写学生的。人这一生遇到的老师毕竟少，而老师教过的学生实在多。

几只大鸟从高远的天空飞过，忽然想写写你们。

你们是第一次走进这个校园，我也是第一次，只不过比你们早几天。开学的第一天晚上，我独自布置着教室，扫地、擦洗、排桌椅、出黑板报，最后贴上班风"永远年轻，永远热泪盈眶"和学风"为往圣继绝学，为万世开太平"。忙完这些，已经是九点了。我点了一份黄焖鸡米饭，边喝可乐，边满怀深情地给你们写了一封信。

沿湖骑电动车，慢悠悠地回家，在夜风中打了一个很舒服的嗝。

我原来是想教高中的，所以开学那天看到刚小学毕业的你们，很不适应。我努力地讲了两个段子，听懂的只有两三个，大多数人依旧一脸漠然。风扇不尴不尬地转着，我们不尴不尬地对视着。

我很小的时候，就想当一个语文老师，中文系毕业的时候，无限憧憬。我觉得我的课堂一定是从《诗经》开始，然后一条郁郁文脉流淌而下。所以，最开始教你们的时候，我备一堂课要很久，基本上是按照做论文的路子走的。经常深夜才离开学校，每次吃黄焖鸡米饭的时候，都被自己感动到，觉得不久就能成为名师，捎带着感动下中国。

这个理想的动摇始于我意识到一个现实——初中生是需要默写的。第一次默写，我随便报了几句课堂上补充的和校园里张贴的古诗，发现你们一句都不会，我还让你们默写语文老师的名字，一半人写错了。我很悲伤，你们不仅文学素养不高，而且教了你们这么久，都不知道我是谁。后来我发现你们连白居易、杜牧、李商隐也不知道是谁的时候，就释然了。

我安慰自己说，我只是不太重视基础，上课还是不错的。那次讲到鲁迅的《社戏》，我强忍内心巨大的波澜，深情地说："孩子们，你们知道吗？这是鲁迅作为知识分子的失根感。"然后用更深情的目光看着你们。终于，你举手了。我急切地让你站起来谈一谈，你说："老师，我要大便。"

我对于语文课堂最初的幻想，随着你的冲水声，汹涌而去。

后来，我发现，你不记笔记，不听课，不喜欢一切和学习有关的事情，不写作业，不写作业还不承认。那一次，我揍了你。原因是你骗我说，把试卷弄丢了，我却在你的桌肚里找到，上面还画了一架胖胖的火箭。找到这张试卷的同时，我发现了一个手机。我踹了你一脚，你一脸委屈。

我不经常改作业，我想让你们明白这是自己的事。那次我突击检查全班作业，却发现大部分人都没有好好完成。我很生气，比你们写错我名字还要生气。我在说了一大堆愤怒的话以后，把那封写给你们、贴在教室门的信拿来，撕得粉碎，扔在地上。

我决定，凑合着教算了。

第二天一早，我就看到办公桌上放着一张白纸，你把那些碎片点点拼了起来。我不知道当着同学的面，你是用怎样的心情把这些碎纸捡起来的，但我明白，当这个我以为只有在电影中才会出现的桥段发生在我身上的时候，我爱上了你们。

元旦，我们一起做灯谜。小灯笼下面系着谜语，挂在走廊里，红艳艳地飘着。其他班的同学和老师都来猜，我和你们一样高兴而自豪。我教你们写三行诗，可你们却教会了我写诗不用教。我在办公室里读这些诗的时候，其他老师都说你们是小诗人。似乎从那时开始，你们因为我的缘故，也被贴上标签，多情、不羁、敏感……这些本来不会出现在你们这个年纪的有好有坏的词儿。后来，在学校的诗歌朗诵会上，其他班朗诵的名篇慷慨激昂、婉约深致，我让你们读自己写的三行诗，一个个上前，一个个下场。你和我说，你很紧张，我说没事儿，你是诗人。你又在作文里写，这是你第一次上台，谢谢老师。我回复，不用谢，你写得足够好。最后，我们一起朗诵了你写的"白菜黑了，蝈蝈死了，我不活了"。我问，这是什么意思？你说，你把墨汁滴在白菜上，白菜就黑了，拿这棵白菜喂蝈蝈，蝈蝈就死了。你很难过，不想活了。那次，是我听过的最美妙的朗诵。

我们还一起干了许多出格的事情。有一回下小雨，学校还是要求出操，你们中有不少人感冒了，我就站在教室门口，让你们不要下楼。其他班都下去了，领导也打来电话，我还是坚持。你们说，老师，你会被扣工资的，我说没事。

教育局总会有很多检查，关于作业量、在校时间，等等。如果真的按照文件规定，不知道有多少学校都在违规办学，这一点大家都明白，心照不宣而已。每次教育局来检查的时候，学校要求班主任对学生进行培训，教他们如何填写问卷。我明白学校的难处，都是成年人，大家都不容易，可是成年人的妥协不能成为教孩子撒谎的理由。我每次都让你们如实填写，我说，一个人的签名和承诺有时候比生命还重要。

你们跟我说："老师，你不能用教高中生的方式来教我们。"我说："我是想用教人的方式来教你们，而不是教机器的。"我这个人极端"个人主义"，所以也很少对你们说集体荣誉这样的字眼，我不知道这对初中的你们来说，是好是坏。

我不明白的是，为什么我用这样散漫的方式带出来的班级会成为众多老师口中最乖的。老师们说，自习课，在没有老师的情况下，你们总是纪律最好的。我常以为，是你们感受到了我的真心。

初一结束的时候，你转学走了。你之前一直在老家读书，初中到苏州来读。你英语很差，成绩经常个位数。你走的时候，班级搞了一个送别会，我说着说着就哭了。同学给你画了一幅画，一个女孩，站在广阔的草地上放孔明灯，一共四十六盏，每个人在灯上按了红指印，像燃烧的烛火。希望这一年，我们曾经点燃过你的心。

你也转走了。暑假的时候，你爸爸和我说的。因为家庭原因，他决定搬回江西老家。在苏州需要还房贷，如果把这套房卖了，在老家能生活得很殷实。你没有来学校，因为觉得自己告别时一定会哭。你爸来学校办材料，我让他带本书给你。他握着我的手，眼睛有点红。第二年，收到你爸寄来的特产，里面有一盒茶叶，我不会品茶，偶尔泡的时候总想起你。那时候你坐第一排，后来你爸和我说你已经长到快一米八啦，成绩在学校名列前茅。我真的替你高兴。

家长会的时候，让你们给父母写一封信。你写着写着，就哭了。那次，你妈妈还是没有来。抱歉，我看了你的信。你写道，你特别希望妈妈来参加家长会，所以会在位置上准备好多吃的，因为你知道妈妈会觉得老师讲得很无聊，可那些零食从来都没有动过。那天早晨，你发短信给我说你不舒服，我就知道是骗我。因为你们平时总会叫我小马，而不是马老师。我在公交站台找到了你，一起去吃了肯德基，那天下着雨。你要明白，在漫长的人生中，这场雨可能会经常下，淅淅沥沥、潮湿寒冷，但是你一定要学会爱自己。还是那句话，难过了，给我来电话。

你成绩真的很差，那天找你聊天，累了，我们就一起坐在楼梯上。我问，你将来想干嘛，你说当职业游戏玩家，我和你分析了下，很难。你在分别时给我的留言里说很感动，因为从来没人问过你将来想干嘛。

你成绩也很差，每一科都不理想。那次让你们写一篇作文叫《老房子》。你说，小时候，你是住在船上的，家里是开货船。家人怕你掉到水里去，就把你用布条绑在船上，你就看着天空。你还写道："你以为船是自由的吗？不是的，这些船要运货，不是想去哪儿就去哪儿的。这些船没有梦想。"可能今后,你的老师会说你写的都是病句,但是我告诉你,这些文字最深沉也最有诗意。

你说你喜欢画画,那请一定要画下去,你还欠我一幅画呢;你说因为我,你喜欢上了写作,那请一定要写下去;你说你喜欢打游戏,那就……少打一点游戏。你说你喜欢打篮球,一群男生去打,回来迟到了,十六个人站在教室后面,你们都比我高了,我依次揍过去。你是第一个被我打的,所以下手重了点。放学后,你和同学们说:"知道为什么我被打得最多吗?因为我是你们的精神领袖。"这两年相处,我们已经太熟悉了,熟悉到揍与被揍都不会介意。

那年秋天,我们去操场上语文课。天还是有些冷,你们却执意要去。说着说着,就开始聊起了八卦。我们坐着,躺着,笑着,闹着,还互相丢着小石子。风呼啦啦地吹,似乎整个学校和所有的秋天都是我们的。

当我确定要离开的时候,班长、副班长正好在旁边,我和她俩说:"我下学期可能要走了。"班长说:"老师,你能不能不要走?"副班长说:"让他走吧,他是个诗人。"

我一直没和你们说要走,怕影响你们期末考试。最后一天,我主持了你们的青春仪式。从孩子成长为青年,那一天对你们来说,其实很神圣。我第一天到学校报到的时候,就背着书包,被校长带到了这个报告厅,辅导学生朗诵。后来在这个舞台上主持的次数多到自己都记不清了。那天,为你们最后一次朗诵了《相信未来》,哭得一塌糊涂。

我早就知道你们在给我准备礼物,你们那点儿小心思藏不住。

仪式结束以后，你们喊我到教室，一个个都规规矩矩地坐着，比以往都认真，甚至双手放平。当我拿到那本册子的时候，泪水就止不住了。封皮上用各国语言写着"我爱你"，背后写着"我们爱你，后会有期"。里面是你们写的留言，一人一张，贴上了自己的照片。你们让我说两句，我很能讲，但那天实在不知道从何说起。我又讲了两个段子，像两年前开学那天一样，但是这一次，我自己都笑不出来了。我说："拿一张纸出来，我们默写吧。"于是，我们在最后一天的最后一堂语文课上，默写了班上每个同学的名字。每报一个名字，我都认真看着，我想记住你们，也想你们记住彼此。最后一个，我报了我自己的。我想这一次，你们不会有一个人写错了。叫这个名字的人做得还不够好，但是希望你们记住，他曾经真心实意地陪着你们。

默写完以后，你们一一上来和我拥抱告别。你给我送了一本诗集，上面写着："你的课很装逼，但是酷啊。"你塞给我一个小镜头，说希望我拍的照片能和我的文字一样好看。你哭着抱紧我，说明年一定会拿着高中录取通知书来找我。你很重地抱了一下我，说老师，我们文坛上见……你，没有拥抱，却深深向我鞠了一躬，后面的每个同学都向我鞠躬。那天正好下雨，你们在空间里写"马老师走了，老天爷都哭了"，还有人说"马老师，你永远都在我们心里"。你们和我告别后，都在走廊里痛哭。我想，不知道情况的人一定以为我死了。

我走出教室，你们排成两排。我和你们最后道了个别，在去办公室的路上，你们一起喊道："马老师，再见！"我没敢回头。

那个暑假，一直在和原来的同事、朋友们吃饭告别。也有家长约我，以前家长找吃饭，我一般都不会去的。但是这次例外。有家长把孩子也带上一起吃，有家长说："你必须得来，大哥大姐为你饯行。"还有一位家长曾经给我送过一盒茶叶，我退了回去，说我只喝可乐，这次，他们特意喊我去家里吃饭，专门准备了可乐。

世上的相遇，都是缘起缘灭。现在还是会时不时翻开册子，看看你们。能认识你们这些单纯、可爱、善良的灵魂，冥冥中早有定数。而最遗憾的，是因为我的能力和经验都实在有限，没能把你们每一个人都教好，没能把你们的坏习惯纠正过来，没能让你们都找到目标。但这些事儿，本就不用着急，你们还有很长的路要走。

已经搬了两次家了，那封我撕碎的又被你们粘起来的信一直带着，信是这样说的：

天地之间，时光绽放。

当我和你们一样大的时候，就想当一名老师，就开始设想未来学生的样子。直到你们真的出现，我等待了整整十年。我们目光相遇的那一刻，就闯入了彼此的生命，这是宿命，或者缘分。

我没有什么可以教你们的，只是想和你们聊聊读书，聊聊生活，聊聊我所见过的而你们可能还未遇到的人和事。希望能带给你们快乐，能引着你们思考，能让你们看清这个世界的本来面目之后依然爱着它。

未来的路漫长甚至艰难，我愿意陪着你们前行，陪着你们长大。我愿用全部的真心去待你们，也希望你能报我以微笑。

十年之后，如果你还记得我，就给我写一封长长的信。或者打一声招呼"原来你也在这里"。那一定是一个和现在一样美丽的秋天。林荫道上，落叶纷飞。

小马哥

孩子们，很想你们。

寻找迪士尼——给我的第二届学生

离开公立学校以后，我见到了你们，你们是我的第二届学生，大概也是最后一届。今天你们开学了，在你们收拾行囊的时候，我刚从上海迪士尼出来。我都能想到如果我在课堂上说出这句话，你们那种满脸不屑的表情。想到你们傻气的样子就会觉得好笑，笑着又很伤感，因为再也没有那样的机会了。

昨晚，看到了那座童话中的城堡，看到了童年时代无数的偶像：米老鼠、唐老鸭、狮子王、爱丽丝……烟花烂漫，像是给我整个童年和青年时代来了一场灿烂的告别。我知道，我人生中最轻狂、最绚烂的岁月已经过去了，但你们的还在。今后不能日日与你们相伴了，就用这样一种方式和你们聊聊，同你们道别。

我的课不算严肃，也不那么紧张，在完成基本的教学任务之余，我总会补充很多内容，有些时候是为了开拓你们的视野，让你们明白中文是那样的丰富；有时候就是任着我的性子，一首小诗常常讲一堂课还不尽兴；有时候甚至纯为好玩儿，你们的学习太辛苦了，我希望能让你们觉得，这个世界可以很有趣。

课堂上总是充满笑声，你们随意坐，随意答题，随意发表意见，说是听课，倒不如说是在听相声。我知道，这样的课堂氛围，不一定是最好的，可是我就想你们开心啊，你们就是该大笑的年纪啊。

我不喜欢默写，不喜欢让你们抄，作业也极少。有那么两回，考试均分不理想。我姑且骂一骂，你们姑且听一听，没几天我们又回到原来的状态，你们和我一样没心没肺。

晨读连着第一节课，我有时候来不及吃早饭，你们总会给我吃的。教室是不允许吃东西的，你们偷偷塞给我，一脸神秘地说："别告诉老师。"我连连点头，然后恍然，我就是老师啊。每两周我要查一次男生宿舍，你们讨好一样地给我吃的，牛奶、面包、卤肉。后来，形成了惯例，你们准备好一个袋子给我，我每到一个宿舍，你们就往口袋里塞食物。你们总说我在扫荡，可每次都很开心。有一回户外素质拓展，要在外面搭帐篷过一夜。篝火晚会结束，准备就寝了，你们忽然冲到我的帐篷旁边，就像发现了新大陆，大喊："马老师在这里。"人越聚越多，你们拿手电往里面照，还拿牛奶、香蕉塞给我吃。我感觉自己像一只猴子。

我为了拉近师生关系，总和你们说，不用怕我，结果你们很实在，真的一点儿都不怕我了。你们高兴地说："老师老师，我们为你写了一首诗。"然后全班齐诵："天王盖地虎，老马一米五。宝塔镇河妖，老马长不高。"你们总是八卦我的恋情，你们还喜欢往我的杯子里加自来水和感冒冲剂……我没生过气，我喜欢你们每一个人的样子。

有一回，我和你在操场聊天。你问我最喜欢的书，我说《局外人》，然后和你讲了内容梗概。你竟然背过身去擦起了眼泪，你说不知道为什么，听了就是想哭。其实这本书离中学生的生活很远，但是你的泪水让我明白了文字的力量。我去广州参加比赛，你们在学校的亲子通话时间给我打电话，七嘴八舌地在电话那头说想我，还录视频给我看，大喊："诗人你好丑，诗人你加油。"我还收到一段写我的文字："最喜欢看他给我们上课的样子，最喜欢他叫我们站起来回答问题，因为在这时，他会很认真地看着我们回答，喜欢他那时的眼睛，聆听的眼睛里盛的满满的我们的倒影。碰上了一个自己本身就爱语文的老师，令我开始重新定义语文。不知道为什么，打这段话的时候竟然流下了眼泪，既不开心，又不感动，也不难过，好生奇怪。"来信是匿名，前两天你告诉我是你写的，本来打算毕业再告诉我的。

你抱起了不理解的诗集开始读，你拿起看不懂的作品开始看。你周末在家偷偷写起了东西，妈妈收拾房间看到，你怎么都不愿意给。后来才知道，你在写小说，第一句是"献给马老师，感谢他对我创作的支持"。户外素质拓展第二天是徒步 25 公里，山路漫长艰难，你们给我吃的，你们抢我吃的。男生帮着女孩背包，在最陡峭处，拉一把心仪女孩的手。小路上，驶来一辆卡车，你们停在路边，忽然集体挥手，大喊："你好啊！"弄得原本满脸不悦的司机喜笑颜开。一天的奔波，疲惫不堪，下山路上，你们却背起了书："夫君子之行，静以修身，俭以养德。非淡泊无以明志，非宁静无以致远……"满山遍野全是书声，这座大禹治过水、西施赏过月的千年古山，来过白居易，来过范仲淹，来过唐伯虎，来过你们和我。那一刻，我拥有着全世界最纯净的美好。

文字让我们的心靠得更近，愿你们爱中文。

当你们知道我要走的时候，很多人给我发信息问原因。我说，追求梦想。

我在像你们这么大的时候，就懵懵懂懂地喜欢中文，后来选择了中文系，当了老师。曾一度觉得教师是自己毕生追求的梦想，即便大学毕业的时候，不少人反对，我还是选择了这个职业。两年半下来，我做得不好，不是谦虚，我真的不是一个称职的初中语文老师，即便你们挺喜欢我的。我意识到，不能再耽误你们了。慢慢地，我也发现自己真正喜欢的是文字本身，我想当一个作家，所以放弃了教师这个职业。

三年前，有人跟我说，男人应该闯一闯，教师太安逸了。现在又有人和我说，老师很安稳，还有两个假期，你怎么又要折腾？其实，这两个看似矛盾的决定一点都不矛盾，我都在追求自己的梦想。

你们很多人是没有梦想的，考到高分，上好高中、好大学，找好工作这不算梦想。考上研究生、公务员，这也不算梦想。考上研究生以后，解决某一项科研难题；考上公务员以后，为这个国家做一点事情，这才是梦想。当一个作家、画家、生物学家、医学家、音乐家……创造美与社会价值，这才是梦想。很多大人也都没有梦想，他们为了地位和金钱，卑躬屈膝地活着。他们有难处，有压力，但是我不希望你们这样。我会用自己的努力，告诉你们，站直了也可以活下去，并且活好。从这个意义上，我给你们上的课还没有结束，你们要比以前更加认真地看着我，然后超越我，你们要给我督促和动力。

你们还小，现在没有确定梦想也不用着急。要做的是读书，因为书里有梦想，因为读书能让你变得强大。

愿你们找到自己的梦想，越早越好。

怕影响你们期末的情绪，就没说我要离开的事。最后一堂课，我说想和你们拍张照，和每个人拥抱一下。你们笑我傻，又不是见不到了，我也笑了，但是心里难过。

我是在除夕那天告诉你们的，希望有一些仪式感。哪一场盛筵都会尘埃落定，哪一辆列车也都会重新启程。你们发起了状态："谁会借给我书看？谁来讲诗歌鉴赏？我现在再也不能对他们说你是我们的语文老师了。"你们建了一个群，叫"马老师的欢送会"，发言都是"老马走了"加一个哭泣的表情，好像一场小型"网络追悼会"。你们给我发信息，说想我。我说，我也想你们。

我也很难过呀，不能再看到你们在窗户中看到我，大喊"老马来了"，然后假装读书的样子；不能和你们一起过集体生日，给你们切蛋糕；不能看到你犯错后被批评，然后装可怜嘟起的小嘴；不能陪着你们吃饭了，不能和你们开玩笑了，不能和你们天天在一起了……我们不再是师生了。

不过，没关系，我们是朋友了。我希望你们认认真真地学习，也期待着你们长大。那时候，我们一定要挑一个咖啡厅或者小酒馆，聊聊从前学校里那些开心的故事和这些年分别后各自的生活。

看到迪士尼那座闪光的城堡，我一下就想到你们。希望你们的心里，永远都有一座迪士尼。愿你们珍惜离别，就像渴望相逢。

永远有人年轻——又见学生们

这几年，和朋友们感慨最多的就是时间过得真快啊，工作、结婚、生子，跳槽、离婚、二胎。向隅无言，各自唏嘘。

这几天，我教的第一届学生正好高中毕业。忽然很想他们，想看看这群曾经朝夕相对的人现在过得好不好，想看看岁月如何在少年人身上留下印记。

同学聚会，大多一场饭局，我想和他们多聊聊。租了一处民宿，别墅、泳池、烧烤，在苏州西山。这是太湖中的一座小岛，据说夫差和西施曾在此赏月。

上西山岛要经过三座桥，车行于桥上，人被水包围，横无际涯。日已西沉，稍高于湖面。只有一条路延伸向前，目力终点的山头似乎就是避世蓬莱，能暂时抛下背后的凡尘种种。每过一座桥，我就多一分期待，多一寸心思，赴这场关于记忆和时光的约定。

他们比我早到，我下车，一个个出来和我打招呼。那几分钟，来自视觉和心理的冲击，是近些年来我最特别的生命体验。四年未见，并不算太长的时间，可对这群少年来说，是他们相貌急剧变化的几年。有些能一下认出，有些依稀可辨当年形容，还有些就得反应上好一阵，才能和脑中那些已经有点模糊的名字对上号。女孩开始化妆、口红、画眉、短裙，青春靓丽，男孩嗓音低沉、胡须浓密，壮硕如铁塔。那种奇妙的感受，就好像青葱树苗，忽已十围，可明明才是昨天的事啊。

班上四十几个学生，来了三十多，没能来的大多身在异乡，或确实有事脱不开。我楼上楼下、房前屋后地走，看着他们玩游戏，看着她们荡秋千，看着他们大笑闲谈。

晚上吃烧烤，食材我已备好，但是看他们忙活了半天，院子里烟熏火燎，却没有一串熟的。临时请旁边的烧烤店主来帮忙，这季节游人罕至、生意寂寥，老板乐得接个私活。我骂他们没用。

带去一瓶红酒，买了一箱啤酒。我酒量有限得很，很少参加酒局，但总觉得这样的日子得喝点。谁知他们都不愿喝，也不会喝，五大三粗的男孩们娇羞地摇头，倒是几个女孩壮着胆对瓶吹。我骂他们没用。

这时候我才发现，虽然长得高大，他们到底还是孩子，没有聚会烧烤的经验，没有推杯换盏的市侩，不用敬酒，不会察言观色。我多希望他们可以一直这样啊，可以爱喝就喝，可以吃饭就是吃饭。

天黑得真快，几杯酒下肚，夜色已经弥漫。在星空和路灯下，一切都模糊起来。朦胧中，我清晰地看到旧日时光。

在青春仪式上，让他们写过一封信，给高考后的自己。那是四年前，他们十四五岁，读初二，也是我教他们的最后一年。四十多封信，我一直收着。今晚是最适合读信的日子。

他们早就忘了信的内容，甚至忘了这回事，但都期待着必然到来的尴尬。我从盒子里抽出信来，当众朗读。每每刚一读出信封上写信人的名字，少年们就兴奋不已了。

字迹潦草，语句不通，夹杂着错别字和滥用的标点符号，但是这比我几年前改他们的任何一篇作文都让人高兴。时光温柔了一切。

有的是对自己的敦促："你看到这封信时，不管怎样，不要对自己不满，这一切都是因果循环"。有的是对未来的祝福："如果你遇到了什么挫折，不许哭，要坚强，你的未来会愈加的好"。有的说一定要联系马老师，还备注了联系方式。有的写了一首诗，有的包着一枚硬币。

有的深情写道："你还记得那个人吗？你还遇到另一个让你心动的人吗？你还跟他联系吗？你还有他的消息吗？你现在想起他还难过吗？你还为他打篮球吗？"

读到这儿的时候，写信的女孩和听众们早就笑得癫狂跃舞了，鼓掌跺脚，他们在笑她，也在笑自己，笑那幼稚单纯的青春。

吃完，笑过，羞耻过，大家都有了醉意，包括那些没喝酒的人。收拾残羹，回到屋里，他们排好桌椅，我打开课件。一转头，看着坐在台下的他们，忽然很感动，很错愕。那些所有熟悉的感觉一下就都回来了，好像又回到了那个教室，回到了故事刚开始的地方。

我和他们讲了自己这几年的生活，那些新鲜的事，那些形形色色的人，那些憧憬与漂泊。

这几年上过不少舞台，很多次都是分享我和学生的经历，他们的故事，他们的照片，他们写的三行诗。我说：你们给我挣了不少钱了。他们吵着要分红。

他们问我问题，关于大学，关于恋爱，关于未来。我已经记不清自己的回答，大概都是些醉话。因为这一次，对于这些问题，老师没有标准答案，连我自己都没弄明白呢。

少部分学生没有参加高考，甚至高中都没有读。有的已经工作了，有的准备进汽修厂。但是在这个夜晚，这一切都变得毫不重要，连同过去那些我们曾经无比看重的成绩。毕竟，什么样的生活都是生活。看着这一张张灿烂笑脸，我真庆幸，那时候虽然有过要求，有过训斥，但我终究把他们每个人都当成世上唯一独特的生命来看待。

月至中天，青年们的派对才刚开始。院子里有泳池，又小又浅，像个大号浴缸。但是对他们来说，是狂欢的胜地。带泳裤的都换上了，没带的就穿个裤衩。十几个男人，下进泳池，满满当当。泳是游不起来了，但是他们在这方寸间创造了无数的游戏：分成三队，两队各站一边，互相扔球，中间一队排成人墙，进行阻拦；单脚站立，另一只腿的膝盖攻击对方，水下斗鸡；最后，是潜水，扒其中一个男孩的裤子。我也下水了，觉得真无聊啊，无聊得那么有趣。

我们湿漉漉地回房间，很吵，女孩们开门看，骂我们流氓，我们全不在意。

本来我还担心房间不太够，有些需要三个人挤挤。但结果还空出几间，因为好几间房都是四个人住的。对他们来说，没有什么是需要介怀的。

一个人洗澡，其他人等在门外，伺机偷看。男孩听到消息都来了，好几部手机都对着浴室的门。洗澡的男孩身材壮硕，最近还在练拳击，他们不敢开门，让我来开。我问：为什么是我？他们答：因为他出来以后不会扒你的裤子。

这个游戏不仅是无聊了，简直低俗。但这就是少年啊，我们那时候也何尝没这样过呢？只是当我们长大后，都忘了自己孩子时的模样。

洗完澡，打游戏。我教他们的时候，这游戏才刚流行，我没收了多少部手机啊，还让他们登录账号，把他们辛苦攒下的金币、钻石、铭文全部消耗掉。没想到几年后，我会跟他们一起酣战。技术确实比不过他们，谁杀了我，我就破口大骂。我们五人待在一个房间，对战另一个房间内的团队。赢的一方马上冲到对面，对输家扭着屁股羞辱。

战斗起来，完全控制不住音量和情绪，还好整个别墅都被我们包了下来。女孩们又是大骂，我们还是不理。

不知道打了多少局，不知道战到几点钟，大家兴尽，各自回房。我躺在床上，听着外面还有吵闹，大概又有了新的游戏。我已经有了困意，但还是努力睁大眼睛，我舍不得睡，多希望今晚慢些过去。

我睡得早，也起得早。当我醒来的时候，几十个人的房子一片安静。拉开窗帘，清晨天清气朗，我在落地窗前苦笑，这大概就是老年人的作息。

张罗早饭，我提前准备的食材，白粥、鸡蛋、榨菜、面包、火腿肠。我挨个敲门，喊他们起床。感觉自己像个大哥，照顾几十个不懂事的弟弟妹妹们。他们头发蓬乱，揉着眼睛喊：马老师早。

早饭后就要返程了，我拿出了纸笔，让他们再写一封信，给十年后的自己。等那时候，他们就快三十岁了，就是我这个年纪，而我已经不惑。

他们回到房间，就像以前的作文课一样，开始构思起来。不同的是，他们多了一些轻松和笃定。三两围坐，或者独自戴着耳机，对着窗外的山和湖。我当然不要求也不期待他们对十年后写出什么高论，因为就连我都无法掌控自己接下来的人生，我只是幻想着十年后，这些眼前的小孩子到了中年，可能带着他们的妻、子又聚到一起，读着这封信的时候，又该是怎样的愉快和温暖啊。那一刻，一定能让我们暂时忘却各自生活的烦忧，一起回到从前。这样看来，我们写下的大概是一张穿越回过去的时光机票，虽然穿越的时间可能很短暂。

和十四岁相比，他们写得很认真。那个包过一枚硬币的男孩，这次包了十块。到底长大了。

临别之际，有同学给我送礼物。几个小女孩准备了婴儿用的小方巾，送给我刚出生的儿子。附了一张贺卡：小鱼儿，欢迎来到这个世界！你要健健康康快快乐乐地长大！我们都期待着一个小小诗人的诞生。做自己的 HERO！

还有一个男孩，他从包里拿出一支包装精致的钢笔递给我："老师，希望你以后拿它写字的时候都能想起我。"那一刻，感动之余，我真的又立下重新练字的志向。我从未想过，这个从前成绩不算突出、有些内向、我找他谈过好几次话的男孩，会在多年之后，用一句话反过来激励我。

回程路上，我们没再说什么，任窗外的山水划过。

我们班以前的班风是：永远年轻，永远热泪盈眶。这些年走下来，我越加感觉到自己不再那么年轻，不再容易感动，但是看着他们，我终于明白，不可能有人会永远年轻，但永远会有人年轻。

有个小女孩在打暑期工，做奶茶，她一定让我去一趟。我站在柜台前，好久才辨认出戴着口罩的她。她请我喝了一杯，最大的杯子，最足的料，她亲手做的，又亲手给我打开。我拿着这杯奶茶，坐上了离开苏州的车。一口一口地慢慢喝着，一直喝到另一座城市。

离开江浙，返回岭南，恰好遇上台风，只能改坐高铁，被风雨追着跑。几个男孩在群里讨论他们的毕业旅行，想去长沙，但因为疫情，家长并不太同意。他们又拿我说事儿，你看马哥，到处跑，也没被感染，没被抓起来。

我坐的这趟火车，正好经过长沙——他们旅行的目的地。我拍了张照片传给他们，说：兄弟们，我到了。

我以为，教师的意义，正是把自己去过的地方，和少年们分享，让他们有个目标，有个奔头，也期待他们走得比我们更远。

那个男孩把这次聚会的照片做了个相册，配了这么一句话：我希望自己的朋友在身边，同时又希望他们在天涯海角。久别重逢的相遇仿佛更有意义。

那让我们十年之后，再见吧。

我的支教日记

（一）

高中的时候早恋，女朋友问我以后想干嘛。我说，要支教，还希望她跟我一起去。她被吓得不轻，我坚持说服她，用文成公主来举例。

读大学，我到贵州参加演讲比赛，和当地一位选手睡一个屋。小伙姓吴，比我大不了几岁，是遵义的小学老师。我们俩熄灯以后，聊了挺久。

他跟我说，他们是在山里水库钓鱼，提前一天，坐小船到湖中间，拿一麻袋的饵料打窝，然后扎个帐篷在岸边过夜，第二天钓大鱼。我那时候就爱钓鱼，非常羡慕。

我跟他说，我以前就想支教，等将来有机会，一定到你们学校看看。他说好啊，欢迎。

然后，我们关灯睡了，第二天比赛，此后再未见面，我记得，那个酒店盖得像个茅台瓶子。

毕业以后，我当了老师，没机会去支教，但一直记得和吴老师的那晚闲谈。我就号召班上学生，给遵义的孩子寄点东西过去。衣服、鞋子、玩具、学习用品，好几大袋，还有很少的一点钱。期末考试结束，我拉上班上两个傻小子到邮局去寄。因为吴老师说，最好能赶上放假前，把棉袄送给有需要的孩子。

收到钱物以后，吴老师特意整理了一份清单给我看，有文字，有照片，他们还做了一张感谢的牌子，这实在让我惶恐了。

我看到那些孩子要步行一个小时上学的山路，看到他们住的老旧泥坯房，看到他们穿上了并不算新的衣服。我把这些给班上同学看，他们捐东西的时候大多只是觉得好玩，而看到这些，才知道原来真的有用。

我从学校辞职以后，有了很多空闲，真的可以去山区多待一段时间了。我联系吴老师，他替我找好了学校。离开学校以后几年后，我又要站上讲台了。

（二）

我上次坐在教师办公室里，是在苏州的一所国际学校，没想到我又坐回了办公室，是在贵州的群山中。前面是山，背后是山，此刻，在这所山村小学里，只有我一个人。

我背着书包、拖着行李箱、拎着一床被子站在学校门口，张校长忙过来开门，要替我拿行李。王老师带我去住的地方，他是体育系毕业，现在在教数学。

办公室是由教室改建的，沿着三面墙壁摆着办公桌椅，整个学校的老师都在这里，大概十个。寒暄几句，大家慢慢熟了。有几位和我年纪相仿，但大半都在五十岁以上，介绍这些老师，都会补充一句，还有几年退休。

可能多数人和我一样，对于山村学校的理解，还停留在多年前希望工程宣传片里的草屋危墙和那双大眼睛，实际上随着经济的发展，在众人的努力下，很多乡村学校的环境都得到改善。我眼前的这所学校，就有篮球场、图书馆、实验室。

可教育是一个复杂的问题，不会因为教学环境的改变而逆转。只要山还在，那些如山的问题就还在。

学校仅有五十多个学生，都是走路来上学。有些路途遥远，要走上一个多小时。我很难想象城市中的父母会让读小学的孩子走一个多小时去上学，而且是漫长的山路。有孩子天未亮要出发，有孩子要翻山过河。前段日子贵州多雨，河水暴涨，把桥冲塌了。一对姐妹只能在河这边的亲戚家住下。这几天，听说河水退了些，她们能蹚过去了。

五十个学生，十余位老师，这样的人数配比，只有在费用相当昂贵的所谓精英学校才能做到。但这些十几个人的班级，教起来并不轻松，因为这些孩子都是留守儿童。"留守儿童"这个词总能引起我空泛的同情，但这一次才发现，具体到教育上，它意味着那么多现实的问题。

比如城市里，老师们常布置一些作业，需要家长配合完成，有些甚至完全依赖家长，而在这里，是不可能布置这样的作业的，就连最简单的家长签字都做不到，因为很多爷爷奶奶并不识字。他们不可能重视教育，他们大部分时间都在地里。

比如阅读，城市中的老师总喜欢荐书，城市中的父母总喜欢买书。而在这里，老师绝不可能期待家长买书给孩子。下一趟山得坐小巴车，八块钱，回来还要八块钱，别说购书费，就连这十六块钱，老人们都是不能接受的。

放了学，有老师请客去镇上吃，大家很热情地邀我。他们都住镇上，李老师执意送我回来。我没想到，会和一位我父辈的老师，聊他武汉大学毕业的儿子和在贵阳买的新房，在曲曲折折的盘山路上。

我也不会想到，此刻，我真的一个人住在这所学校里。学校本没有宿舍，简单收拾了一间房，我自己带了被褥。厨房钥匙给了我，我自己可以做饭；大门钥匙给了我，锁老旧了，滴了几滴油才好开。房间钥匙给了我，楼道钥匙给了我，我一个人拿着一串钥匙，像掌管着这个学校。

（三）

我想到学生家里看看，听说小豪姐弟俩住得挺远，就和他们一起回去。当我在齐膝的水流不断冲击下几乎站立不稳的时候，已经分不清这是去家访还是去探险。

四点放学，全校师生可以在五分钟内走光。没有家长来接送，大家走过来，大家走回去，有十来个孩子同一方向。

我生在平原，从前看山，都觉得是景点。而走在这样的路上，才第一次有了半个山里人的视角。在这些孩子眼里，他们看山，就像我们看树、看河一样普通。或许是因为千岩竞秀，或者是因为山娃淳朴，我少有地被一群叽叽喳喳的孩子围着，并不觉得厌烦。

孩子到底是孩子，他们身上还少有生存的压力，哪怕是经济并不发达的山区。他们前前后后地围着我，用极重的贵州口音喊："麻劳丝，麻劳丝"（马老师），给我零食吃，小面包、棒棒糖。聊两句，又很快地往前冲，像快乐的小雀在山里飞，又蹦跳跳地背起新学的古诗：七夕今宵看碧霄，牵牛织女渡河桥。他们用导游的老练口气，向我这个外乡人介绍起故乡：这房子是谁家的，那条河朝哪里蜿蜒，谁家的外公钓到过一条长胡子的鱼。

这条路很长，有些孩子从岔路回家了，我们一一道别，都喊我明天去他们家玩，还要补一句："喔们家可没得好东西咇呦！（我们家可没有好东西吃）"

越往下走，人越少，最后只剩下小豪姐弟和小洁，他们要过一条小河。河上原本有桥，可近来重修，旧桥已塌，新桥还没能建起来。到这儿已经走了四十分钟，如果绕另一座桥，要多花一个小时，三个孩子都是蹚水而过。他们带我穿过一片辣椒地，我原以为该是条浅浅的小溪，可出现在眼前的，是一条近二十米宽，水深齐膝的急流。我一时都有些胆怯，但这三个孩子却显得镇定很多，卷裤腿就要下河。我这才明白，为什么他们仨在这十几度的天气下，都穿着凉鞋了。

有位父亲是同乡人，孩子在对面的小学读一年级，实在太小，肯定无法过来，他每天就准时在岸边接孩子。下了一天的雨，水比早上更深更急了，他担心这几个孩子有危险，所以义务把他们一个个背了过去。我在他背上第三个孩子的时候，跟着过去。水比我预想的要凉得多，冲击力也更大，在他到对岸的时候，我还在河中间提着鞋子，艰难前行。

好不容易上岸，我找地方坐下来，三个小孩围着我笑。过河对他们来说早就习惯，而能看老师这么狼狈脱鞋脱袜足够让他们兴奋。我说，拍张照，为渡河留念。他们做起了鬼脸。看到他们的面容，我觉得蹚水也值了，这青春的笑脸比一路上的山水都要美。

过了河，小洁就到家了，我和姐姐小婷、弟弟小豪继续向前。他们俩是留守儿童，但不是爷爷奶奶在照顾，因为祖父母和父母都在浙江打工，还带着四岁的弟弟。家人只有年底回来一趟，姐弟俩从没去过浙江。现在照顾他们的是曾外祖母，他们叫"家祖"。

我问，你们有零花钱吗？他们说有，开学的时候，家祖会给两块钱。兄妹俩还让我今晚住他们家，反正地方够大。小婷说得先快点回家打扫，因为房间里有瓷砖掉下来了。

又走了一段路，我们像取经一样，终于来到最后一关。这是条大河，小豪指了指对岸的山坡上，那就是他们家。河很宽，有渡船，旁边有条贯河的钢索，需要手动拉。孩子不收船费，大人要五块。我们站在岸这边，可船迟迟不过来。小豪说：大人吃饭克了

（去了），每天都这样。又等了很久，船还是不来。小豪喊着问对岸，船家答说水太深了，来不了了。

我一下愣住了，这感觉就好比你看着那山坡上的雷音寺，却被老乌龟翻下了河。我问，那怎么办？姐弟俩说，没办法，遇到这个情况，他们都住小洁家。

小婷喃喃了一句：好想转学呀。她说得很轻，就好像对自己说，我当时还不明白这话背后的意思。

第二天学校老师告诉我，其实学校也知道这几个孩子的情况，回家很远，也不安全，就劝说他们的父母带孩子去另一个学校读书，这样安全许多。但是那个学校远，需要坐小巴车。每天来回，一个月得两百块，一个学期下来，就要上千。家长们没法接受。我相信没有铁石心肠的父母，如果可以，谁不想着每天开着车到校门口把孩子舒舒服服地接回去呢？

在河边徘徊了一阵，我送他们去小洁家，但实在不想蹚水，也不想再独自走一个小时的山路了。渡口旁就是小巴车站，我能坐回去，但因为时间太晚，车已经停了。车站的大叔告诉我，可以打电话叫摩的。

可我看得出来，两个孩子想回家，我说，我们一起坐摩托车回去吧。他们一听，眼睛都亮了。大叔帮我打电话，对方开价三十，两个孩子又期盼地看着我。在他们的认知里，花三十块回趟家，可能是很难想象的事，毕竟这是他们十五个学期的零花钱。我当然让大叔叫了车，车一会儿就到。

我们三个就在旁边坐下来等，姐弟俩看着家的方向，四周全是山，满眼绿色。这样的景色下，应该是父母带着一儿一女在享受幸福的旅行，而不是艰难漫长的放学路。

车来了，四个人坐上一辆摩托车。司机在前，我最后，把姐弟俩夹中间。我一直叮嘱他们抓紧，实际上自己怕得要死。山路根本不能用平原道路的南北东西来描述，它是上下左右前后立体的。雨后路湿，很多地方有坑洼，坡度还极大，好几段路，我都是闭着眼睛的。谁能想到，会坐着"过山车"去家访呢？有些地方实在太陡，司机让姐弟俩坐后面，这样便于上坡。我一直在祈祷。

终于，到了他们家。此时距离放学，已经两个多小时了，都够我从贵州飞回广东了。他们的家祖出来了，老人家听说是老师，很热情：进克耍会儿嘛（进来玩会儿嘛）！我说不了，周末再来。她说：要得要得。

我又搭摩的回到学校，司机开得不慢，也用了四十分钟。我一直在担心，要是明早渡船还是不开，姐弟俩怎么来上学。他们说，要么绕远路，走两个多小时，要么只能打电话给老师，说不能来上课了。

（四）

返程的火车疾驰向前，穿过一条条漫长隧道，曲曲折折的路，层层叠叠的山，把那个叫同心的小学抛在后面。收到老谭老师的信息：学生对你恋恋不舍，祝一路顺风，欢迎明年再来。

这些话在我脑中响起的时候，完全是老谭老师的贵州口音。老师们普通话不太好，平时用方言交流，尤其在听到他们和同学用方言问答，而我因为经常听不懂某些学生的回答要其他孩子翻译好几遍的时候，我第一次觉得自己这一口流利普通话是那么不方便。

老谭老师教科学，也教语文。有一天，他走到我身边，弯下腰跟我说："麻劳丝，能不能等你有空，给我们三年级上一堂示范课？"我赶紧站起来，诚惶诚恐，因为老谭老师已经57岁了，教龄比我多三四十年。

还有一位老师也姓谭，相较于老谭老师，年轻些，54岁。他是学校的财务，同时教语文。谭老师特别热情，好几次请我一起挖野菜。这些天一直下雨，没能去成。他也让我帮过一次忙，是去处理一张 Word 的表格。对了，谭老师也教信息技术。

贵州产酒，有一回老师请吃饭，我是远客，免不了喝两口。老师们都住镇上或者县城，只有我住山里的学校。谭老师开车送我回去。山路曲折泥泞，又是深夜，但谭老师的开车行云流水。他的驾驶技术要比信息技术好太多。

谭老师的父亲和三叔都是老师，自己当了老师，后来女儿也是老师。他自嘲说，老谭家只会教书，当不了官。

车上还有一位冉老师，59岁，明年9月退休，教数学、科学、音乐、美术、劳技。他和谭老师都是这座山里的堰坎村人，就是同心小学所在的村子。早在民国时期，此地乡绅出资办学，将学生集中在山王庙庙堂，定名"同心国民学校"。解放后，古庙校舍失火，直到20世纪70年代，同心小学才建起了真正意义上的教学楼，后来又经过两次重建，2007 年有了现在的学校。这几次重建，均由当地或其他地区的爱心人士捐赠。

冉老师和谭老师，就是早年间同心小学的毕业生。他们读书时，学校都是木料房子，窗户没有玻璃，也没有糊纸，冬天冷得彻骨。缺水缺粮，上下学走的都是泥泞山路，而且是赤脚。高中毕业后，他们都回到母校，教育同乡后辈。

一直以来，同心小学都是镇上最偏远的学校，下山只能坐小巴车在山路上颠簸盘旋。但就算是这条我看来极不便利的水泥小路，也是近些年修建的，两位老师工作的时候，只能走着下山。他们到镇上开会，要带着手电筒，因为得走三个小时，早上出发天未亮，晚上回来天已黑。办公桌里备着柴刀，学生被杂草荆棘挡住回家，他们要去开路。

同心小学太偏僻了，没人愿意来这里，所以当年的老师大都是本地人。冉老师 18 岁到这里教书，今年是第 42 年，谭老师也教了34 年，都从黑发教到白头。过去山外人嘲笑这里没文化，考不出大学生，而这几十年里，同心已经走出去许多人，其中有三十多人在当老师。

冉老师还住在村子里，谭老师已经搬到县城 10 年，每天开一个多小时车到山里上班。我问他们俩，这么多年，就没想过调出去吗？他们说：想过，但这里是我们的家乡啊。

我喝了点酒，听了这句话，差点掉下泪来。眼前夜色更朦胧，似有似无的雾气升腾，让一切如梦境。

谭老师爱挖野菜，徐老师经常在 QQ 农场偷菜。看到一位 55

岁的长辈偷菜,是一件很有意思的事儿。

徐老师是学校唯一的英语老师,但是他学生时代英语很差,因为教他的老师连 26 个字母都认不全,反而语文很好。80 年代,文艺氛围好,徐老师爱读书。同桌带了本小说,他借来看。周末得放牛,他就骗爸妈,说要补课,背着书包出门了。他来到后山家里新盖的毛坯房,锁好门,看了一天的书。晚上放学时间,再背着书包回去。几十年过去了,他还记得那本小说的名字,叫《第一次握手》。

初中毕业,他英语考了 3 分,无缘高中,回家种地。那时候刚实行家庭联产承包责任制,他在自家的苞米地里干了半天活就腰酸背疼。土地要灌溉,是引山泉水。但是山水有限,大家要排队。徐老师在出水口等着,一直等到凌晨两三点。他躺在地里,头上是浩瀚星空,每一颗都那么邈远却又璀璨。他忽然意识到,要是我的人生就这样,怎么得了!

他决定回去复读,就和从前的玩伴说,你们别老找我了,我要读书。一年后,他考上了高中。高考又是充满波折,失利以后,他自己拿着书到山坡上去读。邻居放牛经过,觉得这孩子疯了,嘴里叽里咕噜,实际上是他在读英语。徐老师参加了四次高考,终于考上了遵义师专的外语系。

毕业以后,徐老师一直在镇上教书,十年前到同心小学支教。那时候学校前边还是土路,雨天是泥,晴天是灰,大部分都是支教老师。支教两年期满,就可以离开,徐老师选择了留下。

徐老师和当初并不喜欢的英语打了几十年的交道,但他还是喜欢文学。知道我写作，这位英语老师给我看了他的好几篇诗文，还非常谦逊地说自己是门外汉，向我请教。我再次惶恐。

徐老师的诗文，有些写在秋天早晨，有些写在家访路上，我记得其中两句："人逾半百求闲谈，我欲乘风驾雁游。"我都能想见，这个年过半百的男人，在山野间自由的灵魂。

可是这些天，下班以后，他都要匆匆赶去医院，因为他的老母亲病重，已经在医院住了多日了。

徐老师教四个年级英语，是学校的中坚力量。李老师也是，他51岁，是贵州省乡村名师，有自己的工作室，他教数学，也教美术和道德与法治。几十年，他辗转于这片山里的学校，当过校长，当过党支部书记，评上了高级职称。十年前，他辞去其他学校的行政职务，来到同心小学教数学。

学校有一半老师50岁以上，张老师是80后，她教数学，管李老师叫师父。她出生在学校对面的山里，兄弟姐妹六个，她最小，也是唯一一个靠着读书走出大山的。从镇上学校来支教，她也就留了下来。

两位老师很热忱，帮了我很多。他们熟悉这片山，经常带着我去转。出去的时候，大多是王老师开车。王老师是体育专业的，现在教数学。我没见他上过体育课，但是他开车时，尽显体育生的勇猛刚健。多陡的坡都能上，多急的弯都能转。

有了他们的陪同，我才真正开始了解这片山区和这座城市。那条山路旁的贞节牌坊，是民国时修的；那座山腰上的古墓，是乾隆年建的；那条不起眼的小道，是中国革命的转折点。

我们经过农户家，和每一家人打招呼，村民也都热情回应。这样和谐的关系，在城市中越来越少见，我觉得乡民身上还保留着对老师这个群体最质朴的尊重。

吃早饭的时候，张校长跟我说，想我教四年级语文。我虽然答应，但有些犯难，因为只剩半小时备课，而且我没教过小学。

我去找四年级的李老师要教材，请教她怎么教。这个 90 后的穿青人姑娘满脸羞怯：我其实也不怎么会。后来我才知道，李老师学的是幼教，这学期临时被安排教四年级语文。

村里没有幼儿园，同心小学设立了一个幼儿班，没上小学的小朋友们都在一个班，不分大中小，混龄。幼儿班除了李老师，还有一位黄老师，也是 90 后。她是遵义市区的，标准的城里女孩。刚来时跟着校长去家访，要翻过堰坎，穿过玉米地，玉米秆比人还高。校长是本地人，走山路利索，很快就不见了。黄老师在玉米地里大喊，校长，你人呢？校长说，我在这儿。但是玉米秆太高，就是见不到人。城里的黄老师在村里的玉米地，迷了路。

杨老师也是遵义市区女孩，仡佬族，笑起来露出虎牙，很可爱。她是学校唯一一个大学本科、专业对口的老师。她学的中文师范，教五年级语文，我们共用一张办公桌。

她第一次到学校的时候，越往里走越憷，最后看到群山包围的教学楼，整个人都傻了。跟她实习的城镇学校相比，学生的质量也差很多，问问题都没人回答。但慢慢的，她感受到了山中孩子的单纯。

孩子们会把家里好的东西带给老师吃，野菜、土豆、鸡蛋。一个小男孩，有轻微的智力缺陷，字都不太会写。但是他很喜欢杨老师，硬是凑了一篇作文，说杨老师长着亮闪闪的眼睛、高高的鼻子。

教师节，孩子们也送礼物，用纸叠成贺卡，上面写着：杨老师，我会考成大学的，为你买很多东西。还是那个小男孩，他给杨老师送了一束花，那是他从出家门开始，一路上采的，最后集成了一束。想象一下，一个小男孩，在山中蹦跳，为喜爱的老师，收集起一朵朵野花，这场面多动人啊。

我第一课就是在杨老师班上的，五年级作文，要写老师。很多孩子写杨老师温柔漂亮，但是没什么实例。我说，我到学校的第一天下午，好几个老师就带我出去玩，那是个很漂亮的村子，就叫杨柳村。夕阳铺在水中，杨老师在小桥上走着，波光里的艳影，真的像河边的风中杨柳一样美。

杨老师还是学校的教导主任，她是 1996 年的，才 24 岁。

算上校长，同心小学一共十一位老师。我喜欢他们之间的相处，即便没有太深的交往，但也绝没有勾心斗角。我更喜欢他们的质朴真诚，他们的语气，他们的眼神，他们嘴上说的就是心里想的。这些老师是不是都精于教育？可能未必。这些老师是不是个个都伟大无私？可能也未必。但是有一点可以肯定，就是他们只要坚守在这里教一天书，那么每一天都给山里的孩子带去爱和希望。

老师们每天都在学校吃午饭，但伙食很一般，素食为主，量也很少。知道我要走了，学校特意问村民买了几条从河里刚打上来的活鱼，到镇上饭店买回来调料汁，煮了一大锅酸汤鱼。这是贵州的特色菜。贵州民歌："最白最白的，要数冬天雪；最甜最甜的，要数糖甘蔗；最香最美的，要数酸汤鱼。"那天中午，我们围坐在一起，听着他们的方言闲聊，窗外是微雨，群山间滚动着山岚雾气。

临行前，学校为我组织了一场送别会，拉上横幅，师生们聚在操场上。王老师自己送给我两瓶酒，谭老师代表学校拎给一包当地著名的牛肉和一袋黑塑料袋包着的月饼，我推辞。徐老师说，你是我们的一分子，必须拿。杨老师让学生给我写了卡片，看到那上面满是错别字的真诚祝福，又想哭又想笑。小婷给我读了一封信，感谢我带她去游乐园，读着读着就哭了，我抱了抱她。最贵重的是校长交给我一面锦旗，写着：真诚助捐，大爱至善。

我深知是很多人的支持才让我做成了一些事，而这些微不足道的事，根本承受不起这样的重谢。我并不是一个伟大的奉献者，我只是一个想尽可能体会意思的人，顺便找点意义。而这一次意思和意义，能够让我坚定地走更远的路了。

这场送别会，我事先并不知道。我讲了两句话，就流下泪来。我跟大家说，我会很想念这里的，想念一开门，就能看到群山；想念操场边，一树桂花；想念早晨阿姨给我做的鸡蛋面，想念中午食堂弥漫的辣椒香；想念经过幼儿班都会被小朋友拦住，拉我的手，抱我的脚，挂满一身；想念孩子们背诗，摇头晃脑的乡音；想念和老师们在办公室，开着取暖桌聊天；想念每一位老师和孩子，真诚的容颜。我也答应他们，明年再来。

当晚，我要住到遵义市区，杨老师、黄老师和我一辆车。下车的时候，杨老师说拜拜，我说春天见。今天，是中秋夜，我把和同心的下一次重逢当成团圆。

人间行路

胖子结婚了

　　我离开胖子婚宴的时候，他还在和大学同学喝酒，班上男生悉数到场，每逢这样的场合，他是必醉的。他跟跄着送别，我在路边方便了一下，在他的粉色衬衫上擦了擦。我们都笑了。

　　胖子叫许菁菁，像极了女孩的名字。他是我的小学同学，那时候便交好起来。小孩子交朋友的标准，就是能玩到一起去，简单而直接。农村小学本没太大学习压力，又遇上一位真诚、开放、年轻的语文老师班主任（拙文《鸿飞那复计东西》中的那位严老师），学校就近乎天堂了。还有一位叫聪聪的同学，我们类似"三剑客"。晨读的时候，我们高声诵读诗文，一下课我们就唱起动画片的片头曲，走调得厉害。

　　不仅学校里混在一起，周末也总是相约。农村孩子没有什么地方可以消遣，总会自己找点乐子。我家后面有一片竹林，会再叫上几个人，分成两组各占一侧，互相丢泥块。泥块如箭矢般从竹林那侧飞来，我们一边躲避一边还击。后来看到电影《英雄》里万箭齐发的场面，竟能感同身受。这部电影也是和胖子一起看的，他爸买了台影碟机，插上十寸的黑白电视机。那是一个夏天，我们赤膊坐在竹榻上看。

我们经常住到对方家里，晚上睡觉前必定大打一场，闹钟不知打坏多少只了。胖子的外婆痼疾缠身，瘫痪多年，早上由家人搀到轮椅上，一坐一天。他的母亲在工厂上班，所以住到他家的时候就需要自己做饭了。胖子从小就有一些手艺，我是丝毫不会。于是，许多个傍晚，胖子掌勺，我往灶膛添柴火，而外婆在一旁指挥。胖子老说我生的火时大时小，影响他的发挥，外婆听了总是笑。吃饭的时候，胖子往外婆碗里添一些菜，递给外婆一根勺子，她艰难地吃着饭。

小学毕业的时候，胖子似乎也难忍自己的名字了，改名"潇涵"。他长得实在不算好看，和名字极不相称，这么多年过去了，我才勉强适应过来。

中学时代，我们去了不同的镇子。通讯不便，彼此书信联系。这些信我还留着，笔迹已经褪色，如今读来，都是些甚觉可笑的少年心事。平时见面少，假期就聚在一起。每次玩到傍晚，胖子母亲总会打来电话，催他回去给外婆做饭。不能尽兴，我们难免抱怨，但胖子还是骑着车走了。我现在总说胖子是个好男人，当他还是一个孩子的时候，就已经承担起了对家庭的责任。

胖子读高中的时候觉得胸口疼痛，去医院一查，长了个瘤。市里的医院看不了，转到上海。刚入院的时候，没有化验，不知道病情究竟如何，亲友都很紧张，我们几个要好的朋友甚至在 QQ 状态里为他点起了蜡烛。他终究没死得了，手术之后，身体康复。大病初愈，农村风俗要办一场酒宴冲喜，胖子嗜好吃辣，那天也忍不住吃了几口。他讲起跟他在一个病房里的都是癌症晚期的老人，今天还聊得挺好，第二天就被白布蒙着推了出去，还讲起了管子插进胸口的疼痛，讲起了医院的诸多趣闻……然后傻笑起来。胖子与我对死亡都有一种超越我们年龄的坦然，一是天性如此，二是看惯了生生死死。

胖子开了刀，似乎心智也开了。他给我打来电话，说爱上了一个姑娘。胖子有过几段感情，不过都是单方面开始，然后单方面结束。那段感情也类似，那个姑娘已经心有所属。胖子陷入深深的痛苦。高中毕业，那个姑娘请同学吃饭，我也去了。姑娘的男友也在，胖子一个人喝闷酒。他酒量是不错的，那天却醉得厉害。我搀着他去厕所，一开门他就吐出一条弧线，正好有两个姑娘经过，吐在别人身上。胖子趴在水池上继续吐，姑娘们在对面水池不断骂，我一边照顾胖子一边道歉。

高考成绩出来，我和胖子都不太理想，准备一起复读。胖子的母亲说，你们俩一起读的话，谁都考不取了。胖子到苏州上大学去了。复读那年，我二十岁，生日前夜，他赶回来帮我庆祝，在宿舍偷住了一夜。

人一边走，就一边失去。我父亲在深夜去世，悲痛过后，我第一个告诉了胖子。天蒙蒙亮，他带着聪聪赶来，做起了早饭。然后扛几袋米放到推车上，他在前面拉，聪聪在后面推，去磨房碾米。葬礼的几天，胖子一直帮着张罗。他是按照侄子的身份买的祭品。开学以后，胖子给我打来八百块钱当生活费。

后来的一个假期，我去了胖子家。那天，他刚好要去学校，外婆的病情已经很严重了，肚子里都是积水，躺在床上不能起身。老人的意识尚清醒，能认出我来。胖子说："你给我和奶奶拍张照吧。"就走到老人床边，把头靠着她，勉强挤出一丝笑来。胖子说："奶奶，我去学校了。"老人家和以前一样叮嘱了两句。祖孙俩心里都清楚，这一别就是永别。这对相伴了二十年的亲人，就这样分别了。开学没多久，外婆就去世了。现在去胖子家，我还时常想起坐在门口的那位老人，每次都亲切地跟我说："常来玩啊。"再后来，胖子的外公也去世了。照顾老伴几十年，刚卸下担子，自己也跟着去了。世间的分分合合、死死生生是由不得人的，我和胖子都已了然，我说过，我们看惯了生死。

大学期间，各自忙着，慌张地应付生活和未来。只是每年暑假，我们在家乡创业，办了个小补习班，他一直帮衬我。后来，我给他介绍了一个女朋友，是我的大学同学，没想到竟然成了。

胖子天性宽厚，从小勤劳能干，除了相貌，处处都是讨人喜欢的。他比我早毕业一年，落户苏州。我毕业的时候，也来苏州求职，有几个学校备选。胖子说，找一个靠我近的吧。我说，好。

工作的地方离他很近，实习期间，就住在他家。他买的是一个挑高的公寓，五六十平，除了我也有两个朋友住在他家，四个大男人，挤在一个屋子里。胖子待人热情，即便真有为难之处，他也总是自己吃亏。我在工作之初，手上拮据，租房的钱都不够，胖子拿给我几千，就和当年一样。聪聪有时候会来苏州玩，后来他买了辆车。他第一次开车来的时候，我和胖子买了一串鞭炮，点着烟在路边等。聪聪一到，我们点燃鞭炮，三个人傻笑。在陌生的城市里拼搏，我们总得活得愉快一些。

胖子在一家旅游公司上班，环境压抑，后来换了一家企业，也不顺利。我撺掇他创业，还是办补习班，毕竟我们有经验。他租了一套一百二十平的住宅，买来一应物料。晚上我和他组装桌椅，一下一下地敲钉子。我们让他老婆拍了张合影，说将来公司上市了，这张照片具有历史意义。他的朋友也来帮忙，干得都很卖力。胖子诚心待人，朋友们当然厚报。机构的规模不断扩大，先是租了一幢别墅，今年已经在写字楼里有了几百平的地方了。当然，到现在为止没挣到什么钱，他没有一般商人的精明狡黠。但是，他能干出一番事业，因为我总是固执地以为诚信是为商的根本。

前几天，胖子结婚了，是开年来最热的一天。酒席是在自家办的，没有什么仪式，只是农村凡俗颇多。婚礼前夜，胖子带着朋友们去唱歌。我们合唱了一首《再回首》，还和小学时一样走调，我忽然有些伤感，眼泛泪花，还好灯光昏暗，旁人都忙着喝酒划拳。"曾经在幽幽暗暗反反复复中追问，才知道平平淡淡从从容容才是真"，胖子大概是这句歌词最好的注脚。胖子是一个非常普通的男人，但是善良、乐观、仗义、热情、孝顺，他用宽厚的胸腔包容一切，用热情的态度温暖一切。他让我相信，在这纷扰的世间，还是有好男人的。

晚上我和他抵足而眠，只是第二天醒来，不是钓鱼摸虾，而是要帮他一起接新娘了。

我离开婚宴的时候，胖子还在喝酒。他喝酒从不偷奸耍滑，场合对了一定要尽兴。我知道他明天又会醉一整天了。婚姻是爱情的坟墓，但是于他是无碍的。他一定会在坟前摆下酒席，邀上天上地下的宾朋，喝得酩酊。胖子简单而快乐的一生，我是羡慕不来的。

回苏的路上，天色已经完全暗下来了。经过大桥的时候，忽然电闪雷鸣。天上是瓢泼大雨，桥下是滚滚长江。二十年过去了，没想到我成了马老师，许菁菁成了许老板。

再回首，果真恍然如梦。

你是我的伴娘，我是你的司仪

我站在洋哥婚礼舞台上的时候，有些恍惚。我的婚礼是他主持的，而今天，我的司仪成了新郎，我这个曾经的新郎来给司仪当司仪。司仪、新郎，还是我们俩，新娘换了人。

我和洋哥是初中同学、同桌，一起玩闹。我是从村里去县城读书的，洋哥是地地道道的城里小孩，家里有车、有电脑。于是，他带我体验了不少生活。县城开第一家麦当劳，他请我吃了一个汉堡，巨无霸，最大的那种。某个周末，我到他家，他非常神秘地打开电脑，说他知道了一个搜索引擎，里面有很多资源。那是我人生中第一次听说"资源"这个词，洋哥在搜索引擎里打下"空姐"两字。电影开场，女主角缓缓转身，我们俩尖叫着关上了电脑。我其实很想看，也知道洋哥想看，洋哥更知道我想看，但是我们都说，不看了，不看了。

那个燥热青春的午后，我们怎么都想不到，我会看着洋哥结婚，洋哥会看着我结婚，我们甚至看着苍老师结了婚。

跟我们玩得好的，还有两个女孩。琛子坐在前面，叶子坐在旁边。我跟洋哥爱开玩笑，经常逗得两个女孩哈哈傻笑，不分上课下课。

琛子成绩好，字也好，人也乖，是每个班上都会有的最讨老师喜欢的女孩。当然，也讨男孩喜欢。我觉得洋哥当时对琛子多少是有点朦胧的好感，因为他老爱刮她的鼻子。我对琛子肯定是纯友谊，因为我从来没有阻止过洋哥刮她的鼻子。

几年之后，我在高中组织了一场诗歌朗诵晚会，琛子和我同校，我找她钢琴伴奏。她在台侧，一袭白衣，台上的表演、台下的掌声似乎都和她无关，她在阴影里微笑。她告诉我那首曲子叫《威尼斯船歌》，我不懂音乐，也听不出来，反倒是多年后去威尼斯的时候，我一下子就想起了琛子。

琛子后来到上海读大学，研究生在香港，生活应该是很精彩时尚的。偶尔见她工作后度假的照片，香槟、游艇、穿着泳衣的少男少女，你都能听到海浪声和大笑声。但是照片中的琛子依然微笑，笑得很安静，安静得让人忘了她也穿着比基尼，只想刮一下她的鼻子。

中学时，洋哥成绩没我好，我经常要带带后进青年。高中毕业，他考上了南京大学，我读了高四。他陪我一起去复读学校报到，拍着我的肩膀说："你要好好读书。"第二次高考完，我去他大学看望过他，就住在他宿舍。他那几个室友的名字，我到今天还模模糊糊地记得。

好像就是从上大学开始，我们每年总要聚上一次，每次都要拍一张合影。第一张是在县城某个小餐馆，那时候还没有自拍杆，四个人只能对着厕所的镜子傻笑。第二年合影是在这家餐馆的门口，第三年还想去，餐馆倒闭了。后来是在我们初中的门口，校名也换了。再后来在新城区的公园，再再后来是新建的万达广场。这一张张照片拍下来，拍出了城市的发展，拍出了手机的进步，也拍出了天涯海角和成家立业。

叶子在北京，琛子在上海，我在广州，洋哥在南京。

叶子第一个结婚，琛子伴娘，我当司仪。我提前一天到她家，要熟悉下流程，但是叶子和老公不在，只有她爸在，这是我第一次见她父亲。我那天很渴，想喝冰可乐，但叔叔给我泡了一杯热茶。

帮朋友主持婚礼很有意思，对方父母不会把你当成晚辈——一个像他们儿女一样不谙世事的年轻人，而认为你是一个对婚姻和生活有深刻看法的过来人。叶子的父亲和我聊了很多女儿小时候的故事，聊了对这对恋人的殷切期盼，我也满脸慈祥地回应："是呀，年轻人有他们自己的想法，我们管不了的，哈哈。"

叶子终于回来了，一进门就马哥、马哥地喊着，然后搂着我的胳膊讲起了婚礼的安排。坦白说，要是我妻子这样搂着一个异性朋友，我多少会有些不舒服，但叶子就是这么一个不太会在意俗礼的人。叶子抓着我胳膊的时候，我感觉很亲切，亲切得就像她的哥哥，明天我要看着这个小妹妹出嫁了。叶子的婚礼，洋哥没能来，我们把他 P 到照片上。他一直在银行工作，挺忙，我们叫他"王行长"。

后来我结婚，他们仨都来了。叶子前一天从北京回来，到达机场大雾，她备降在其他城市，凌晨赶回，一夜没睡。洋哥主持，琛子伴娘。有个朋友发言环节，琛子、叶子都上台了，我和洋哥开玩笑，逗得两个女孩傻笑，一如当年。

琛子去年结婚，还是我主持。她的公婆都是知识分子，敬酒的时候，婆婆说我是她见过的最好的婚礼司仪，我觉得老人家真的见多识广。婚礼第二天，洋哥、叶子、我正好都要去上海，我们三个一路远行，渡过长江水，背后是故乡。琛子发来视频，说她婆婆还在夸司仪。

洋哥此去上海，是为了和女友见面，并精心准备了一场浪漫的求婚。上海，对于他们俩来说意义重大，洋哥那晚和恋人走在黄浦江边，看到一艘小游轮布置精巧，甲板上有人在拉小提琴。洋哥说，拉得挺好，我们去看看吧。当女孩走上船，发现这一切全是为了自己，小提琴拉的曲子是自己喜欢的"卡农"，屏幕上是两人曾经的足迹，洋哥的妹妹从船舱端着蛋糕缓步走来，这阵势谁能顶得住呢？

洋哥大婚，自然我主持。当新娘站在对面的时候，我想流泪，但还是忍住了，不然很难解释，为什么新郎和司仪在台上都要泣不成声。洋哥牵着新娘，缓步向我也向舞台走来，我觉得那段旁白是我历次婚礼主持里最动人的，我说：新娘姓岳，在过去的日子里，她独自翻过高山，新郎叫洋，在曾经的岁月中，他一人孤筏重洋，如今这座山终于遇到了那片海，山海终相逢，海誓与山盟，这是他们的地老天荒。

观众听这段词，可能听出了把名字嵌入其中的小聪明，其实更让我自己回想的是"孤筏重洋"四个字。我第一次去洋哥家，洋哥

跟我说，他家里有本书，在爸妈的电视柜下面，名字很好听，叫
《孤筏重洋》，他重复了好几次。不知道为什么，这个词一下击中我
了。那是近二十年前，我小学毕业、离开父母、初到城市、孤筏重
洋，他们三个就这么陡然进入我的生命，然后陪着我长大，让那个
敏感、自卑的小男孩慢慢变得自信、成熟，让黑暗的大海上升起了
太阳。我感谢他们。

走出洋哥的婚礼，面对故乡的茫茫夜色。这个县城对我来说，
早就不是什么大城市了。这里是我的故乡，这里有我的故人。我的
三个初中同学，我的三位少年挚友，他们的婚礼都是我主持的，我
一直在回味这件事，觉得这就叫圆满吧？

叶子和琛子都没能过来，一个在上海，一个在北京。我们约
好，今年过年怎么都要聚一下，拍一张全家福，到时候，就不是四
个人了，还要加上四位伴侣，两个一岁的宝宝，十个人，将来可能
更多。

但我又想，即使不能年年相聚又如何呢？我们伴随着彼此的少
年，那段名叫青春的回忆会弥漫我们一生，它单纯、乐观、向前，
它无可替代。即使山路再险峻，即使孤筏又重洋，我们天真的笑容
会在那面早已破碎的镜子里永恒。

我寄人间雪满头——悼挚友小洪

（一）你走了

是你妈接的电话，我说找小洪，她说你上个月没了。

毫无准备，我甚至没听明白，当反应过来"没了"是什么意思的时候，眼泪冲决而出，带着意外、懊悔、悲痛，我在河边嚎啕大哭。

你是浙江人，我一直觉得你家乡的名字很好听，特意查过，那是个海滨小城，其形如环，碧水如玉，得名"玉环"。

但显然，你丝毫没有被家乡的灵秀熏染，姣好的容貌下放达不羁，整天一副爱谁谁的样子，这样的性格在女生众多的文学院也显出独特。我们经常聊天，我们一起散步，我们在食堂门口相遇，拎着水瓶的我，穿着拖鞋的你，我们互相白眼。

照你的样子，我们有成为恋人的可能，但凭你的性格，我们最终兄弟相称。你大概是我大学阶段最好的异性朋友。我酒量很差，有一回聚餐喝多了，朦胧间，我竟然打电话让你来接。

你老家有一种品种优良的柚子，成熟时，你妈会寄些来，你总记得拿个给我。这柚子的名字也好听，叫文旦，因为它形似文旦茶壶，文是柔美，旦指花旦，这壶像美人的肩。

但是看着这一个个柔美的柚子，你捋起袖子，以手为刀："这么多笨蛋，先杀哪个呢？"当时的语气，当时的样子，我一直印在脑子里，只有你才会这么说，这么干，又粗鲁又可爱。

大学是最适合装文艺的年纪，我们俩约好看电影。情侣是看爱情片，兄弟得看午夜场。那次是三部连播，你在第二部开始瞌睡，第三部开始打呼。结束后，我把你摇醒了。那晚看了什么，我已经完全想不起来了，只记得散场是凌晨四五点，我们游荡在扬州街头，瘦西湖都没有醒。你穿着一条米色长裙，在风中。那是我唯一一次觉得身边的你有点"玉环"，有点"文旦"。

好容易熬到清晨店铺开业，我们各吃了一碗绿杨馄饨。你温柔地把头发掖在耳后，喝了一口汤说："妈逼，冷死了。"

毕业以后，天各一方，见面自然少，但隔三差五聊。你在一家互联网公司上班，和大部分城市白领女孩一样，你和我说得最多的就是工作和感情。我帮着你骂领导，骂渣男。

你对生活和未来缺乏安全感，相信星座，会在网上找人算卦。那次求姻缘，你还特意算了我们俩的，挺合。我经常出差，每到一地，就给你发美食、发美景，你大部分时候正饿着肚子在加班，愤怒地回个滚。

你心情不好的时候，我就安慰你。那次我们俩视频，各自对着电脑工作，有一搭没一搭地聊了一个小时，这是最近许多年来我最长的一次视频。

见面少，但文旦柚还是会到。毕业多年，客居岭南，我还能吃到这来自江南的柚子。去年冬天，你给我寄了八个。我满满当当摆了一桌，脑中最先反应出来的一句话真的就是：这么多笨蛋，先杀哪个呢？

毕业以后，我们就见过两回。

第一次是我刚到广东不久，你来出差，顺道来找我。我做饭，看着煎炒烹炸的我，你说我勉强是个好男人，嫁给我还算不错。我说你呀你，到底是女孩子，单纯。

晚上夜游珠江，我们靠在甲板的扶手上。看着邮轮驶过，江水一道道波浪；看着广州塔，近了又远。我们还是聊，聊从前的同学，大学的老师，现在的朋友，以及所有能想起来的趣谈与八卦。

那时候我只身一人，租了个一室一厅的小屋子。你睡房间，我睡客厅。但我们俩都不愿意睡。我们坐在房间的落地窗边，还是聊，聊无可聊的时候，我们就不说话，看窗外，大都市的霓虹璀璨。那一夜我们好像还很年轻，那一夜好像充满希望，那一夜你就在我身边。

第二次见面是在佛山，我已经成家，你还单着，但工作很忙，也是出差在附近。我请你吃饭，顺德鱼生，一般人吃不惯，你一口接一口。

我给你送了我的书，回去路上，你发了个朋友圈，说苟富贵勿相忘。这是你最常跟我说的话，让我快点出名，要来给我打工。

这一别又是一年多，我成了父亲。你发了张照片给我，四仰八叉地坐在购物车里，戴着墨镜，一脸傻笑，你问：这是没孩子的日子，羡慕吗？

但当我孩子出生的时候，你还是发了个大红包。我经常给你发宝宝的照片，你又由衷地感叹神奇，夸他可爱。你说过来看他的啊，你说过他得叫你姐姐的啊。

刚过去的一两个月，我真忙。好久没和你联系，久到我感觉奇怪，这是毕业以来从未有过的。给你发信息，你一直没回，我终于按捺不住，可打电话也没人接。我料想过很多原因，但没有一个是这样坏。

今晚你妈接了，告诉了我你的意外。她说她知道我，也知道我们好，看到这么多电话，明白我会担心，一定得告诉我。她说你的骨灰已经带了回去，她说你的身后事也处理好了，她说她已经哭不出来了。

我和你妈聊了很久，她没见过我，我也没见过她，我们彼此哭着，彼此安慰。她最后让我把地址给她，说她以后还会给我寄柚子。我泣不成声。

挂了电话，我一遍遍翻你的朋友圈，翻我们的聊天记录。小洪啊，原来我们是这么关心彼此。看到微博上杭州的天气，我会提醒你下雨注意。知道我在台风天赶路，你会问到家没。我在上海出差，你就开始搜车票，准备来找我。我高铁经过杭州，真想下来去找你。但最后，我们都没有做，总觉得还有时间，不必着急。

你在厦门机场，系着围巾，拿着电脑工作，说自己是氛围担当；你把自己和韩国明星的照片放一起，说我们可太配了。你喜欢梧桐树多的地方，你会喂公司附近的猫。你去医院，喝了一杯冰美式咖啡，你雨天路过花店，买了一束向日葵。你给我发过很多照片，在韩国，在超市，在沙滩，在出租屋的夕阳下……小洪，其实你真的很美。

你的最后一条朋友圈是："不光是女孩，希望每个人都能身处健康的职场环境，希望每一颗真心都能被真诚相待。"小洪，你是多么爱这个世界啊。

小洪，我之前发过一条关于你的朋友圈，你说那是那一天你最值得开心的事情。那今天我写了这么多关于你的文字，以及会用接下来的人生去缅怀我青年时代那个可爱、迷人、智慧、大方的挚友。如果你在天堂能看到，也会开心吧？

到现在，我还无法接受你的离去，我的小洪怎么会走呢？每次都说去杭州看你，请你吃大餐，我怎么就没来呢？我恨我自己。

我真的好想再来看看你啊，到玉环，你的故乡，到你的墓前，好好和你道个别。但我知道，现在过来只会徒增你家人的悲伤。

但是你放心，我会来的。等过些时候，等今后的每年，我会约上几个朋友，他们如果有事，我就一个人来。坐在海边，把你最美的照片也放在身边，夕阳下，端起一杯酒，好好聊聊从前。

（二） 我来了

你爸吃着饭，忽然拿出手机，翻看起你的照片和视频，他收藏了好多。我们一起看，一会笑你的搞怪，一会又各自擦眼泪。

一直就想来看你，从上次分别开始。但没能来，我们总为了迎合这个世界而忙忙碌碌，谁知道再也没有机会。

一直就想来看你，从知道你离开的那刻起。但没能来，怕见一次你爸妈就又勾起一趟他们的伤心。

一年了，我想着怎么都要来。试探性地和你妈说，出差经过附近，想来探望。如果感觉出她有一点犹豫，就不打扰他们，但我也要来，在你的家乡随便走走都好。你妈妈回复，很愿意见上一面。看到她这么说，我真的好高兴。

站在你的小区门口，等你爸来接我上楼。我又忐忑起来，无措地慌乱。而当进入你家，见到你爸妈，忽然觉得平静下来，就好像你在旁边介绍着：喏，这就是小马，以前你经常寄给他文旦的那个。

坐下来，聊天，聊我现在的生活，聊教师的辛苦，聊房子的价格，聊海边的气候。我们聊得天南海北，我们聊得小心翼翼。我们三个好像形成了默契，都不愿去触碰那个彼此心里最伤痛的话题。

直到你妈妈提到一句：女儿走了以后……情感一决堤，愁绪就开始汹涌，我们都不再回避。从你走了以后，你妈就几乎没有下过楼，除了去医院，二十四小时都在家，近两个月才能稍长时间地站立。她患有干燥症，没有唾液，没有眼泪。我这才明白，去年她跟我说哭都哭不出来是什么意思。巨大的悲痛无法发泄，是真的欲哭无泪。

你妈妈说了好多，她的思念，她的不舍，她的无助，她的茫然，她的后悔，她的怨恨。她眼里流不出，但是心里已成河。我也在这一刻明白之前担心的多余。每一次提起，是会让你妈妈悲痛，可是不提她一样悲痛。她需要偶尔有人来跟她说说话，她需要用语言来代替眼泪。

我去了你的房间，小屋干干净净，架子上放着书，桌上摆着电脑，床上摊着被褥，仿佛你随时就会回来。这是一年来我常有的错觉，总觉得你会突然出现在面前，跟我说，这是一场大玩笑，你看，你们都被骗了吧。

我摩挲着你的电脑，上次见面，你就是带着这台。我们在一家咖啡馆对面坐着，你赶着工作，我写着小说。我在你的屋子里走来走去，这是你生活了二十多年的地方啊，你从前就是在这里写作业，长大，偷偷回男孩子信息，睡觉，看着窗外，躺在床上看剧。我多想跟你一起在这屋子里待一会，听你好好介绍每一个玩偶的来历。就像我们读大学的时候，几次放假，都去园林当兼职导游，你教我怎么拿小费不被发现。下班后我骑着电动车带你回学校，先走盐阜路，然后拐到淮海路，再上四望亭路，最后在西门大吃一顿。

你妈从抽屉里把你的照片都拿出来，她看见就难过，所有都收起来了。那里面是你从小到大的照片，一个假小子长成这么漂亮的大姑娘，这么灿烂的变化，可为什么是这么短暂的人生？你妈拿出一张，说这张就放在你的墓碑上。我眼泪涌出来，怎么都控制不住。我记得这张照片，你给我发过，很满意地说老娘漂亮吧？我总是笑你，不要 P 得太厉害。

小洪，你能听到吗？其实你真的很好看很好看很好看。

我从房间拿了两个小物件，一个笔筒，一个手串。我会摆在桌上，我会带在身边，就像你陪着我看书，陪着我去很多的地方。

中午，你爸陪我吃饭，叫了好几个菜。他让我下次待的时间长一点，好好喝顿酒，吃吃海鲜。聊着吃喝，你爸忽然把手机给我看，是你的视频，搞怪地又唱又跳。我这个女儿好玩吧？他在跟我说，又在跟自己说。

他还给我看了一张很喜欢的照片，是你坐在超市的购物车里，我说我也喜欢这张，然后从我的收藏里翻出同一张。我和你爸都笑了。

我说，明天就是她生日了。

他说，嗯，月底就是她的祭日了。

我们一起开始叹气，流泪。

吃完饭，你爸带我去了你的墓地。不远，但是山路曲折。一路上你爸都在赞赏我的车技，我顺便吹嘘下之前开山路的经历，两人都笑。快到墓地时，你爸的一句话又让我们沉默了，他说，这块地本来是买给我和她妈用的，没想到给女儿用上了。

顺着墓道阶梯往上，你爸在前，我看着他的背影。他一直在擦脸，汗和泪混在一起。他说，平时不流泪的，但是一提到女儿就止不住。他说，他上个月还来过一次。我问为什么。他答，不知道，就是心里空落落的，想来看看我的女儿。

天热，也不想你爸太悲伤，一会儿我们就下山了。路上，你爸总是在说，这么好的女儿怎么就没了呢？我知道，在过去的一年里，他一直在问自己这个问题，你妈也在问，我也在问，我们所有爱你的人都在问，怎么就没了呢？

告别的时候，你爸过来跟我握手，我抱了他一下。我跟你爸妈说，我上午到的，下午就要走了。其实我昨天就到了，明天才走，实在怕麻烦他们。而且，我也想和你独处一会儿，真像高中生，把爸妈支开，两个人就能好好说说话了。

我买了花、蛋糕、奶茶、可乐再次回到你的墓前，估计不会有人带这些东西祭拜，但是我知道你肯定会高兴的。

把你的照片擦干净，我坐下来。抱歉，你之前搬家那么多次，我一直说要来却总是爽约。这次我真的来了，你也不会再搬家了。

我没说太多，就这么陪你坐着，看着你每天看到的世界。你在接近山顶的地方，能够俯瞰小城，山后就是大海。你的家乡真好看啊，真的像它的名字，玉环："晨雾绕岛，形状如环，上有流水，洁白如玉。"你呀，总是静不下心来，现在这个环境，好好修身养性吧。

这次，带着你的一张照片，坐飞机的时候就放在身边，开车的时候就放在副驾上，晚上和你一边听海一边喝酒。明天，去扬州了，我们相识、读书的地方。我和几个同学说我过来看你了，他们都说很想你。

我冲上墓顶空地，对着海天大喊：洪旭，我想你啊。我觉得，你一定听得到。

　　明天就是你的生日了，你还是 28 岁。我永远年轻的姑娘，祝你生日快乐。

B罩杯"男孩"

在都市的夜空下，偶然认识了王心。她相貌姣好，一米八的身高和苗条的身材会在大街上增加不少回头率。

听说我平时写点东西，王心有点意外，半开玩笑地说："你写写我吧。"我说："好啊。"也是半开玩笑地回答。王心接着问我知不知道什么是 TS（TransSexual），我摇头，她说："就是变性人。"我愣了，我敏感地察觉到下面要听到的故事，会是我无法想象的。

王磊出生在吉林，第一批九零后。改革开放初期，"中华大地无'中华'，'前门'总从后门发"，中国的烟草产品非常匮乏。他的父母抓住了时机，做起了烟草生意，发了大财。王磊有三个哥哥，他是最小的。父母、哥哥都很宠他，加上家底丰厚，在吉林市区有两套房，王磊的童年过得很幸福。

王磊皮肤白皙，眼睛大大的，手脚修长，大人们都说好看，好看得像个女孩。王磊乐意别人这么夸自己，他有时候偷偷地穿上妈妈的裙子，觉得镜子里的自己真好看。上学以后，当一帮男孩聚在一起谈论班里哪个女孩最好看的时候，他对这些话题完全没有兴趣，他发现自己喜欢的是男孩。

王磊把这些想法藏在心里，不去管它，以为这个念头会像阳光下的水迹一样消失，可他不知道，有些念头一旦产生，就会在深不可测的心里慢慢滋长。

不管是个人和时代，一些巨大的改变大多发生在原本非常普通的一天，多年后我们再去想起那个日子，才觉得悲戚，或欣喜。王磊对于他的"第一次"已经记不真切了，而对象是那个曾经宠爱自己的哥哥。一个是处在青春期、肌肉轮廓渐渐明显的少年，另一个是对同性身体充满幻想的更小一些的少年，他们住在同一屋檐下。或许是那天天气很热，或许彼此某句轻佻的玩笑，或许电视上一个露骨的画面，兄弟俩再也压抑不住身体内的欲望和火焰，那些伦理的、血缘的、年龄的、性别的阻碍他们根本无暇考虑。王磊已经不记得那天的细节，不知道是怎么发生的，但那一天对他而言，是至关重要的。他感到了疼痛，感到了羞耻，但最重要的，他感到了一种从未有过的欢愉。这种欢愉，引诱着他在今后的人生中挑战道德、伦理、法律的底线，一次又一次。

那一年，哥哥十六七岁，王磊十岁。

王磊高中没读完，高考前，他辍学了。哥哥在大连工作，他去投奔。距离兄弟俩的"童年秘事"已经过去多年了，他们不会忘，但都不再提。哥哥的性取向是正常的，那次的意外可能真的是因为窗外黏糊糊的日光。

王磊在大连的生活很闲散，没有什么正经工作。第一次独自走出家门的他终于可以去探秘那个在阴影中生活着的庞大的群体，他结识了一个四十多岁的房地产商人。像异类一样生活了许多年,王磊终于找到了同伴,他们第一次见面就发生了关系,这是王磊人生中第二个男人。商人问王磊想不想去北海旅游,他答应了,商人立马订好机票和酒店。

一个四十多岁的中年男人和一个十七八的美少年走在沙滩上,男人大腹便便,少年齿白唇红,大概许多人都会以为这是一对父子吧。每到夜晚,王磊都不让商人碰他,因为他不爱他。旅行回来,商人想带王磊回老家哈尔滨,王磊当然没有同意。

这时候,王磊的妈妈打来电话,说她和一些亲戚都在太原做生意,开了一家店,让他去帮忙。王磊去了以后,待了两个多月,但是越看越感觉不对劲。他去网吧查了资料,才知道这个"生意"叫传销。他当天就和家人说了,他们已经被骗了好几万了,也有了一些察觉,一家人离开了太原。

随着国家烟草经营的法规越来越完善,父亲后来的生意就不好做了,转行做起了物流。他买了几辆大货车,雇来司机,但是市场并不景气。来回倒腾了好几辆车,曾经的那些家底差不多也被败光了。

王磊他们从太原回来,直接去辽宁投奔了舅舅,他们没敢把误入传销组织的事情和父亲说。父亲后来也到了辽宁,一家人在异乡扎根,但是经济条件已经远不如当年。王磊说他真的体会到了富和穷的差别,我们平常总说:"钱够花就行。"其实只有真的经历过从穷到富或者从富到穷,我们才能更多地感受到世间的冷热炎凉。

王磊又回到了大连,谈起了恋爱,男友是个双性恋。那男人最开始对王磊很好，还带他回家。可没多久，男人对他就冷淡了很多。后来索性就再也联系不上，从王磊的世界消失了。王磊说同性恋很乱，基本上都是骗子，欺骗感情，那个圈子。异性恋的相处是可以光明正大的，旁观者的目光对于情侣来说，是祝福也是监督。同性恋不一样，他们的恋情是地下的，是不能为外人道的。人在黑暗中就暴露出本性的贪婪和自私，他们只是为了享受一次次的欢愉。所以，王磊虽然是同性恋，但他也痛恨着同性恋。

后来他又结识了一个朋友，这个朋友很特别——一个喜欢化妆、穿女装的男人。这个朋友终于唤醒了王磊心中最深处的，自己都未曾发掘的秘密，他想起了小时候那个在镜子面前穿着裙子的自己。当王磊第一次涂上口红的时候，那一抹艳丽的色彩彻底明亮了他的未来：他想变成一个女人。他不是一个同性恋，他也不想去找同性恋。他要在变成女人之后，找到一个重感情的真男人。

朋友除了教他打扮，还教会了他谋生的方式——提供性服务，王磊开始做起了"站街女"。大多数男人来这里会找正常的女性性工作者，但也有不少人是专门为了找王磊这样的。服务费并不高，一次一两百。王磊说，他不是单纯为了钱，也很享受这个过程，心理、生理都很享受。

他留起了头发，做了丰胸手术，一点一点，实现着童年的梦想。当他拥有一头长发和 B 罩杯的胸部时，他感到了前所未有的喜悦。

王磊改名王心，他终于变成了"她"。

又是在朋友的鼓动下，王心去了沈阳，因为那里挣钱要多得多。"那条街又宽又长，车水马龙，超级火爆！"王心现在描述起当年工作的地方，语气里还是带着向往。

她在沈阳站稳脚跟以后，给妈妈打了一个电话，说了自己的变化。妈妈当然接受不了，在电话那头哭了，没几天就来了沈阳。王心安慰了妈妈很久，说："你以前不就想要个姑娘吗？"哭过之后，妈妈只能慢慢去接受，她和王心说："你喜欢什么样的生活就去过吧。"父亲也很开明，渐渐接受了这个事实。

王心特别感激父母的谅解。她有一个"姐妹"，和她一样的情况，但是"姐妹"的爸妈怎么都不能接受。这个"姐妹"已经身价千万了，在一线城市全款买了一套房，可她妈妈还是一直打电话来："大儿子，快回来吧，把头发给剪了。"

王心只和家人说了自己性别的变化，没有提起自己的职业。

在沈阳的日子，王心处过好几个对象，但基本都是酒吧、KTV的服务生。我问王心，为什么不在现实生活中好好谈一个，而要去那些地方找呢？王心说："那里和生活中的不一样啊，什么类型的男人都有，站在那儿任你挑选，想怎么玩儿就怎么玩儿。我是去消费的，你就得听我的，因为我有钱。"

王心回过一次大连，几个朋友约在酒吧玩，她认识了一个叫肖光的小伙子。他们交换了联系方式，彼此熟悉起来。肖光是内蒙人，帅气豪爽，是王心非常喜欢的类型。肖光的性取向正常，也知道王心的性别、职业、经历，却爱上了她，两人正式开始了交往。肖光大学毕业后在大连的KTV当领班，后来索性辞职去了沈阳。

"那他当时就不工作了吗？生活开支都是你来？"我问。

"不是当时，到现在为止我都是家庭的支柱。"王心很平淡地说。

2008 年奥运会，沈阳开始严打特殊职业，抓进去好多人，王心整天提心吊胆。她和肖光一起在沈阳待了三年，决定来广州。

去年十二月，王心办了一张假的身份证，她和肖光结婚了。婚礼是在肖光家乡内蒙古办的。

肖光的父母一直以为自己的媳妇是个普通的女孩子，肖光也不是他们亲生的。在肖光很小的时候，亲生父亲就得了重病去世了，母亲身体也很差，没办法抚养。一对无法生育的教师夫妇听说后，收养了肖光。养父母从小就对肖光很严格，经常批评他。而他的亲生母亲后来好像也去世了，肖光弄不清楚。

王心拿出手机给我看他们的合影："你看，我老公年轻时候很帅的！"她语气变得欢喜起来。屏幕上的那对小夫妻，新郎英俊，新娘甜美，笑得让人羡慕。

开始的时候，肖光对于王心的职业还是排斥的，经常争吵。王心反问："我不做这个，能做什么呢？"王心的手术只是改变了第二性征，第一性征还是男性，所以真正和客人发生性关系的情况比较少。他们在沈阳买了一套房，肖光回去找了份工作，王心继续在广州打拼。

我也不太理解王心的婚姻，爱情是排他的，肖光是如何接受的？王心说："在我认识的易性者里，能结婚的，只有我，因为有一个爱我的人。我老公特别依赖我，我们彼此包容。"爱情这个话题本就难解，王心的回答让我更加糊涂。

在和王心交谈的过程中，有好几次我想劝她找些其他的工作，但立马想起她的反问："我不做这个，能做什么呢？"我们在电视上也见过不少易性者，她们勇敢地表达，靠自己的能力生活着并赢得了大家的尊重。可那是舞台，那是极少数。绝大多数的易性者要么掩藏一辈子秘密，要么永远生活在周围人的歧视里。

王心从事这个职业近十年了，碰到过几万个的男人，忙的时候一天要接待十几个客人。有些客人开始的时候不知道她的性别，知道以后，不仅没有反感，反而更加兴奋。有些客人财大气粗，一次就给一万。

王心讲述自己故事的时候，有人发来视频邀请，对面是一个饭局，一个满脸横肉的男人用浓重的中原方言邀请王心过去。镜头扫过，满桌的中年男人，发出粗鄙的笑声。我不知道这些男人是不是已经结婚，孩子此时应该在家中酣睡，妻子或许在焦急地等待？王心陪着聊了两句就挂断了，她说其实接触了这么多人，发现还是好人多。她现在每个月能挣四五万，从前多的时候有六七万，但是都没能攒下钱来。她花钱很厉害，买这买那，赌过博，吸过毒，就连玩游戏都花了几十万。

我和她开玩笑："啥时候给我介绍一个富婆，我这辈子就不愁吃喝了。"她抬头看了看我："你这个样子，恐怕很难。"我第一次同时感受到来自男人和女人的双重嘲讽。

她现在的生活很简单，玩游戏，看电视，约客人，一天就过去了。但是今年，她特别想去做手术，把第一性征也变成女人。她现在已经拥有很不错的外貌，走在路上经常会有人来搭讪，但是她不满足，也觉得累。她想像一个真正的女人一样，光明正大地出去。"那时候，生理会有变化，毛孔会变细，皮肤会变白，身体会变软，再去美容院一弄，喜欢穿什么就穿什么。"其实变性手术也会有很多副作用，比如不吃激素的话，会没有力气，骨质疏松。"不管怎样，我都要完成这个梦想。"她说这些的时候，眼里有光，我看到了那个穿着裙子的少年。

王心打车回去，我陪她等车的时候，她告诉我附近的几个酒店经常去，都是五星级别的。城中村也去过，环境很差。

"这个行业真的这么火爆吗？"我问。她说："比你想象的还要火爆得多。这个行业中，有些是像我这样个人做的，也有组织性的。那些有组织的人只需要在房间等着就行了，会有人安排客人。组织分工明确，有人专门负责和客人聊天，这些人每单都有提成，一年也能挣个几十万……"

她说的这些已经完全超出了我的认知范围，听得我瞠目结舌。我费力地想象着这样的画面：深夜中，手机这头是个荷尔蒙过剩的男人对着诱人的头像发着一条条不堪入目的挑逗话语，而那端很可能是个比他年龄还大的、满脸胡渣的大汉装作少女娇滴滴地回复。一个特殊的群体，有男的、有女的，还有很难界定男女的，他们过着黑白颠倒的生活，用皮肉挣得收入，养活自己、父母、孩子、丈夫……这个霓虹璀璨的城市里，到底涌动着多少欲望和救赎？

我独自回家，天已经微微亮了。我抬起头，发现天空和昨天有点不一样了。

一条诗人的狗

它目不转睛地看着我，已经很久了，在这繁华城市的小阁楼里。我猜不出它内心是惬意、疑惑还是怜悯，因为它的眼神太过深邃而忧郁。

它是条泰迪，但除了眼睛，其他地方实在丑陋：相较一般的贵宾犬，它的体形显得太大；毛是咖啡色的，但太深；尾巴很长，幼年没有处理过，不卫生也不美观；不知什么原因，鼻子上没有一点毛。再加上我很少去打理它，所以从未有人夸过它，反倒说它像一只丑猴子。

它叫可乐，是我养的一条狗。我一直教育他说，你是一条诗人的狗。

去年三月份，朋友打电话让我过去，说家里跑来了一条狗，问我要不要养。我赶到他的住所，进门就见一条泰迪，毛长而杂乱，眼睛都看不到了，看上去已经流浪很久了。朋友养了一只母狗，在发情期，这条泰迪就跟着跑回来了，要行云雨之事，硬是被朋友拉开。他说，你看，性格多像你，养着吧。我其实并不喜欢小动物，而且租住的地方也小，白天上班，不适合养狗。可不知为什么，我竟答应了下来。现在回想起来，大概因为它在流浪，我也在流浪吧。

那天，我把它带到宠物店，修理毛发，打了疫苗，购置了生活物品。当它以一个全新面目出现在我面前的时候，我有些惊喜，至少它有点狗样了。我让店主留意下，如果谁家丢了狗，就直接来找我。结账时我看到了开销，忽然体会到一个继父的责任。

当晚我就给它铺了棉被睡在床下，两个陌生的男性动物独处一室，我们俩彼此都有些拘谨和尴尬。我说了声，睡了。它没有应。

由于它毛色较深，再加上我喜欢喝饮料，就给它取名可乐。

遛狗，早晚各一次。教书匠本就得早起，而且租住的阁楼没有电梯，我每日清晨要下五楼遛狗，把他送回，再下楼上班。有时候，它不那么配合，并不撒拉，眼看着就要迟到了，我还要在一旁进行言语疏导，也不知有没有用处。逢上雨天，得为它撑伞。周末贪睡是不能了，它必会来到床边，把脑袋搁在床头，拼命喘气或者舔舌头，不由得你不醒。

虽然相貌丑陋，但是可乐性格极好，温顺得有些呆傻。不足十天，它就把我当作主人了，对我格外亲热，没进家门，就会听见它呜呜低唤。门外有响动，它也会叫上一两声，意识到这里是自己的家了。我买回专用的洗漱用品给它洗澡，它很乖，一动不动。虽然不开心，但是很配合，洗完以后，我走远，说一声"抖"，它才开始甩身上的水。我还买回电推给它修剪毛发，但是毕竟不专业，不少坑洼，最后索性把毛全部剃掉。可乐虽然不能表达，但是我知道它很伤心，整天趴在床底下。它觉得自己丑，连门都不愿意出了。

熟悉以后，可乐的顽劣就显现出来了。我不愿把它关起来，白天就散养在家，床上铺一层被单，晚上回家时，被单上总有一些小梅花脚印。后来，家里就越来越乱。它有时候憋不住了，就在家里方便，但是会跑到浴室的下水口。我打扫房间，发现床底下有很多包装苹果的塑料纸，这才知道，它会偷吃箱子里的苹果，吃完以后，把纸都藏在同一个地方，我竟完全没有发现。有次出门前，我看他乖乖地躺在地上，一副没睡醒的样子。出去以后我发现东西没带，就又折回家，开门的瞬间，看到它正叼着一个布娃娃在沙发上拼命撕扯，上下翻腾，和出门前差之天壤。它没料到我这么快回来，我没料到它竟然如此猖狂，四目相对，都愣住了。它忽然反应过来，马上躲到椅子底下。我满脸怒色：是不是你干的？它怎么都不肯出来。我说，算了吧。它马上一脸讨好地走来。我又正色：可你还是不应该这样！它又立马钻回去。就这样，我们重复了很久。

我想用狗绳拴住它，可是再结实的狗绳也经不住它的撕咬。我买了一个围栏，店主说关泰迪没有问题，可是晚上回家又是一片狼藉。最后，我只能把它关在铁笼子里，几天过后，它竟然学会了自己开笼子门。现在每次出门，我都得在笼子上加一个暗扣，当然，有时候这个暗扣都会被它咬坏。我真的已经束手无策了，只能安慰自己说，它热爱自由，它是一条诗人的狗。

去年冬天，早上醒来竟找不到它，听到声响，才发现它安稳地睡在衣橱的棉絮上。估计是它夜里觉得冷了，打开了衣橱的移门，偷偷进去，又从里面把门给移上了。我这才真正体会到这小畜生的奸猾。

泰迪是一种性欲很强的狗，会把拖鞋、娃娃、大腿当作泄欲工具，但是可乐这方面倒还好。只是看到母狗，就把持不住。但是它的样子实在太丑，而且方式过于粗暴，每次连同我都要一起遭受母狗主人的白眼。小区里也有一些流浪的母狗，可乐倒也不挑。它到年纪了，和所有开明的父母一样，我尊重它的选择，睁一只眼闭一只眼。可是有些流浪狗实在丑陋，我在心里对可乐是有些鄙夷的。每次出门，可乐往往都不能尽兴，似乎这方面的技巧不足。有一次，小区里的一只母泰迪兰兰发情，竟邀请可乐去配种，我高兴坏了，把可乐好好打扮了一番，洗澡时用了两倍的沐浴乳。女主人李姐把笼子搬到楼下来，将可乐和兰兰关在一起，说很快的。邻人在小区散步，竟引来围观。可乐开始的时候气势很足，但是兰兰不喜欢可乐，对它吼叫，可乐竟慢慢泄下气来。众人半开玩笑地为可乐加油，但它就是不争气，这实在让我脸上无光。李姐说让可乐和兰兰住一个晚上吧，说不定就好了。我说好，第二天我来接。夜里，收到李姐的短信，说兰兰一直对着可乐叫，欺负它，它缩在一边，很可怜，让我赶快接回来。

我和可乐一起走回家，一路无话，它垂着头，闷闷不乐。

好在小区里，它有一位好朋友——一条白色的土狗，长得也不好看。可乐对其他的狗要么不搭理，要么低吼几声，但唯独见到小白，很是热情，厮打在一处。有时候，小白会跟着回家，在阳台上和可乐玩半个小时。但是渐渐地，我竟发现它们之间有些超越友情的行为，我还特意查阅了一些资料，狗类竟也是有断袖之癖的。我没有过多干涉，我说过，和所有开明的父母一样，我尊重它的选择。

一是因为工作忙，二是我生性散漫，所以，很少带它去宠物店。那次带他做了一下美容，让店主便宜点，以后常来。店主说："别人都是两三周来一次，你四五个月才来一次，还让我便宜？"我很汗颜。有时，周末的清晨实在是想在床上待一会儿，可乐也不催了，它似乎能够分清工作日和休息日——我改变了生物的生物钟。

可乐也会有不舒服的时候，偶尔拉肚子，我就买一些药和在狗粮里。有一次，它吃了大骨头，连续呕吐了好几天，我带它去了宠物医院。医生说要拍片子，正面的和侧面的，七十一张。

可乐平日里不下楼，但是一日有母狗在楼下经过，它趁我不备，就偷偷下去了。我在小区里，一声声喊着它的名字，若不是手上拿着狗绳，大概像极了走失孩子的父亲。我那时候总在想，要是它走丢了，我该怎么办，它又该怎么办？情急之下，遇到可乐好友小白，我就一路跟着它，它竟把我带回了我住的单元楼，发现可乐正在楼道里等我。我把它拎回了家，还未训斥，它自己就趴到笼子里，翻着眼珠偷瞄我。

晚上，我一个人做饭，喜欢独饮，微醺以后，就躺在沙发上看书，可乐就趴在我身上。有时候，我看会书就睡着了，它也打起了瞌睡。醒来已经半夜，我晃晃悠悠去洗澡，它也晃晃悠悠去床下睡觉。周末，我会去湖边看书，它也陪着，端坐我的腿上，正好当作书架。我心情好的时候，它就陪我一起玩；心有郁结时，它就把脑袋搁在我的身上，一动不动。

去年元旦之夜，我工作到很晚，到家的时候，已经深夜。和可乐走在小区里，想起与它的相遇，已经快一年时间了，一个在世间蹉跎的读书人，一条在红尘走失的流浪狗，度过 2016 年的最后一夜。忽然远近都响起了爆竹声，我和它抬眼看着烟花，迎来了新的一年。

每次回老家，总是把可乐给带上，但这次过年，有些不便，便想托人照顾。与一位同事聊到此，她愿意收留可乐。

这位同事是个女孩，刚来学校半年多，眉眼生得动人，施上脂粉，"一想之美"。起初，我们也并不熟悉，我还有些刻意避开的意思。放假前一同出差，才熟悉起来。她是本地人，过年不回家，可以替我养狗。她没有经验，我总担心她没这个耐心，但是她说很喜欢可乐。我建议她和家人说一下，她说不用，直接带回去，家人总不至于扔了。我问，你们家地方够吗？她说，应该可以。

她开着车把可乐接走了，直接带到了宠物店，美容一番，还买了很多东西。后来，她经常给我发来可乐的视频，当我看到她家别墅的院子时，才觉得我当初问题的可笑。她在视频里说："可乐，我去给你找个新爸爸吧。"我不知道她是在逗狗还是逗我。姑娘贪睡，问我能不能中午再遛狗？可乐自然憋不住，每天中午起床，姑娘处理着排泄物，竟没有怨言，我难以想象。

姑娘出门，就把可乐关在笼子里。可能因为环境陌生，它竟把自己的鼻子拱得鲜血淋淋。姑娘回家，心疼不已。我安慰说，早就告诉你了，它是一条诗人的狗。此后不论姑娘去哪儿，总是带上可乐，哪怕是走亲戚，当然一般人都是不喜欢它的。我想象着那个小畜生坐在奔驰车里，香车美女，一副小人得志的样子，不知道它以后还能不能坐惯我的电动车。

遛狗的时候，姑娘总让我视频看可乐，天气寒冷，我让她早点回去。那日传来视频，小河边开满梅花，粉艳动人，犬牙曲水，小亭翼然，姑娘穿着粉红色的外衣，忽然觉得可乐竟不那样丑了。

假期过去了，姑娘把可乐送了回来。可乐没那么势利，回到熟悉的阁楼，见到我亲热一番。只是一个男人和一条公狗之间，忽然多出了这么一个灵动的姑娘，让我有些不知所措。她坐在沙发上，可乐趴在她怀里，我在厨房做着饭。我的手艺一般，凑合吃了一顿午饭。送姑娘走的时候，可乐似乎知道她要走了，拼命想挣脱绳子，我费力拉住，它的前腿竟完全腾空。回到住所，它闷闷不乐，径自守在门口，不愿离开。我把它的床铺拿到门口，它索性趴下，整夜都睡在门口。

几日后，姑娘实在舍不得可乐，又回来看望。她说，世间有很多好看的狗，可她就是喜欢可乐。

姑娘真的溺爱可乐，每次都要抱上好久，给它抓挠，甚至亲上几口。我说脏，她说没事，然后抱着可乐转圈。她要走的时候，可乐也没有那么难过了，因为它知道，她会来的。有一次，可乐趴在她身上，她问："可乐，你喜欢我吗？""当然喜欢，你要经常来看我。"我替它回答。

"可是总要分开啊。"姑娘说这话时，很悲伤。

终于，她说这是最后一次来了，她怕将来会离不开可乐。她抱了抱可乐，和平时一样，我也不便挽留。

　　我和可乐一起送她下楼。她在前，可乐在中间，我在最后。可乐再聪明，也不会知道这是诀别，所以没什么悲伤。姑娘从车上拿出一件礼物，说送给我，然后开着车就走了。她把车开得飞快，引擎发出轰鸣，后车灯如一双火红的眼睛，消失在黑暗中。

　　她走后，我和可乐走在熟悉的小区里。还有十几天，我和可乐就认识整一年了，这是一条狗十分之一的生命，我把捡到它的那天算作它的生日。姑娘以前说要给可乐订个蛋糕，我知道，凭她的性格，还是会订的，但只能我陪着可乐过了。很多时候，我们本以为找到了什么，却注定失去。我和一条狗，迷失在这样一个深夜。

　　回到家后，又只剩我和可乐。可乐或许还能闻出一些她的味道，但我是绝对找不到这个姑娘出现的证据了，似乎她从未来过。我在地上发现一根长发，想起姑娘说过，她的头发长，洗头后要用一种特别的梳子，要一边卷一边吹。

世界上所有的萍水相逢

当火车开动的时候，古城南京终于结束了连日暴雨，出了太阳。昨天请假来宁，今日匆匆赶回。这样的奔波，只为参加一个姑娘的生日宴。

姑娘姓姜，我在读大学的时候认识了她。那年暑假，我参加一个活动，要到酒店实习一个月。第一天报到，主管领我到宿舍，和一位保安一起住。保安大哥有着浓重的口音，和他交流时我必须全神贯注，再加一些想象力。宿舍里都是水，到处湿漉漉的，保安说："楼上厕所漏水了。"我相信他没有骗我，因为这个味道不会是其他地方漏水。宿舍是上下铺，上铺都湿了，下铺勉强能睡。主管表情有些尴尬，毕竟我并非真的实习生，就把我带到另外一家门店的宿舍，条件好了很多，当然，是和前一个比。那是一个阁楼，摆着两张小床，没有窗，白天夜晚，光线不会变化；春夏秋冬，味道也不变。

我的工作是在一家集团酒店的加盟店，前身是一家三星级的私人酒店。老板是个矮胖的福建人，据说手头还有好几家公司。酒店隔壁是他的酒庄，员工长得都非常漂亮，尤其是两个业绩最好的姑娘，一个丰满、一个骨感，就像她们背后的 XO 和茅台。他在酒店里有一间自己的房间，我进去过一次，地毯厚得让人感觉不到踩在地上。

我以前都是自己开房，现在给别人开房了，有一种在舞台背后欣赏魔术表演的快感。慢慢地，有了不少经验，比如客人进门，要迅速地说你好；客人抽烟，要拿出烟灰缸放到桌面上，等他走后再收下来。再比如一男一女来开房，我可以迅速判断哪些是情侣，哪些是夫妻，哪些是偷情，哪些是特殊职业的。有时候晚上会接到客人的电话，问前台要杜蕾斯，我说没有。他说酒店怎么能没有？我说据说用保鲜膜也可以，他很生气地把电话挂了。有了这段经历，我现在自己在外住宿的时候，经常觉得前台速度太慢，恨不得去帮他。

没客人的时候就有些无聊了，我们不能看书和玩手机的，唯一的消遣就是聊天。最开始和我搭班的姑娘叫春红，接触不多，我不知道怎样准确地描述她，只是觉得她的性格和名字很相符。我说我学的是中文师范，她少有地有点激动，说自己以前学的就是幼师，她最开始想当一个幼儿园老师，来到南京以后，工作不好找，就先做了酒店行业。可是一做几年，根本不想动了，现在就想每个月快点发工资，假期的时候能好好休息，和男朋友去逛街。春红的故事很普通，如同无数个来到城市闯荡的女孩。有一次，去她们宿舍，看见她的床头放着几本教育学的书，我不知道深夜时她偶尔翻起这些书会是怎样的感觉。春红说，以后我孩子长大了，送到你班上来读书吧？我知道这不可能，但是我说，好。我是真心觉得好。

午餐要自己解决，我们点快餐。偶尔，吃点好的，打个牙祭。有位同事叫海燕，挺好看的，三十多岁，依然单身。她常让我去买一家叫"角落餐厅"的小饭馆做的酸菜鱼，确实不错。每次吃的时候，我总和她讨论今天酸菜鱼是酸了还是辣了，鱼肉是松了还是紧了，因为除此以外，我不知道该聊些什么。听同事说，海燕十九岁就恋爱了，谈了十年，可是男友迷上了赌博，还带着她赌，两人欠下了很多债。后来彼此都觉得不能这样了，发誓戒赌，可男朋友却背着海燕用她的工资继续豪赌，海燕很伤心，坚持分手，那年她三十岁。

我有位室友叫石头，他原来是南京邮电大学的学生，考研失利后，准备先找一个工作干着，当起了酒店前台。他有继续考研的想法，我也一直撺掇他去。最后，他终于下定了决心，那天我帮着他把行李搬回南邮宿舍。宿舍环境很差，很多大四的学生都搬出去了，石头以一个毕业生的身份问学弟租了一个床铺。那天，石头送了我一张公交卡，还有一盒南邮的明信片。我人生中收过很多次明信片，但那是我最感动的一次，这是工科男的浪漫。

最让我觉得痛苦的是我宿舍的床每天都有其他人来睡，是个黑大汉，三十左右，承包了酒店的停车场，中午午休，就睡在我的床上。我应该问过他的名字，但现在实在回忆不起来了。每次想到他睡过我的床，我都会失眠。石头走后，他就睡了石头的床，有时候晚上也来。当时流行一款手机小游戏，他非常热衷，常常打到深夜。我给他看了我的分数记录，从他的眼神里，我能明显感觉到对我的敬意。他发给我一支烟，我说不抽。那天晚上，他和我聊了很久，印象最深的一句话是，我这辈子不知道和多少女人困过告了。"困告"，这个词我只在《阿Q正传》里看到过。他一直在讲，讲到我真的"困告"为止。

和我关系最好的同事，就是姜姑娘，我一直不想承认其中有一个原因是她长得最好看。夏天很热，我们经常在上班的时候偷吃冰棍，下班以后去逛南京鼎鼎大名的三牌楼夜市，我买了人生中第一条花裤衩。她带我去看电影，看的是《小时代》，我记不清是第几部了，有个情节是那帮姑娘们毕业离开宿舍。姜姑娘花了一个小时让我弄明白了谁是顾里，谁是顾源。

慢慢地，我们无话不谈。姜姑娘小时候成绩非常出色，可父亲喝酒、赌博，醉酒以后打老婆。姜姑娘就骂爸爸，然后被盛怒下的爸爸按在被窝里打，差点打断气。她开始厌学，想着离家出走，初中成绩一落千丈。中考填志愿那天她回到家，看见家门口都是人，爸爸拿着刀追着妈妈满院子跑。后来，爸爸被人拉走了，她和姐姐商量，想把家产分一半，带着妈妈马上走。她当时还只是个初中生。

初中毕业，妈妈想借钱供她读书，她说算了，不想读了。她离开了农村，去了常州的一家电子厂。工作环境很恶劣，每天接触的都是甲苯这些化学物质，员工怀孕了必须辞职，否则生出的孩子一定畸形。姜姑娘忍了几个月，终于辞职了。再后来，她就来到了南京，去了一家宾馆做前台。开始的时候，日子同样艰辛，炒一盘青菜就好几顿饭。在宿舍睡上铺，床上只有一半能睡，另一半放着杂物。晚上睡觉的时候，不能动，否则会被下铺的中年妇女辱骂。服务行业，受气更是难免，有一次姜姑娘被客人用烟灰缸砸了脑袋，血流不止。

唯一幸运的是，姜姑娘认识了一个叫永叶的女孩，两人成了闺蜜。姑娘第一次在这座城市有了一个可以放心说话的人。

一年后，宾馆改组，两人一起去了新的酒店，也就是我们相识的地方。姜姑娘用第一笔工资，给爸爸买了一个打火机。有一次她回家，发现妈妈脸上有伤痕，才知道是爸爸醉酒后用那个打火机砸的。

姜姑娘和我说，她想到过自杀，两次。

再后来，父亲生病了。姜姑娘用很少的工资在南京生活，并且还要往家里寄钱。父亲病情加重，转到南京中医院，姜姑娘白天上班，晚上照顾父亲。姜姑娘说，这是她这辈子觉得爸爸最像爸爸的两个月。

我喜欢《海贼王》，那段时间，每吃一顿麦当劳套餐，加九块钱就送一个海贼王公仔。有一天她送了我整整一套，她说自己每天吃麦当劳，真的快吐了。人世间的萍水相逢，却有着这样的深情厚谊，我差点流泪。

宾馆里还有很多有意思的人，副总是一个中老年妇女，在中山陵附近有一套豪宅，据说她老公在外面花天酒地，她自己也跟一个很帅的小伙子在交往；宾馆的销售是个圆滑的女人，听说她已经是第三段婚姻了；人事经理叫老蔡，似乎非常赏识我，他以为我真的是实习生，经常问我，你素质这么不错，为什么要做前台？他给我买过一根冰棍，还让我以后有事找他。这让同事们很震惊，因为老蔡出了名的抠门，从没给任何同事买过一瓶水，却给一个新人买了冰棍，而且是昂贵的可爱多。

活动快结束了，我也要离开酒店了。中秋节那天，姑娘给我饯行，买了些凉菜，就在酒店配电房的桌子上吃。保安沈师傅的气质像是上个世纪被耽误了的读书人，他频频劝酒。一个传统的佳节，一群萍水相逢的人，在这样的夜晚干杯，没有一句祝酒辞。现在回忆起来，如果让我加一句的话，辛弃疾的那句"江头未是风波恶，别有人间行路难"或许合适。那一晚，酒量不大的我不停喝酒，却怎么都没能醉。

后来，回到了大学，这段经历不过变成了异乡偶遇。有一次，电脑坏了，咨询了一下石头，他已经考上了研究生。

直到一年前的生日，姜姑娘忽然问我地址，我知道她要给我送礼物。当我打开包裹，发现是麦当劳最近新出的一套海贼王公仔，那一年没有流下的泪，这次终于流了下来，我知道她又吃了很久的麦当劳。我发短信给她，问问近况。我说，你父亲的身体还好吗？她回复，已经走了。

后来，她恋爱了，男孩在常州读大学。有一天夜里，她忽然打电话给我，说是失恋了，她去常州找他，他却不愿见她，她在宾馆哭得一塌糊涂。

前几天，姑娘联系我，说过生日希望我去。我说，好。

我到了南京，陪她一起去她表姐家拿火锅。一路上，聊了很多。春红和当时的男朋友分手了，因为双方的彩礼没能谈拢。现在回老家了，好像又谈了一个。我不知道将来她会不会来找我，如果她来，我一定当她孩子的老师。海燕也离开了，听说曾经和一个老头交往，老头很浪漫，给她买了很多东西，节日的时候会送99朵玫瑰。后来也分了，因为海燕问老头要一套房子，写上自己的名字，老头不肯。海燕说，她这个年纪，已经不要什么爱情了。那个圆滑的销售和老蔡都被开除了，大概和拿回扣有关，还有那个三牌楼夜市也被政府取缔了。

拿了火锅，我们去附近买菜，姑娘说，那个菜场的菜又好又便宜。五个人的菜，只用了几十块。菜场离她租的房子很远，我们就冒着南京的大雨，拿着火锅，拎着一大包菜坐了整条地铁线。到家的时候，已经很晚了，碗筷、凳子凑不齐，我直接拿着大瓶喝饮料。九点，五个人终于吃上了火锅。

永叶也在，她十月份要结婚了，准备回老家。姜姑娘说，这个城市里又只剩下了她一个人。我参加过不少高规格的宴会，但我知道，今天这顿饭的画面，会在我的脑中保留很久。之前完全不熟悉的年轻人带着各自的故事走到一起，自斟自饮，一半为了朋友，一半为了自己。未来在哪儿？谁都不知道。

吃完饭，姜姑娘送我去宾馆，她帮我订好了。我说太晚了，我自己去，你一个人回来危险。她说没事，自己经常走夜路。她也转行了，去了一家奶茶店。上班很辛苦，一天要搅三十几桶奶茶，到晚上胳膊疼得抬不起来。晚上回家的时候，都要到十二点多，走惯了夜路，就不害怕了，只是冬天有点冷。她在店里待了几个月，又出来了，和朋友一起开了家小的奶茶店。她晚上还去酒店上夜班，空余时间找兼职，一个人干三份工，有时候 36 个小时不睡觉。但她觉得现在自己很幸福，因为妈妈的精神很不错，因为姑姑姐姐们对她都很照顾。她笑着说一切会越来越好的。

姑娘 1994 年出身，今天是她的 22 岁生日，可是已经工作 5 年了。

出太阳了，但我深知，金陵雨稠，别后各自珍重吧，为世界上所有的萍水相逢。

大神葛悦

葛悦的本科毕业论文写了三十万字，而且在答辩时，只完成了一半。由于观点的差异，他和导师们还发生了一场激烈的辩论。他向来低调，可怎么都低调不下来。我与他同寝室近四年，不是每个人的青春里，都会有这么一个人。

按理说，第一次见葛悦这样的人，应该探讨一些学术问题，然后折服于他渊博的学识、执着的精神……但是实际上，我根本记不起对他的第一印象。我唯一记得的就是我和他分享过两个黄色笑话，他愣了一会，然后说："你下流。"

葛悦爱干净，有轻微的洁癖。曾有位同学来宿舍，坐在他的床上，他毫不客气地请那位同学站了起来，说："对不起，我有洁癖。"他的衣服和袜子永远都是洗三遍漂三遍，冬天每周都在固定的两天洗澡，夏天每天洗澡都会超过一个小时。这些习惯女孩子听来可能还好，但是在男生的世界里，它的稀有程度不亚于男人留了一头长发，还挑染了。有一回，我和他一起去公共浴室，我飞快地穿好衣服，然后拿起手机来拍他的裸照，他只能拿着一块毛巾遮着

身体，满浴室地逃跑，我这么做，大概是出于对他平时霸占浴室的
报复。

他有洁癖，对于脏得超过他承受范围内的东西，是绝不触碰
的。比如见到虫子，他每次总是大声喊："马哥！"再比如厕所——
我几乎刷了四年的厕所，更令人费解的是，每次我刷厕所时，葛悦
总在旁边看着，看着厕所慢慢变干净，如同见证我完成了一幅泼墨
山水。

葛悦的精神同样有洁癖。他不太愿意把美好的东西与人分享，
比如说书，他绝不会轻易把书借给别人。比如说感情，据我所知，
葛悦四年没有恋爱过。但这并不表示他没有七情六欲，我相信他是
情感丰富的，只是因为他的精神洁癖，在我们这个年代，他还是愿
意去努力一生只爱一个人。他希望像他的偶像钱钟书，逢着一个杨
绛一样的姑娘。

葛悦是个固执的人，上课迟到是他努力坚持的习惯。我们中文
系的学生，大概都见过他在上课铃响后进教室，然后不好意思地捂
着嘴找到最后的位置坐下。迟到已经成了他的一种状态，他觉得如
果早出门，心里就没有安全感，就像没穿裤子。他固执得早上一定
要设置数个闹钟，最早从六点半开始，十五分钟一个，到七点半结
束。我是个睡眠比较浅的人，六点半我都会被吵醒，他却睡得很
熟，每隔十五分钟我喊他关一次闹钟。我实在忍无可忍，问他原
因，他说起床需要一个缓冲期，所以要提前一个小时开始苏醒。我
被如此折磨了四年。

有一次，我要在南京赶早班火车，他是南京人，我前天晚上在

他家住。下了公交车，他电话指挥我去他家："第一个路口左拐，然后向东，你会看到一个牌子，然后右拐，你会看到一个银行，然后旁边有个巷子，巷子的斜对面有个……"最后我完全走错了，因为他分不清东南西北。到了他家，我想起他和我说过，在他家没换裤子是不能坐沙发的。我们就这样一直站在客厅里聊天，聊了很久……晚上葛悦陪我下楼走走，他告诉我他自己大概已经有十年没有在夜里下过楼了，因为几年前这里曾经发生过凶杀案。我很受感动，他竟能冒着如此巨大的危险陪我下来走走。

在校四年，他很少出校门，他讨厌改变生活状态。所以，即使要去仅一公里外的其他校区，他都要准备很久，于他而言，这是一次远足。他也很少去校外吃饭，四年不会超过十次，这十次里有一半应该是我带出去的，因为他觉得外面的食物不健康，我常祝福他长命百岁。

葛悦的最大固执还是在对自己的苛刻要求上，他大部分时间都在宿舍，如同雕像一般端坐着，打开台灯，开始看书，抄书，看书，抄书……我相信，他一定是四年内我们系读书最多的学生。他在公众场合不善交流，但是聊起学术来，就会滔滔不绝。老师布置的任务，也都会超额完成。暑期社会实践，大部分学生都是应付一下，他却非常认真地研究起了南京民国建筑。买了很多书，分不清方向的他四处走访，后来写了一篇一万多字的报告。他上课虽然迟到，但是几乎不缺课，有时来不及吃早饭，他也只是在课间拿出面包吃两口，上课铃响，一定会收起来。他在炎热的午后也认真听课，不走神，不睡觉，不玩手机，不看闲书。

有段时间，我忙着学校的各种杂事。葛悦看着我说，马哥，你本来可以像我这样生活。这句话让我思考了很久。是啊，我本来也可以简简单单，做这些事何必呢？现在想明白了，我和他走的不是同一条道路，我想做一个好的老师，需要一些其他的技能，而葛悦就想做学术。

葛悦天生就是为学术而生的。由于长时间看书，他的眼睛出了些问题，做了手术，因而和南大研究生考试失之交臂。即便如此，他还是每天创作论文到天亮，找来很多资料，一本一本翻，一篇一篇看。

从大二开始，他就和我说起了毕业论文的构思，所以当他拿出30万字的时候，我一点也不觉得奇怪。在本科答辩的时候，葛悦和老师辩论得比较凶，说话也很满，因为他要维护他的论文，维护他的偶像，维护他的思想。葛悦是个不太想惹事的人，很少攻击别人，但是这一次他像个任性的孩子。我说过的，葛悦有洁癖。我看不懂他的那篇论文，连参考文献的各国文字我都看不懂，但是我明白这背后的东西。

当然，这些美好的品质，也不能遮掩葛悦的刻薄和矫情——这大概是许多才子型文人的臭毛病。有一天，我在楼下晒被子，忘了拿上来，他嘲讽我；我冲下去气喘吁吁地拿上来，他淡然地看着我："马哥，你是不是还忘了什么东西？"但是他就是不明说。逼问半天，他才说，你热水瓶在楼下……这样的事情时常发生，不胜枚举，当我斥责他的时候，他只会说"请注意措辞"，因为他不会骂人和回击。

曾经有一段时间，我们不说话了，当时我并不知道原因。冷战在女生中偶有发生，但是在男人间出现的情况比同性恋的概率还要低。我们三个人同住一个宿舍，另一个舍友老何那段时间不在学校，他时常牵挂着我和葛悦的相处情况。其实我们挺好的，就是不说话。这样持续了半年之久，后来，他有一次给我发了微信，和所有"复合"的故事类似，我们又开始说话了，我至今不知道原因。想起一句话，有点往脸上贴金，叫"君子之交淡如水"。

大四的时候，葛悦搬出去了，再也没回来住过。毕业那天，匆匆见过，而后再无联系。

那年岁末，考研成绩出来了，我问他的分数。我报考了南大，知道他亦然。彼时，我已经工作半年了，考研不过是解一个心结，而他这半年则在家专心复习。但是南大毕竟太难，他排名二十多位，未能进入复试。他说他找了一个补习机构，暂时用来过渡。我很难想象葛悦是怎样忍受补习机构的商业性和功利性的，教初中生应试于他而言，应该是很难的吧？他的才学成了屠龙之技。葛悦继续复习，他说以后想留校任教，我那时还想考研的话，他可以当我的导师。听了这话，我很后悔当年在浴室里收起手机。

前两天，今年的考研成绩也出来了，他考得不错，在等复试通知。我半是消遣半是怀旧地把我俩写母校的文章放到网上，文末还让读者投票。不承想竟转载无数，反响巨大。葛悦并不关心这些，只是说票数比我稍低一些，觉得不公平。

我收到很多留言，想了解葛悦，我想写写他，可他怎么都不同意，说自己要低调，还说以前只有人死了才写悼文。我说，我们俩指不定谁先死，万一我走得早，你写文章骂我，我连还嘴的机会都没有。葛悦继续絮絮叨叨起来，我没有管他。两年未见了，他还是那个样子。

毕业那天，他说要请我吃饭，我以为是对我四年照料的感谢，后来发现他妈妈也在——感觉非常奇怪。

我说我要改变中国语文教育的现状，成为最牛逼的高中老师。他说他相信。

他说他要考南大的研究生，重写中国现当代文学史。我也信。

只是两年过去了，生活试图将我打垮，我有了一些动摇，但葛悦还是葛悦。

兴之所至，葛悦让他妈给我们拍了一张合影。从来都不在外面吃饭的葛悦少有地开了一瓶酒，对我说："马哥，干！"

金远导演的潜规则

金远说过一句非常牛逼的话："我第一次进电影院是和女朋友，第二次就是我自己的电影上映。"

金远是我的大学校友，毕业后他在扬州开了一家影视设计工作室。我在配音方面并不专业，但有时候他接到急活儿，会让我帮忙。这次就是这样，我匆匆赶到扬州。

我和他三年多未见了，他倒没什么变化，还是又高又瘦，公司从最开始的三个人变成了九个人，也有了一百平的地方了。展架上还放着《黄金日记》刻录的光盘，封面的绿底竟有些泛黄，不过才四年而已。

金远说："我和同龄人最大的区别，可能就是我是最后一代吃过苦的了。"

他生在苏北农村，父亲是木匠，母亲操持家务，有一个哥哥、一个姐姐。除了幼儿园报名那天，母亲带着金远去过一次学校，在后来漫长的学习生活中，母亲再未在学校出现过。他读初中的时候，每天从家里带米到学校，自己淘洗好，再送到食堂去蒸。中学时代，一间宿舍要睡三十个人，两个人挤在非常狭窄的一张床上。夏天太热，他们就在走廊里睡一排，实在睡不着了，集体逛操场。

很小的时候，在别人都能考满分的情况下，金远语文成绩就只有二三十分。他现在还是不喜欢看书，一看到字就头疼。到了高中，他清楚地意识到光凭文化成绩是不可能考上大学的，他选择了学美术。经过两次高考，金远奇迹般地成了大学生，父母都难以置信。

以前，同学们家境都一般，金远觉得很正常，直到上大学以后，他才发现不是每个人都这么穷的。他之前没有一件羽绒服，冬天很冷的时候，室友借衣服给他穿。大一一整年，包括冬天，他就穿着一双网鞋。

室友喜欢打电脑游戏，金远觉得吵，就去学院机房剪片子。后来，渐渐形成了习惯，有时候就在机房睡觉。金远的制作水平不断提高，大二的时候，他拍摄了一部微电影。故事无非就是俗套的校园爱情，但是出色的拍摄和制作水准让金远在学校里开始受到了关注。

金远找我帮这部片子配音，那天晚上是我们第一次见面。金远到机房楼下来接我，把门拉开一条缝隙，让我挤进去。他不好意思地和我解释说："晚上学校会锁门的。"我听了半天，才明白他的意思，因为他的普通话实在太蹩脚了，所有的平舌和翘舌都分不清。到了楼上，他和我解释剧情，我费力理解。周围灯光灰暗，还放着一套被褥。

金远后来跟我说当时只是觉得无聊，想找点事情做。恰巧有那样的机缘，就开始拿起了摄像机，自己对摄影其实没什么强烈的爱好。但一旦走上这条路，就想做好。

我当时的女友过生日，想着把我们的日常拍成短片。我和金远开始编剧、拍摄、制作，他天天扛着机器跟着我。我们的计划还不能被女友发现，偷偷摸摸地走遍了校园的角角落落。现在再看那个短片，全是青春的台词和傻气。

那个女孩子后来嫁给了一个医生。

大三开始，金远想拍一部长片。但没有设备、没有演员、没有导演、没有剧本，最重要的是没有钱。

他让我写个剧本，我自知能力有限，不敢应允。当时我的一位室友葛悦，写作能力很出色，我推荐给了金远。不久之后，《黄金日记》的剧本诞生了。要拍摄一部九十分钟的长片，本来就非常困难，校园题材会讨巧很多，但葛悦偏偏写了一部涉及枪战、寻宝、爱情、民国、军旅等多题材的悬疑片。

金远自然拿不出钱来，商家赞助也拉不到。他做了一个决定，先办开机仪式造势。仅仅在海选六名主演之后，拿着剧本，《黄金日记》的开机仪式就办了起来。仪式是在校园里举办的，我和好友婧思一起主持。鲜艳的红毯，碧绿的梧桐，青黛的砖瓦，六月干净的风，图书馆里探出头来的学生，还有一群什么都不懂、什么都不怕的年轻人，所有的青春和张狂都化成天上自由的云。

开机仪式结束以后，终于找到赞助，四万块钱，但还是很紧张。二十多人的主创团队，原则是能省就省。金远拿着家里给的学费，去学了驾照，因为他知道以后会很忙，也知道在后期拍摄中需要用到车。等到学校助学金发下来的时候，他才把学费补上。班主任特意多给了他一千块，支持《黄金日记》的拍摄。

整个主创团队都是学生，没有一人是有报酬的。亚茹、亚运、兰翔是团队的核心成员，他们知道资金不足，很多时候都是自己为剧组贴钱。

我在里面也客串了一个角色，是个假装好人的阴险反派，要演出分裂感。最艰苦的一场戏是在户外拍摄的，讲述军旅生活。我们身穿迷彩，脸上也画满水彩，在竹林里行军。为了制造战场效果，金远拿着烟饼转圈跑，没有经验，大家在野地里咳嗽着大笑。

从筹备到成片，用了两年时间。金远说，这是他最辛苦的两年，特别累，也睡不好，总想着第二天要怎么拍。两年里，也有想放弃的时候，但是声势已经造出去了，不能欠大家一个结果。制作团队成立之初的二十几人，只剩下了七个。最后那段时间，这七个人白天上课，晚上剪片子，吃住都在一起，熬了一个礼拜的通宵。每天清晨，总有人兴奋地喊："快看快看，太阳出来了！"班主任会带着早点来看他们。

"那时候不害怕失败，因为没有什么可输的。现在我肯定不敢这样了，要考虑风险和利润，在商言商。"金远的普通话毫无进步，但我现在理解起来已经很容易了。

《黄金日记》终于在金远毕业的前两天上映了，当然没能取得龙标，但是我们租下一个八百人的观影厅进行放映，座无虚席。还是我和婧思主持，不过比两年前的开机仪式盛大了许多。金远上台之前非常紧张，因为这是他第一次在这么多人面前讲话。他一直拿着稿子念给我听，让我正音。

金远一张嘴，观众就笑了。但是当他说出那句"我第一次进电影院是和女朋友，第二次就是我自己的电影上映"的时候，一定有许多人和我一样，心里想：牛逼。

其他同学的毕业设计是十几分钟的小短片，而金远把自己的毕业答辩变成了一场八百人的首映礼。那段时间，学校主楼前摆放着《黄金日记》的巨幅海报，这也成了学生间现象级的话题。这在我们大学的校史上是没有"古人"的，怕是后也很难有"来者"了。

拉来的赞助，没能完全解决电影的成本问题，金远问别人借了一些钱。所以，他毕业的时候，享受着巨大的声名，也承担着三万多的债务。

他现在谈起《黄金日记》，说是"噱头大于实质"，是因为大学生这个年轻的团队才让这部很普通的电影受到了巨大的关注，但客观上是他人生的一个转折。电影让他有了名气，也证明了他有做好一件事的能力和魄力，这成了他最大的资本。他想过北漂，但是最后决定创业，和亚运、兰翔这两个老助手一起创立了"遐客山庄"，提供影视传媒服务。

毕业几年，我和他很少见面了，偶尔有配音的任务，也都是网上对接。上一次见面，是他要拍一段电视购物广告，我扮演某老窖53度酱香型白酒扬州区总代理。情节很简单，台词自由发挥：我说，这是和电视台第一次合作，可以打折；主持人问，马总，能不能再便宜一些；我说，真的不行了，已经是最低折扣了；主持人再次恳求，我故作为难，然后说，好吧，前五十位打进电话的观众可享受折上折，还送拖把……这是我的荧屏首秀。

他们三个人一起租了房子，那天晚上，我住在他们家。兰翔用电饭锅煲的粥，地板上溢得到处都是。亚运刀工不错，金远炒的藕片是黑的。我们几个围在茶几上吃饭，客厅里摆满了53度酱香型白酒。

晚上，我和金远睡一张床，他说今年得好好挣钱，给家里盖幢房。

而这一回来扬州是毕业后第二次见面，亚运已经离开了公司，因为两人的理念有些差别，协商以后还是分开了，现在自己也弄了个小工作室，兰翔上个月也回了老家兰州。

金远请我和员工们去了附近的餐馆，要了一瓶白酒。我不常喝酒，金远也是。他做生意，不喜欢和客户应酬太多，也没有任何创业理念，就是认认真真把片子拍好，按时交付。但是，今晚我们都倒上了。公司员工们也都是扬大毕业的，所以聊起来很亲切。回到公司，我和金远对坐闲谈，小姑娘帮我们倒上水，我有点不好意思。

金远说自己是个特别平庸的人，没有任何爱好和特长，甚至不抽烟、不喝酒、不打游戏。他没有梦想，创业的目的就是不想再穷了。大学时候他想买一台三千块的电脑，自己攒了很久的钱。而去年他花了十几万买了一台设备，他说整个扬州没几家公司有这样的设备。他未来也想拍电影，做自己的品牌，也不是因为电影梦，而是那样的利润率要高得多。他对自己的期待，就是每个阶段要挣多少钱，现在一年能挣三五十万了，十年后要挣三五百万。钱越多，越有成就感。

他去年帮家里盖了一幢三层小楼。他今年二十九岁，父母已经六十多了。他指着公司里的柜子告诉我，这些都是他父亲打的。他现在每次回家，都会想家里哪儿需要改变一下。这次回去，他发现家里的饭碗竟没有一个是相同的，要么是别人送的，要么是什么时候买的一只，用了许多年了。他之前没有发觉，这次忽然发现太奇怪了，就想着下次回家要把碗都换掉。

金远待人随和，但是我能感觉到，他在员工面前，还是很有威严的。金远说，这是一家纯校友公司，如果过分亲切，会给员工在学校的感觉，反倒不利于公司的管理。"只要当了老板，就很难做一个好人了。我是不是特别熟？"我想了一会儿，才明白他问的是"我是不是特别俗"。说实话，我以前虽然不排斥商人，但是也谈不上喜欢，觉得多少有一点铜臭。但就在金远问我这个问题的一瞬间，我忽然觉得，认认真真、踏踏实实地挣钱养活自己和家人，是那么酷的一件事。

我让金远谈谈创业过程中有趣的事情，他说："没有，最有意思的就是挣到钱。"逼问之下，他谈到了女友，只说是当时拍短片的一个演员，后来吵架就分了。连最让人着迷的爱情故事，在金远的口中都能变得这么无聊。

我提议拍一张合影，金远让人拿出了专业相机，换镜头，打光，布置背景。我第一次感觉到拍照是如此隆重的一件事。我开玩笑说，这张照片好好收着，就像莫言和张艺谋的那张合影。小女孩帮我订好附近的宾馆，金远送我过去，他说本来还想让我住他家的，怕我嫌弃。

再一次躺在这个生活了四年的城市，我不舍得睡着，甚至能感觉到不远处的校园熟悉的气息和心跳。有许许多多的年轻人在那里做着梦，梦见自己成为导演、作家、医生、画家、老师……

想起一句话，是金远大一开学时说的："是金纸肿会花光的。"

我和三个女孩同居的日子

我喜欢搬家，虽然麻烦，但还是喜欢。有时候把家具挪个位置，心情也会变好。后来想明白了，我喜欢变化。毕业三年多，住所已经换了四次，当然都是租的。

刚到学校工作那会儿，住在朋友家里，他和老婆住在隔壁。虽然关系很好，但总感觉不便，所以准备出来租。稍微像样的单人间得两千多租金，我每月工资三四千，所以合租是比较好的方式了。我和三个同事一起，找了一套很不错的四房租了下来。

房子很大，168 平，而且视野极好，能看到阳澄湖。天下名湖各有特点，鄱阳湖有风光，洞庭湖有文化，阳澄湖有螃蟹。客厅南北通透，大到能开派对，装修不算豪华，但在出租屋里，实在难得了。房东刚买下这套房子，第一次出租，沙发、电视、空调、洗衣机，连地板都是新的。对于刚工作的我们来说，能住上这样的房子可以算是豪宅了，而且人均租金还不到一千。房东开玩笑说："马老师，这套房 200 万卖给你。"我们都笑笑。

只是有一个小问题，我的室友是三个女孩。

　　是的，我就像住进了女生宿舍一样，不说有多开心，但是绝对不反感。可我根本没想到，在此后的一年里，我不仅是室友，还是厨子、保安和保洁。

　　我住的是主卧，有独立卫生间，她们三个女孩共用一个卫生间。下班以后，我们各自回房，互不影响。后来慢慢熟悉了，我们会一起在客厅看会儿电视，空的时候做顿饭。也正是那段时间，我对青年女性有了一个全新的——几乎颠覆的认识——你永远不知道她们洗头、涂隔离、打粉底、刷散粉、画眼线、抹口红，穿着小裙子漂漂亮亮出门以后，房间是什么样子。

　　小费是美术老师，研究生毕业，学的是国画，偶尔在家挥毫泼墨。挥了两次以后，我发现她更喜欢追剧和养生。在她的房间里，经常能看到诸如麦穗这样奇怪的东西，我都不知道她是从哪儿弄来的。有时也会飘出一些怪味，像是下水道堵塞几天以后太阳一晒的味道，她说是在艾灸。她经常会煮各种养生粥，有时让我尝点，我都说不饿。我吃过一次她做的菜，凭形状能依稀辨别出来是番茄炒蛋，但颜色却是黑色的。我问为什么？她说多加了点酱油。我吃了一口抬头，她一脸期待地看着我："怎么样，很下饭吧？"有一回，厨房突然传来她的尖叫，我以为是和之前一样有虫子，结果发现，是她开煤气灶的时候，把电饭锅的电源线烧断了。她惊魂未定："不会爆炸吧？"看吧，我说她喜欢追剧。

　　小邵是东北姑娘，在上海读的研究生，教小学语文，特点就是彪。不知道是不是受到小费的影响，她也爱往厨房里走。我有时候掀开锅盖，认不出那些面目全非的食材是什么。后来，她做菜的热情终于有所减退，冰箱里就塞满了饺子——各种馅儿的饺子。再后来，她迷上了榨汁儿！每当她用东北话念出这个词儿的时候，我都感觉特别解恨。玉米汁儿、苹果汁儿、香蕉汁儿、猕猴桃汁儿……你能想到的和不能想到的所有能出水的瓜果蔬菜都被小邵塞进了榨汁机。有一回，我在冰箱发现一大盆红色的液体，以为是猪血，吓了一跳，后来才知道是她榨的西瓜汁。我问她榨了多少，她说一整个儿啊，语气云淡风轻。她经常手洗衣服，而且喜欢用搓衣板，在认识她以前，我一直以为搓衣板只是用来跪的。

小巫之前在南京当老师，工作一段时间后来到苏州，所以她的自理能力要好很多，我偶尔会和她一起做饭。她教的学科很特别——小学科学，所以会鼓捣一些模型，养一些可爱的小宠物，比如蜗牛——不是我们常见的那种小蜗牛，而是体型大好几倍的白玉蜗牛。她经常会一个人趴在一群蜗牛前，满脸慈爱。但它们没能茁壮成长，那年冬天江苏特别冷，这群蜗牛死在了厕所里。后来，她买了一些蚕回来。似乎中国所有的小朋友都养过蚕，我一直不明白那玩意儿有什么好观察的。后来大概是观察蚕宝宝的课程结束了，有些父母就不让养了，小朋友多善良啊，把这些可爱的小生命都送给了温柔的巫老师……家里一下子多了很多蚕，我问小巫："能不能给我织一件真丝衣服？真丝袜子也行。"小巫从科学的角度认真对我解释，一是量还不够，二是工艺复杂，总之，织不了。

蚕宝宝一天天长大，但是又白又瘦，因为它们吃不饱。小巫不知道从哪儿打听到对面小区里有一棵桑树，我陪她连夜去找。小区里照明很差，我们一棵一棵地分辨着。当晚没能找到，第二天一早小巫又有了新消息，我骑电动车带着她去其他小区。两个年轻人，在二十一世纪的晨光中采桑叶……后来的很多天，我一直在担心它们某天集体变蛾子。但所幸的是，它们感受到了我的担心，全死了。

日久生情，也可能是兄妹情。住了一段时间，我们四个已经毫无男女之别了。我喜欢钓鱼，有收获的时候就炖鱼汤一起喝。我还养了一只小松鼠，忙的时候，她们会帮着喂。后来，又养了狗，她们经常一起遛，带着它夜跑。

有一回小费过生日，男友给她买了蛋糕，她把多的带回来给我们吃，又不好意思又甜蜜地描述着男友。我们让她带回来看看，帮着把把关。某天晚上，男孩送小费回来，小费让他上来坐坐，大家聊了几句。我一直在想，要是某一天，我送女友回家，看到她们家有个男人穿着大裤衩子坐在沙发上的时候，我会有怎样的感想。但显然，这男孩表现得很得体。

相比之下，小邵就没这么幸运了。她性子比较急，但小学老师却是一个非常需要耐心的活儿。她作业来不及改，从网上找了当地的大学生，聘他改作业，每个月八百，后来被学校发现了。她也恋爱了，男孩也来过家里，紧身西装，大背头，有点像卖保险的。这段感情对小邵的打击很大，后来生了一场病，在房间很久不出门。我们三个进去和她聊聊，满屋子都是中药味儿。她躺在床上，憔悴地对我们笑。我们很心疼，不能不说话，又不好多说。

小巫开始了相亲，会给我看男孩的照片，讲他们的交往。我切着姜，她熟练地洗菜、择菜。她说："哎，女孩子长得不好看，真的很难有好对象。"不管我们承认与否，在这个社会，好的相貌或多或少会对人生有些影响。但是我依然坚信，在真挚的爱情和成熟的婚姻里，相貌不那么重要了。小巫虽然算不上美貌，但却是我见过最勤劳、善良、真诚的姑娘之一。"你会找到幸福的"，我把姜放进了油锅。

一个周末的下午，他们仨都去谈恋爱了，我在家扫地、拖地。学校会发节日福利，鸡蛋、大米之类。我们四个人根本吃不完，米都出虫子了，我把米摊开来晒。忙完这些，和狗坐在阳台上吹风看湖景。忽然一件女式睡衣掉了下来，我拍了拍，挂了上去。

住了一年，房租到期，我没有续签，搬到了一个有些简陋的阁楼，因为我喜欢变化。我和她们说了，她们有点不舍："你不是说好要看着我们一个个都嫁出去的吗？"

我骑着电动车一趟一趟搬，狗跟着我跑。小巫陪着我去阁楼收拾，扫地抹桌子。有墙上落灰了，她找了桶油漆开始刷，展现出一个科学老师的学科素养。

那学期末，小邵也辞职了，我们四个约好在家里吃顿饭。我做了拿手的红烧肉，小费想要做番茄炒蛋，我们没同意。拿了家里的菜刀、铲子、砧板、漏勺，我们合了张影。

下楼的时候，已经很晚了，我回头看了一眼这个住了一年的地方，想起有一回晚饭后，她们三个没来由地开始走秀、跳舞，小巫模仿蒙古男人，小邵是蒙古女孩，扭起斗肩舞，小费围着她们俩转。那晚她们都像喝醉了，可明明谁都没喝酒。闹完以后，我坐在房间的飘窗上，看着深夜的路上车来车往……日子一点点过去，让人来不及察觉，可明明发生了那么多事啊，就连这套房也得六百万了。

小邵去了杭州，找了份新的工作，重新开始，看她发的照片，妆容又精致起来了。小费搬了出去，前几个月结婚了，很幸福，我只希望她少进厨房。小巫也发来邀请，让我参加婚礼，说一定要去，毕竟娘家人，她也在苏州有了自己的小家……"1102"送走了它第一批所有的租客。

四个刚刚工作的年轻人，来到这座城市，偶尔又必然地住在了一起，发生了一些算不上故事的故事。"人生如逆旅，我亦是行人"，1102是我们在人世间的第一个客栈，它会迎来新的租客，会换不同的主人，会重新装修，但是在我们心里，它还是那个样子，我们永远关上了它的门。

那年春节，我们都回家了，可还是给屋子贴上了春联。

狂人列传

一

乡里有好几个出名的傻子，他们为十里八乡提供着笑料。以至于谈及他们死亡的时候，乡亲们轻松愉悦，像讨论着地里的收成。

痴四侯名气最大。"痴"是老家土话，往往成为这类人名字的前缀，"四"是在家排行，"侯"发轻声，是家乡对于青年男女的统称，老二叫"二侯"，老三叫"三侯"，从小这么叫顺了，到老还这么叫。

痴四侯就住在我放学回家的半路上，大人们常会提醒：小心痴四侯。那间小瓦房在一片田地中间，背后是一条泄洪水道，四围有零星几个坟头。经过的时候，我们几个孩子总会走得快些。有时候也会碰上痴四侯，但他似乎没有大人们说的那么危险，大多数时候都在自言自语。他口音怪，语速慢，每个字都咬得很重，对我们来说，近乎外语。大人们会逗他，他一急就骂："日你妈妈的。"他一个人的时候，也总是骂骂咧咧，头来回摆动。

随着年纪增长，我们胆子也大些了。经过他的屋子，总是大喊："痴四侯，痴四侯。"一开始，他抬头看看，之后就再不理睬。再后来，我们拿石块丢他的屋子，有时索性丢他本人，比谁丢得准。痴四侯破口大骂，愤怒追赶，但追不上。

痴四侯那时候应该五十多岁了，没人知道具体年龄。他身材瘦小，衣服却总是干净。有一回趁他不在，我们像探险一样进了他的家里。这个无数次入我童年噩梦的屋子，竟然出奇地整洁。桌椅破旧，却无灰尘。不敢细看，我们就退了出来。

痴四侯没有任何经济来源，谁家有个红白喜事，他就去蹭吃喝。不论老张家还是老李家，对他来说都是亲戚家。外面烟花灿烂也好，纸钱漫天也罢，他兀自吃饭，不可口了，还得骂，"日"字刚骂出，主人家已经给他端上了一碗鲜汤。

听老人们提起过，四侯原本不傻，只是懒。年轻时不干活，常去别人家蹭吃的，慢慢就成了现在这个样子。没有结婚，亲戚也多不愿认他，他就住进了湖边那个废弃的电工棚，就是他后来的家。

小学毕业后，我就再没见过他。听说那个电工棚塌了，政府把他安置到菜场旁边的空屋子里。又过了几年，母亲告诉我，痴四侯死了。他年纪大了，政府要把他送到敬老院去，他自由惯了，受不了拘束，怎么都不肯去。最后，他在那个屋子里喝下了一罐农药。他死的时候，穿的是一件白衬衫，整齐干净，口袋里还有一千五百块钱。

痴四侯参加过那么多人的葬礼，但是他自己的葬礼，没听说有人去。

二

　　铁二侯是打铁出身，身材高大，名头和他的气质很相符。铁二侯还很聪明，创业开了一家化铜厂。这个半生和金属打交道的男人，有着那个年代少有的硬汉气质。他最烜赫的时期，是在改革开放之初，买了一辆中巴车，雇了一个驾驶员，从镇上开到县城。中巴一路经过好些镇子，在城乡公交兴起前，成了这些镇子里居民去县城的重要方式。只要是我们自己镇上的或者他所认识的人，免费乘车，分文不取。他那时候是很有些身家的，"铁二侯"这个名字在乡人眼中，又多了份游侠的味道。

　　铁二侯并不满足于此，他来到渤海边，承包了一片水域，养殖螃蟹。但是亏本了，借的高利贷也无力偿还，铁二侯一蹶不振。他是入赘的，没有子嗣，侄子过继给他。或许这样的家庭让他觉得没有归属感，或许一辈子要强的他不想拖累家里，他做出了一个常人难以理解的决定：穿上破衣服，贴上假胡子，开始沿街乞讨。他从一个镇子走到另一个镇子，最后到了县城，走的还是当年他的中巴车运营的线路。彼时他在车上鲜衣怒马，看尽长安花，如今短褐穿结，丧荡游魂，路旁风景如旧，人事早已沧桑。钱讨不到多少，饭馆的剩菜剩饭应该是能吃饱的。铁二侯回家后经常会对乡人言讲，城里的饭如何好吃。

铁二侯风光时，我还很年幼，并没有亲眼得见。而我在县城读中学时，却常在肯德基这样的店里遇到他。他身材依旧高大，当年的假胡子现在已经变成及胸的花白长须，你远远看到，真觉得他像古战场上某国的老将，可是他并没有提刀跨马，而是拿起一根鸡骨头，啃食剩肉，咂摸滋味。假胡子变成了真胡子，假傻不知道是不是也变成了真傻。

我和铁二侯几次相遇，多少该有些他乡故人的感慨，可是我并未给他分毫。要是放到现在，我大概会请他好好吃顿饭，只是再也没有这样的机会了，这位同乡长辈带着他的故事已经故去多年了。

三

痴宝侯名字的最后一字应该是宝，所以大家叫他"宝侯"。后来他变得有些痴傻，自然多了"痴"的前缀。

痴宝侯原姓丁，人民公社中后期担任生产队队长。职位不算高，但也是由社员推举产生，可见他还是有些能力和声望的。有一回，他和队里会计发生争执，会计情急之下，扇了他一巴掌。他一时恼怒，竟这样被气疯了。

此后无冬历夏，痴宝侯都穿着一件上个世纪标志性的的确良蓝外套，整日在乡间和镇上闲荡，混吃混喝。他还有个母亲，不知道娘俩是如何度日的。

前两年，他在集市的垃圾桶里翻找食物，找到一串别人扔掉的鱿鱼，吃得太急，被竹签卡死了。

痴宝林是这些人里年龄最小的，他的母亲智力低下，不知是遗传还是缺乏教育，他也变得痴呆憨傻。宝林的父亲难以忍受这样的家庭，早早就离开了妻儿。幼年放学回家的路上，经常会看到这母子俩站在路边，对着我们呵呵地笑。母子俩衣服脏破，不能蔽体，母亲还半露着胸部。我们一起喊他"痴宝林"，面对这些单纯、冷酷的嘲讽，他也还是笑，并没有那些失学儿童眼神中的渴望。宝林的眼里没有期待，什么都没有。

大学暑假，我在家乡创业，办了个小补习机构。学生们喝饮料，会有很多空瓶子，宝林和他的母亲、外婆一起来捡。宝林的外婆智力没有问题，捡了瓶子以后连连谢我。老人家背驼得厉害，挨个翻找垃圾桶，艰难弯腰，更艰难地起身。宝林和妈妈站在远处，还是笑。和小时候比起来，宝林长大了，其他的什么都没有改变。我这次当然没有再嘲笑宝林，对他生出许多同情，但也只是同情。

宝林后来被家人用铁链锁在家里。去年，他去世了，至于死因，我问了很多人，也都不知道。

他同我一样大，死时也才二十多岁。

上个世纪，在我的家乡，哪家的小伙儿娶不上媳妇，往往就娶个智力有缺陷的姑娘。还听说一户人家的女儿是个疯子，家人找了个单身汉，把女儿绑在床上，让他们强行发生关系。父母总算了却了心愿，而这样生育的后代，往往也不正常。怕是这样的事，在更偏远的乡村，至今还在发生。

有些人生来就疯，有些人被正常人逼疯。老疯子去世，小疯子长大，新疯子出生，他们行走在人世的边缘。他们活着，被人嘲笑；他们死去，被人遗忘。

我想写写他们，因为我小时候，是从他们的眼里，开始认识这个世界。

图书在版编目（CIP）数据

伶仃的遥望港/马玉炜著. —上海：上海三联书
店，2025.5. —ISBN 978 - 7 - 5426 - 8868 - 2

Ⅰ. Ⅰ267

中国国家版本馆 CIP 数据核字第 20259KP509 号

伶仃的遥望港

著　　者 / 马玉炜

责任编辑 / 徐建新
装帧设计 / 一本好书
监　　制 / 姚　军
责任校对 / 王凌霄　张　瑞

出版发行 / 上海三联书店
　　　　　（200041）中国上海市静安区威海路 755 号 30 楼
邮　　箱 / sdxsanlian@sina. com
联系电话 / 编辑部：021 - 22895517
　　　　　发行部：021 - 22895559
印　　刷 / 上海雅昌艺术印刷有限公司

版　　次 / 2025 年 5 月第 1 版
印　　次 / 2025 年 5 月第 1 次印刷
开　　本 / 890 mm × 1240 mm　1/32
字　　数 / 200 千字
印　　张 / 9.375
书　　号 / ISBN 978 - 7 - 5426 - 8868 - 2/I·1930
定　　价 / 60.00 元

敬启读者，如发现本书有印装质量问题，请与印刷厂联系 021 - 68798999